FVA

Véronique Ovaldé

WÜTENDES MÄDCHEN AUF EINER STEINBANK

Roman

Aus dem Französischen
von Sina de Malafosse

FRANKFURTER VERLAGSANSTALT

Vorwort

Als sie am Fenster vorbeigehen wollte, hörte sie die Kleine nach ihr rufen. Dabei glaubte sie, schleichen zu können wie eine Katze. Sie erschrak, ärgerte sich, dann (Bitte bitte bitte, nimm mich mit, flüsterte die Kleine) gab sie nach. Sie legte mit Nachdruck einen Finger auf ihre Lippen, auch wenn das nicht nötig war. Sie durften die Anderen nicht aufwecken, das wusste die Kleine genauso wie sie. Die Anderen würden die Eltern aufschrecken. Das waren gackernde, ängstliche Hühner. Und wenn sie die Kleine nicht mitnahm, und das Risiko wollte sie nicht eingehen, würde diese losbrüllen – oder, wahrscheinlicher, sie würde die ganze Nacht am Fenster auf sie warten und dabei immer lauter singen, bis sie das ganze Haus alarmiert hätte. Na, vielen Dank.

Sie hätte es sein lassen können. Sie hätte es sein lassen sollen.

Das sagte sie sich in den darauffolgenden Jahren bestimmt eine Million Mal.

Sie hatte im Übrigen kurz gezögert, vielleicht sollten sie besser dableiben, sich wieder ins Zimmer legen, ihren beiden anderen Schwester lauschen, die im Schlaf um sich schlugen, unter ihren Laken furzten und wimmerten wegen ihrer anzüglichen frühpubertären Träume. Vielleicht wäre es besser zu verzichten, wütend zu werden und sich an der eigenen Wut zu erfreuen, denn im Verzicht liegt selbstverständlich etwas Angenehmes, das tragische Wohlgefühl von Tatenlosigkeit und Trotz, das Wohlgefühl der Würde, man lässt uns nie irgendetwas machen, wir dürfen nur den Mund halten, man sperrt uns ein, während die Anderen da drüben sich amüsieren und schlemmen, was habe ich in meinen früheren Leben nur getan, dass ich das verdiene, oh, wie unglücklich ich bin.

Vielleicht war das Spiel den Einsatz nicht wert. Aber das Spiel ist den Einsatz selten wert, nicht wahr. Das Spiel reizt, weil es das Spiel ist.

Also wies sie die Kleine stumm an, ihr zu folgen. Die Miene ihrer Schwester hellte sich auf. Ihre Augen wurden weit. Sie bestand nur noch aus Dankbarkeit und Aufregung. Das war hübsch anzusehen.

Sie half ihr auf das Fensterbrett, indem sie sie an den zarten Handgelenken zog, sicher ein wenig zu fest, um ihr begreiflich zu machen, dass sie nur sehr ungern einwilligte, begleitet zu werden, und sie heute Abend die Ansagen machte, daran gäbe es nichts zu rütteln. Sie sprang als Erste in den Hof und drehte sich um, um die Kleine aufzufangen. Diese saß auf dem Fensterbrett und hielt ihre Schuhe in der Hand. Das hätte gerade noch gefehlt, dass sie sich einen Knöchel brach. Sie runzelte die Stirn, um die Kleine anzuspornen. Diese sprang. Sie fing sie auf. Sie schwankte. Aber sie fing sie auf. Ohne Schaden. Und sie blieben einen Moment lang regungslos stehen, atmeten den Geruch der Macchia ein, der Eukalyptusbäume und des Rosmarins ihrer Mutter, den Duft des Pinienwaldes, und dahinter, wenn es denn möglich ist, herangetragen vom Scirocco, den des Straßenstaubs, des Meeres und des noch feuchten Sandes, den des Karnevals von Vavamostro, von Karamell und Churros, von Marzipan und Schokolade, von Schweiß und Benzin. Sie schauten sich an, sie liebten sich wirklich innig, diese beiden, die Große streichelte das Haar der Kleinen, deren Strahlen ihre grässliche Zahnlücke entblößte. Heute Abend die Kleine an den Hacken zu haben, war alles andere als ideal, aber gut. Bereit?, fragte die Große. Die Kleine nickte. Also rannten sie los, Hand in Hand.

1

Sie gab gerade die Nudeln ins Wasser, als ihre Wirtin im Erdgeschoss rief, sie werde am Telefon verlangt. Wir stimmen mit Aïda überein, dass es keinen schlechteren Moment für eine Störung gibt. Also schaute sie auf der Nudelpackung nach und sagte laut: »Ich gebe diesem Anruf sieben Minuten.« Sie drehte die Flamme unter dem Topf, in dem die Tomatensoße kochte, herunter und antwortete: »Ich komme.« Aber man muss annehmen, dass ihre Stimme nicht weit trug, denn die Wirtin brüllte weiter durchs Treppenhaus.

In der Nacht zuvor hatte Aïda geträumt, dass sie einen Telefonanruf erhält, und als sie ihr Ohr dem Hörer nähert, Rauch aus ihm herausströmt. Ihre Träume sagen ihr oft die Zukunft voraus. Die Zeit des Anrufs aber war ihr nicht erschienen, sonst hätte sie die Nudeln nicht ins Wasser gegeben.

Es ist vielleicht interessant anzumerken, dass Aïda vor ein paar Jahren einen Telefonschluss bei sich verlegen ließ, ein Handy besitzt sie nicht, das ist nicht ihre Art, aber ein Festnetztelefon ist nicht so unangenehm, wie die Wirtin im Treppenhaus brüllen und wie ein Büffel schnaufen zu hören, da das ganze Trara sie erschöpft und bei überaus wichtigen Betätigungen stört. Die Tatsache, dass jemand sie auf der Gemeinschaftsnummer anruft, kann Verschiedenes bedeuten, ich lasse Sie darüber nachdenken, was mich hier eher überrascht, ist, dass sie an die wahrscheinlich verkochenden Nudeln denkt, bevor sie sich fragt, warum man sie nicht direkt auf ihrem Apparat anruft. Das gibt uns einen kleinen Eindruck von Aïdas Prioritäten – oder ihrer Denkweise (aber ich bin ungerecht: Anzunehmen, dass ihre jugendlichen Ausschweifungen ihre Denkfähigkeit so sehr beeinträchtigt haben, dass sie eher an die Kochzeit ihrer Nudeln denkt, als an: Wer ruft mich unter dieser Nummer an, verdammt?, ist ein wenig übertrieben).

Sie schlüpft in ihre Espadrilles und geht zur Tür, die sie weit offenstehen gelassen hat, um für Durchzug zu sorgen. Es ist wirklich warm für April. Sie rennt nicht auf der Treppe. Aïda hat keine Lust zu rennen. Lieber kürzt sie das Telefongespräch ab. Die Wirtin wartet unten auf ihrer Türschwelle und lächelt sie an. Ein professionelles Lächeln, »Ich wollte deine Nummer nicht herausgeben, man weiß nie«. Du willst vor allem das Gespräch belauschen, denkt Aïda und dankt ihr für ihre Umsichtigkeit. Das Telefon befindet sich im Eingangsflur des Hauses, direkt neben der Tür der Wirtin, ein Münzapparat, der trotz seiner Altersschwäche noch Töne von sich gibt und Anrufe empfangen kann. Die Wirtin bleibt auf ihrer Schwelle stehen und zündet sich eine Zigarette an. Sie wiegt bestimmt hundertvierzig Kilo. Und hat so beeindruckende Brüste, dass sie als Tablett dienen könnten. Man könnte ohne Schwierigkeiten einen Dessertteller und eine Kaffeetasse darauf abstellen – und vielleicht noch eine Zuckerdose. Sie kommt bestimmt nur schwer durch den Türrahmen, geradeaus wie seitlich. Aïda sollte das vielleicht mal überprüfen. Sie interessiert sich dafür, wie sich Menschen mit ihrer Umwelt, ihrem Körper und ihren Zeitgenossen arrangieren.

Aïda nimmt den Bakelithörer, dreht ihren Rücken der Wirtin zu, die offenbar lieber an den Rahmen gelehnt stehenbleibt, als den Rauch in ihre eigene Wohnung zu blasen.

»Hallo?«, sagt sie.

»Huhu«, antwortet ihre Schwester.

Es ist grotesk, dieses Huhu. Man sagt nicht Huhu zu jemandem, den man seit fünfzehn Jahren nicht gesehen hat (und nicht sehen wollte).

2

Am frühen Morgen, es war kurz vor diesem Anruf, sitzt Violetta am Küchentisch. Sie starrt auf ihre Hände, die eine »Best Mum«-Tasse umklammern, die ihr Mann aus London mitgebracht hat, damit ihre Kinder sie ihr schenken. Sie wärmt sich auf, obwohl es unnötig erscheint. Ihr ist kalt. Wenn Leonardo nicht im Raum wäre, würde sie die Glastür schließen. Aber ihrem Mann ist immer warm, vor allem morgens. Und er hört gern die Vögel. Violetta hört die Vögel heute nicht, ihr ist kalt und sie ist besorgt.

»Pepita ist zurück«, sagt ihr Mann.

Den Vögeln, die er mag, die er besonders bemerkenswert findet, gibt er Namen. Pepita ist eine türkische Ringeltaube, die statt einem zwei dünne schwarze Federhalsbänder besitzt. Sie ist natürlich Leonardos Liebling.

»Sie sitzt am Fuß des Maulbeerbaums.«

Als Violetta nicht antwortet, wendet er sich vom Fenster ab und wirft ihr einen Blick zu. Sie lächelt ihn an. Ihr Lächeln ist merkwürdig. Es stammt eindeutig von jemandem, der nicht zuhört. Sie denkt, dass Leonardo es nicht bemerkt, aber es ist wahrscheinlicher, dass er es überflüssig oder ermüdend fände, es anzusprechen. Er schaut wieder zum Maulbeerbaum. Dann stellt er seine Tasse in die Spüle und sagt: »Gut, ich muss los.«

Violetta denkt, dass er eines Tages vielleicht seine schmutzige Tasse gleich in den Geschirrspüler stellen könnte, aber man muss es ins Verhältnis setzen, Vernunft walten lassen und jeden kleinen Fortschritt schätzen, darin liegt das Geheimnis. Ihr eigener Vater zum Beispiel hätte die Tasse auf dem Tisch stehengelassen. Und seine Frau wäre nicht sitzen geblieben, während er stand.

Bevor Leonardo ins Schlafzimmer zurückkehrte, um Krawatte und Jacke anzuziehen, legt er seine Hand auf Violettas Schulter. Sie schätzt seine Geste falsch ein. Sie denkt, dass er sie, angesichts der Lage, trösten will. Also glaubt sie, dass sie darüber sprechen kann, was sie plagt, und ihm die Schlussfolgerung anvertrauen, zu der sie in der Nacht gekommen ist:

»Ich glaube, wir müssen ihr Bescheid sagen.«

Er zieht seine Hand zurück.

Niemand erwähnt Aïda in diesem Haus. Was für Leonardo, ich werde darauf zurückkommen, ebenfalls von Vorteil ist.

»Sprich mit Gilda darüber«, sagt er ausweichend.

Es ist ihm lieber, wenn die Angelegenheiten der Familie Salvatore im Großen Haus bleiben und nicht die Atmosphäre in seinem verderben. Er hat so schon genug am Hals. Und dann fühlt er sich nicht besonders wohl, wenn es um Aïda geht. Er kann dabei nicht klar denken. Er befürchtet sogar, dass sie wiederzusehen ein Gefühl wecken könnte, das er lieber ignoriert – aber vielleicht liegt das an seiner momentanen Erschöpfung, er vermischt alles, seine Sorgen, seine Arbeit, den Druck, den die Severini auf die Entscheidungen seiner Behörde ausüben, die Familie Salvatore, den Tod des Patriarchen, all die Leute, die auf ihn zählen und dann, das dicke Sahnehäubchen auf dem *Cannolo*, Aïdas mögliche Rückkehr.

»Du siehst Gilda vielleicht, bevor ich mit ihr sprechen kann. Du wirst ihr nichts sagen, nicht wahr?«, hakt Violetta nach.

Eine unnötige Vorsichtsmaßnahme. Leonardo hat überhaupt keine Lust, mit seiner Schwägerin über irgendwas zu sprechen und erst recht nicht über ihre Familienfarce. Unter der Woche beschränkt er sich jeden Tag darauf, sie zu grüßen und ein paar Worte über das Wetter zu wechseln (»Liegt es an mir oder ist es wärmer als gestern?«) oder ihre jeweilige Nachkommenschaft (»Mein Giacomo hatte gestern Abend wieder Fieber.« Hier spricht Gilda. Sie ist besessen von der Gesundheit ihres Sohnes und allem, was den Elfjährigen betrifft, nachdem es der größte Triumph und die größte Sorge ihres Lebens war, einen Jungen geboren zu haben.)

Leonardo und Gilda arbeiten beide im Rathaus von Iazza. Gilda ist beim Standesamt, Leonardo ist für Städtebauentwicklung, Grundstücksvergabe und Küstenschutz verantwortlich (sie werden richtigerweise bemerken, dass es an sich recht widersprüchlich ist, diese verschiedenen Funktionen zu verknüpfen und in gewissem Grade höchst amüsant – als würde man die Innenstädte mit Lithium-Rollern entmüllen wollen).

»Keine Sorge«, antwortet Leonardo. »Ich werde Gilda nichts sagen. Was das betrifft, lasse ich dich mal machen.«

Er spricht gern mit seiner Frau, als wären sie ein Team. Er verlässt die Küche und schaut vor dem Gehen noch einmal kurz herein, »Gib den Mädchen einen Kuss«. Es sind Osterferien. Die Mädchen müssen nicht im Morgengrauen aufstehen, um zur Schule zu gehen. Violetta nickt. Sie schließt die Glastür. In der Hand hält sie einen Schwamm. Sie scheint mit den Gedanken nicht bei dem zu sein, was sie tut (was tut sie übrigens? Es sieht so aus, als mime sie eine Hausfrau am frühen Morgen). Leonardo fragt sich wieder einmal, warum sie darauf beharrt, Hauskleider zu tragen wie die ein wenig durchgeknallten alten Schachteln 1976 in Kalifornien (lang, wallend, mit explodierenden Pfauenfedern gemustert, man kommt sich vor wie bei *Columbo*). Ganz hübsch, aber vollkommen aus der Zeit gefallen. Und dadurch wirken sie wie ein Symptom.

Doch er will sich damit nicht länger befassen. Er ist besorgt, auch wenn er es nicht zeigt. Er schaut in den Briefkasten. Kein neuer Brief der Severini. Sie sind nie unterschrieben. Aber er weiß, dass sie von den Severini sind.

Violetta kommt an die Tür, um ihm kurz zuzuwinken, als er in sein Auto steigt und losfährt. Er fährt einen alten grauen Lancia Thema – ein Modell vor dem, was er als tödliche Verspießerung der Marke hält, und ihrem Niedergang. Darin sieht er kein Symptom. Man sieht den Splitter im Auge des anderen immer besser, usw. Er schaltet das Autoradio ein, wie immer läuft Roberto Alagna, und Leonardo singt lauthals *Caruso*, während er zur Stadtverwaltung fährt und die Nörgeleien der Salvatore-Schwestern und die mögliche Rückkehr Aïdas hinter sich lässt.

3

Gilda fährt auf ihren Platz hinter dem Standesamt. Pippo, der Straßenarbeiter, schaut zu, wie sie rückwärts einparkt. Er steht unter einem Zitronenbaum, ein melancholischer Koloss. Wie immer trägt er eine Krawatte und ein Jackett. Es gefällt ihr nicht recht, so, wie er sie beobachtet. Sie hat ihn noch nie gemocht. Sie winkt ihm kurz zu. Er reagiert nicht. Pippo kommt weder von links noch von rechts, er ist einfach da. Er steht reglos auf seinen Besen gestützt und schaut zu, wie sie ihre Tasche vom Beifahrersitz nimmt, die Tür zuschlägt, bemerkt, dass sie ihren Badge in der Jacke vom Vortag vergessen hat, den Kofferraum öffnet, um die Jacke auf der Heckablage und den Badge in der Jacke zu finden. Er bleibt da stehen und beobachtet sie, Kopfhörer über den Ohren – niemand weiß, ob er Musik hört oder sich so nur vom Lärm der Menschen abschirmt. Sein Gesicht ist ein wenig verstörend. Seine Augen stehen zu eng zusammen, verleihen ihm das Aussehen mancher Fische, die die Augen auf einer Seite haben. Gilda ignoriert ihn schließlich, wie an jedem Morgen, an dem sie ihn trifft. Sie parkt seit fünf Jahren auf diesem Platz, weil er selbst mitten am Tag im Schatten der Zitronenbäume liegt. Sie hat behauptet, sich mit einem Platz hinter dem Gebäude zufriedenzugeben – was sie zwingt, darum herumzugehen, während sich andere die begehrten Plätze auf dem Vorplatz reserviert haben (die in der prallen Sonne). Es kommt ihr so vor, als ahne Pippo das alles. Mit Pippo ist es wie mit Hunden und Kindern. Wir sind beleidigt, wenn sie uns nicht mögen, und zufrieden, wenn sie sich bei unserem Anblick freuen. Wir neigen dazu zu glauben, dass sie alles über die Menschen wissen. Gilda gehört zu den Menschen, die bescheiden tun (Sie werden sie noch kennenlernen), die sagen, dass sie das letzte Stück vom Kuchen erst dann nehmen werden, nachdem sich alle bedient haben, weil sie genau weiß, dass niemand sich trauen wird, das größte Stück zu nehmen, und nur noch dieses Stück auf dem Teller übrigbleiben wird (riesig, überbordend von Sirup und Früchten). Ihr Mann, Giacomos Vater, hat ihr diesen Wesenszug oft vorgeworfen. »Hör auf, das Opfer zu spielen«, sagte er oft. Inzwischen hat er jedoch wenig Gelegenheit, daran zu verzweifeln. Er ist vor einiger Zeit aufs Festland gegangen. Vorübergehend (hofft Gilda immer noch). Gegen die hässliche Neigung, in die Opferrolle zu verfallen, kommt sie nicht an. Es ist einfach stärker als sie. Sie ähnelt diesen Geizkragen, die sich nie dazu überwinden können, beim Abschied eines Kollegen einen Schein in den Topf zu werfen, auch wenn sie dadurch ihren Ruf jedes Mal ein wenig mehr schädigen.

Geizig ist sie im Übrigen auch.

Aber sie hat nicht nur Fehler, weit gefehlt, und es gibt mildernde Umstände, ich komme noch darauf zurück.

An diesem Aprilmorgen hat sie Giacomo bei der Nachbarin abgesetzt, die angeboten hat, ihn mit ihrem eigenen neunjährigen Sohn zu beaufsichtigen. Die beiden Jungen verstehen sich gut. Gilda ist nicht überzeugt, dass das Zusammensein mit einem zwei Jahre jüngeren Kind Giacomo hinreichend stimuliert, aber gut, es ist praktisch.

Als sie das Standesamt betritt, hat sich bereits eine Schlange an den Schaltern gebildet. Sie grüßt winkend in die Runde und schließt ihre Bürotür hinter sich, zieht ihre Schuhe aus, macht sich einen Kaffee (sie benutzt keine Maschine mit Kapseln, sonst wäre sie gezwungen, ihren Kollegen auszuhelfen und ihre Reserve würde schmelzen wie Schnee in Palermo), nimmt mit einem Seufzer Platz, schaltet ihren Computer ein und hält nach einem unsichtbaren Publikum am Himmel Ausschau, als das Telefon klingelt.

Es ist Violetta, natürlich, Violetta, die wissen will, was sie tun sollen, jetzt wo der Alte tot sei. Sie sagen nie Papa. Sie sagen Der Vater oder Der Alte, und zu ihrer Mutter sagen sie Dein Mann. Manchmal, wenn sie verärgert sind, sagen sie Ihre Lordschaft. Seit zwanzig Jahren haben sie ihn nicht mehr direkt angesprochen. Was nicht selten zu Verrenkungen führte. Als wollte man sich nicht zwischen Siezen und Duzen entscheiden und müsste dem ständig ausweichen.

»Was machen wir?«, beginnt Violetta.

»In Bezug worauf?«

Violetta lässt eine Pause entstehen. Das ist ihre Art, Ruhe zu bewahren.

»In Bezug auf Aïda.«

Gilda nimmt einen Schluck Kaffee und verzieht das Gesicht. Sie haben den Namen ihrer Schwester seit fünfzehn Jahren nicht mehr voreinander ausgesprochen. Sie haben eindeutig eine Begabung für Ausweichmanöver, nicht wahr? Im Übrigen frage ich mich, ob sie in der ganzen Zeit an Aïda überhaupt gedacht haben. Vielleicht ist es ihnen gelungen, sie in einen ordentlich verschlossenen Koffer ganz hinten auf den Dachboden ihres schlechten Gewissens zu packen.

»Rufen wir sie an wegen der Beerdigung vom Vater?«, fährt Violetta fort.

Offenbar ist Violettas Koffer doch weniger gut verschlossen als Gildas.

»Ich verstehe nicht, wie man auf Beerdigungen von Leuten gehen kann, die man seit tausend Jahren nicht gesehen hat«, sagt Gilda nachdenklich. »Das ist doch komisch, oder?«

Sie spürt, dass das, was sie gesagt hat, nicht besonders wohlwollend wirkt. Sie ändert die Taktik.

»Das könnte Mamma sehr aufwühlen«, sagt sie.

»Sie ist sehr aufgewühlt.«

»Eben.«

Beide beginnen auf ihre Weise über Aïdas mögliche Rückkehr nach fünfzehn Jahren Abwesenheit nachzugrübeln. Fünfzehn Jahre, in denen keine der beiden Schwestern, die auf der Insel geblieben sind, versucht hat, mit ihr in Kontakt zu treten. Was plötzlich sogar ihnen selbst ein wenig radikal vorkommt. Es ist möglich, dass eine von ihnen, oder sogar beide, sich wundern, wie scheinbar leicht es ihnen gefallen ist, sie ins Abseits zu schieben.

»Du denkst also, dass wir sie nicht anrufen sollten?«, fährt Violetta fort.

»Sie hat sich fünfzehn Jahre lang nicht wirklich Mühe gemacht, sich nach uns zu erkundigen, oder?«

»Gilda!«

»Was?«

»Wenn man die Umstände ihres Fortgehens betrachtet, hätte es auch merkwürdig ausgesehen, wenn sie uns an jedem Geburtstag eine Karte geschickt hätte.«

»Das habe ich nicht gesagt.«

»Das hast du nicht gesagt.«

»Was ich sagen will, Violetta.«

»Was du sagen willst?«

»Alles hat sich mit der Zeit beruhigt. Und niemand spricht noch über Aïda oder Mimi.«

Mein Gott, dieses Gespräch ist der Beginn eines Flächenbrands. Sie haben Mimi so lange nicht mehr erwähnt.

»Außer Mamma, die, wenn ich dich daran erinnern darf, Mimi an jeder Straßenecke sieht«, sagt Violetta.

»Ja, aber Mamma trifft auch die Gandolfi auf dem Markt, die vor fünf Jahren das Zeitliche gesegnet hat.«

»Das stimmt.«

»Hey, wusstest du, dass ab fünfundsechzig Jahren eine von sechs Personen auf Iazza von Alzheimer betroffen ist?«

»Mamma hat kein Alzheimer.«

»Nein, nein, natürlich nicht.«

»Gut, also rufen wir Aïda an oder nicht?«

»Ich sehe keinen Grund«, sagt Gilda beharrlich.

»Es erscheint mir einfach normal, ihr anzubieten zu kommen. Oder gerecht. Oder weniger ungerecht.«

»Du warst schon immer so.«

»Wie?«

»Ich weiß nicht. Zu korrekt vielleicht.«

»Es gibt Dinge, bei denen ich alles anderes als korrekt bin«, entgegnet Violetta nachdenklich.

Dann nennt sie ein unschlagbares Argument:

»Wir brauchen ohnehin zumindest ihre Vollmacht für das Trara beim Notar. Also wird sie am Ende vom Tod des Alten erfahren.«

Gilda wird nachgeben, aber sie wagt einen letzten Versuch:

»Das bedeutet, die Büchse der Pandora zu öffnen. Übrigens«, setzt sie eilig nach, »wusstest du, dass Pandora ...«

»Stopp.«

»Was?«

»Das ist mir schnurzegal, Gilda.«

»Na gut. Dann mach, was du willst.«

Das Gespräch geht noch ein paar Minuten weiter, aber es ist beschlossen, Violetta wird Aïda anrufen. Sie ist die Älteste. Solche lästigen Pflichten obliegen den Ältesten. Außerdem ist Gilda im Büro. Sie hat sehr viel zu tun, usw. Violetta ist ein wenig ängstlich, Gilda leicht aufgeregt. Doch in Wahrheit schätzt letztere es, wenn alte Rechnungen beglichen werden und Streit droht – es fehlt ihr nicht an Widersprüchlichkeit –, Gilda liebt dramatische Szenen, sie kann nicht anders, als das höchst unterhaltsam zu finden, auch wenn Aïdas Rückkehr unter den Umständen, die uns beschäftigen, ein mühsam erreichtes Gleichgewicht zerstören könnte.

Violetta fügt hinzu, dass sie Aïda gegen Mittag anrufen wird. Sie wird darüber nachdenken, was sie ihr sagen wird. Ohnehin weiß sie nicht, ob die Nummer, die sie hat, immer noch die richtige ist. Sie hofft insgeheim, dass sie es nicht ist.

4

Nach dem Anruf ihrer Schwester hat sich Aïda zum Mittagessen auf die Terrasse gesetzt. Es ist eine Gemeinschaftsterrasse, aber Aïda ist unter der Woche die Einzige, die sie mittags benutzt. Zum einen arbeitet sie tagsüber nicht, und zum anderen mag sie die Hitze. Die Mieter der Via Brunaccini 22 beschweren sich, weil sie keine Klimaanlage haben. Sie ziehen sich hinter geschlossene Fensterläden zurück, hängen nasse Handtücher in die Fenster, stellen an strategischen Punkten Ventilatoren auf (die Einfallsreicheren unter ihnen platzieren gefrorene Wasserflaschen vor den Ventilatoren, das ist ideal, die Luft, die auf ihren Nacken trifft, ist eisgekühlt, die Angina garantiert, oder die Verspannung, aber egal, solange es kühl ist). Während Aïda die Mattheit genießt, in die sie die Wärme versetzt, sie fühlt sich betäubt wie ein zu lange überschlagenes Bein.

Sie hat ihr Besteck bereitgelegt, die Nudeln auf einen hübschen Teller gegeben und den Parmesan in eine Schüssel (niemals die ganze Packung direkt auf den Tisch stellen, das ist kein Prinzip, nein nein nein, sondern eine *Notwendigkeit*, damit das Leben nicht den Bach runtergeht), sich vor ihren Teller gesetzt und die Füße auf einen Hocker gelegt. Der Ausblick, der sich ihr bietet, ist eine horizontale Anhäufung aus verschachtelten Dächern und

Terrassen, zerfleddertem Mobiliar, Plastikstühlen, ausgebleichten Planen, Werbesonnenschirmen, Topfpflanzen, Fahrrädern, Parabolantennen, Spielzeugen, trocknender Wäsche, starr von Staub und Luftverschmutzung, Sichtschutzmatten und streunenden Katzen. Sie isst langsam. Weil sie diesen Augenblick schätzt und weil sie aufgehört hat, ihr Essen zu verschlingen, als wollte man es ihr wegnehmen oder als hätte sie etwas äußerst Dringendes zu erledigen. Der Weg zu diesem inneren Frieden war lang und mühsam. Sie ist sich nicht sicher, ob sie das alles mit ihrer Rückkehr nach Iazza über Bord werfen will. Außer. Außer sie könnte endlich verstehen, was vor mehr als zwanzig Jahren geschehen ist, nun, da sie einen klaren Kopf hat und die vorwurfsvolle Gegenwart des Vaters nicht mehr alles belasten würde. Das ist durchaus reizvoll. Aber höchst unsicher. Aber reizvoll. Und es bedeutet, die Büchse der Pandora zu öffnen, nicht? (Da ist sie wieder, diese Pandora, die wie ein grinsendes Teufelchen aus der Schachtel springt. Dieses Bild kommt ihr in den Sinn. Weil sie nicht mehr genau weiß, wer Pandora ist.) Die Möglichkeit eines Entschlusses beginnt in ihrem Hirn zu zirkulieren. Sie weiß, dass der Gedanke nicht angebracht ist. Manchmal kann man gegen unangebrachte Gedanken nichts ausrichten. Sie schleichen sich ein und setzen sich fest. Es heißt: Denk nicht an einen roten Büffel, und schon stellt man sich einen roten Büffel vor. Unangebrachte Gedanken sind wie rote Büffel. Wenn sie da sind, kann man sie nicht mehr ausquartieren. Bei jedem Versuch graben sie sich noch fester ein.

Aïda grübelt.

Warum nicht nach Iazza zurückkehren?

Es gibt keinen Grund, großer Gott, nein, sich zum Fernbleiben zu zwingen. Nichts, was ihr geschehen ist, ist (allein) ihr zuzuschreiben.

Sie weiß, dass das Leben, das sie führt, auf viele erbärmlich wirken mag, sie steht nachts an der Rezeption eines Hotels auf der Via Mariano Stabile, was ihr relative Ruhe verschafft und ihr erlaubt, den Großteil ihrer Zeit auf die Lektüre populärwissenschaftlicher Werke zu verwenden (im Moment liest sie *Gekrümmter Raum und verbogene Zeit* von Kip S. Thorne), eine Manie, durch die sie anfangs wirkte wie ein Mädchen, das sich ein bisschen zu sehr aufplustert, aber da sie nie jemandem Vorträge hielt, ließen es alle schulterzuckend als Marotte durchgehen, wie wenn jemand Strategiehandbücher zu Rate zieht, um jedes Mal beim Poker zu gewinnen, aber nie spielt. Ihr Vorgesetzter Gino empfängt sie abends regelmäßig mit der Frage, wie es dem Universum gehe, oder ob die Apokalypse immer noch für übermorgen anstehe. Ein paar Jahre lang hatte sie in einem Laden für Puppenhäuser gearbeitet. Sie fand es wunderbar, all die kleinen Töpfe und winzigen Schaukelstühle an alte gebeugte Damen zu verkaufen. Aber die alten Damen starben und niemand interessierte sich mehr für diese perfekte Miniaturwelt. Die Besitzerin war in Rente gegangen und wollte ihr das Geschäft übergeben. Was Aïda keine besonders gute Idee zu sein schien. Sie sah sich auch eine alte Dame werden, der es nicht mehr gelänge, sich in eine Welt in

Normalgröße einzufügen – und es auch nicht wünschte. Danach war sie Wächterin auf der Mülldeponie von Capodicasa geworden. Sie wunderte sich immer, was die Leute so wegwerfen. Das war recht erholsam. Und sehr ruhig. Aber eines Tages hatten die Carabinieri die Leichen zweier Babys in einer Gefriertruhe gefunden. Aïda hatte sofort gekündigt.

Sie lebt in einer Pension im Vucciria-Viertel, das Gässchen unter ihrem Zimmer ist voller Müll, immer wieder kommt es dort zu blutigen Abrechnungen, die Elektrik spinnt, vom fließenden Wasser ganz zu schweigen, es ist laut und stinkt manchmal abscheulich. Aïda ist öfter in melancholischer Stimmung, aber weiß, wie sie sich aus diesem Zustand befreit, sie ist organisiert und methodisch, sie hat keinen Freund, sie hatte so einige und will nun keinen mehr, das wird sich wieder ändern, doch im Moment sieht sie darin keine Notwendigkeit, in ihrem Umfeld gibt es wenige Frauen wie sie, Frauen, deren Hauptbeschäftigung nicht die Männer sind. Aïda hingegen sagt zu den Männern am Ende: Du musst nicht nach Hause gehen, aber hier kannst du nicht bleiben. Als sie jung war, schickten die Barkeeper mit dieser Formulierung die letzten Gäste weg, wenn geschlossen wurde. (Sie denkt oft »als ich jung war«, obwohl sie nicht besonders alt ist, kaum älter als dreißig (immer ein bisschen merkwürdig, die Leute, die »als ich jung war« sagen, obwohl sie es offensichtlich noch sind – merkwürdig und recht ärgerlich, das finde ich auch.)).

Ihre Mutter würde zu ihr sagen »Du hast niemanden«,

und ihre Mutter würde ihr raten, sich Strähnchen färben zu lassen, nicht mehr diese abgetretenen Sandalen zu tragen, sich unter den Achseln zu rasieren, ihre gräulichen Oberteile gegen Blümchenblusen zu tauschen und endlich EINMAL IM LEBEN freundlich zu sein.

Als hätte es ihrer Mutter genützt, freundlich zu sein.

Gut.

Das war von vorneherein klar. Der Klang der schwesterlichen Stimme würde für einen heftigen Erinnerungsschub sorgen. Und sie würde in Grübeleien versinken. Und Grübeln ist hässlich. Dabei hatte sie solide Dämme gebaut. Nicht, um zu vergessen. Man vergisst nie ganz, nicht wahr, das sagen einem alle ständig. Es ging immer darum, sich nicht überschwemmen zu lassen. Ihr Gleichgewicht hängt an der Instandhaltung dieser Dämme – ihr kleiner Kopf ist ein bisschen wie Holland, das versucht, die Nordsee davon abzuhalten, es zu überfluten.

Man muss wissen, dass ihre Mutter ihr jedes Jahr eine Karte schreibt und es sicher so anstellt, dass niemand, nicht der Alte, nicht die Schwestern, niemand in Iazza, außer vielleicht der Postbote, davon weiß, eine Karte mit ein paar Neuigkeiten – Wetter, Magengeschwüre, kurzer Überblick über die Todesfälle –, eine Karte mit einer hübschen, sorgfältig ausgesuchten Briefmarke, die meistens ein Unterwassertier zeigt, eine Seekuh oder einen Buckelwal, eine Karte, die keine Antwort verlangt. Die Aïda ohnehin nicht senden würde. Man könnte glauben, sie sei immer noch wütend. Sie wartet vielleicht einfach darauf, dass auf einer der mütterlichen Karten steht:

Komm zurück, mein kleiner Schatz, während am Ende jeder
Karte anstelle dieser Aufforderung ein *Und bring sie uns
zurück* prangt, als ob so etwas möglich wäre, als ob so
etwas in ihrer Macht stünde, und dieses »Bring sie uns
zurück« verfehlt es nicht, dass sie jedes Mal wieder ein
paar Minuten im Wahnsinn dieser Insel versinkt (bevor
sie in Höchstgeschwindigkeit die erwähnten Deiche wieder aufbaut), ein Wahnsinn, der mit der primitiven Verdrängung ihrer Mutter verquickt ist, eine hartnäckige,
faszinierende Verdrängung. Unnachgiebig.

Aïda räumt ihr Geschirr weg. Sie hört die Zwillingssöhne
ihrer Nachbarin brüllen. Sie ist barfuß. Der Beton-
boden der Terrasse ist rau und heiß. Sie spürt, wie der
Schweiß ein Rinnsal von ihrem Haar bis zu ihrem unteren Rücken bildet. Sie trägt es zum Knoten gebunden.
Aïdas Haare sind so lang, schwarz, dicht und lebendig,
dass man sie für ein schweres Wesen halten könnte, das
an ihren Schädel gebunden wurde. Ihre kleine, hagere
Gestalt voller Spitzen und Kanten steht im Gegensatz zu
dieser Opulenz. Ihre buschigen Augenbrauen – oder beinahe: ihre Augenbraue – liegen über einem Paar dunkler Augen, die, wie ihre Mutter meinte, ihr »Gesicht verschlingen«. Ein ehemaliger Liebhaber, ein in vielfacher
Hinsicht Süchtiger, sagte immer wieder, dass ihre Augenbrauen aussähen, als hätte man sie an ihr Gesicht genäht.
Sie hat eine kurze Nase und schiefe Zähne. Als Jugendliche hatte sie deswegen Komplexe. Sie hat nach wie vor
die Angewohnheit, mit geschlossenem Mund zu lachen,
was stets ein wenig besorgniserregend oder scheinheilig

wirkt. In so einem Fall lächelt man lieber selten. Die Leute, denen sie begegnet, stimmen nach einigem Nachdenken darin überein, dass sie schön ist. Ich weiß nicht, was ein solcher Konsens bedeutet, wenn er jemanden mit einem so besonderen Äußeren betrifft. Diese Sache mit der Schönheit ist ungerecht und mysteriös.

Sie geht sich einen Kaffee machen. Der Kontrast zum Licht draußen ist so stark, dass Aïda ein paar Sekunden blind ist. In die schattige Küche zu gehen ist eine Erleichterung. Es fühlt sich an wie Wundheilung. Man würde gern für immer in dieser Steinküche bleiben. Sie hält ihre Unterarme unter den Wasserhahn, während sie darauf wartet, dass der Kaffee fertig ist. Dann geht sie wieder hinaus, setzt sich im Schatten des Vordachs neben die Kakteen auf einen kleinen Plastikhocker. Sie schaut auf ihren Horizont, konzentriert. Das Halten der Dämme ist eine Frage der Konzentration.

Plötzlich fällt ihr eine ihrer Kindheitsängste ein. Nicht ohne, diese Angst. Fast eine Intuition. Oder eine Warnung. Beim Baden in der Bucht von Cala Andrea fürchtete sie immer, dass ihre Mutter und die anderen Mütter nicht mehr am Strand wären, wenn sie aus dem Wasser käme. Dass da an ihrer Stelle andere Frauen wären. Niemand, den sie kennt. Sie hätte sich vom Ufer entfernt, um dort zu planschen, wo sie nicht mehr stehen könnte, und wäre an ein anderes Ufer zurückgekommen. Oder eher an dasselbe Ufer, aber in eine andere Zeit, mit anderen Menschen. Sie schwamm, so schnell es ihre Mini-Arme und Mini-Beine erlaubten, zum Strand, panisches

Hundepaddeln. Mit einer letzten Welle wurde sie angespült, hob den Kopf, und ihre Mutter saß mit den anderen Müttern auf den Felsen, die Kleinen plärrten, die Großen versuchten, sich beim Stockkampf die Augen auszustechen und sich den Hals zu brechen, alles war wie immer.

Aïda dachte lange Zeit, dass es vielleicht das war, was ihrer kleinen Schwester Mimi geschehen war, als sie verschwand. Mimi war an den vereinbarten Treffpunkt zurückgekommen, aber in der Zwischenzeit hatte sich die Welt vollkommen gewandelt. Etwas war verrutscht und Mimi war seitdem an einem Ort gefangen, der weder den gleichen Ausblick bot, noch die gleichen Koordinaten hatte wie die bekannte Welt.

Zumindest gab es, da man Mimi nie gefunden hatte, keine andere Erklärung. Es hatte nie eine gegeben.

5

Ich könnte so etwas schreiben wie: Sie waren vier unzertrennliche Schwestern, denen das schönste aller
Leben versprochen war. Da gab es die Königin Violetta,
die pragmatische Gilda, der Liebling Aïda und der Kolibri Mimi.
Zuallererst muss man erwähnen, dass ihr Vater ein
Opernfan war. Und seine Frau hatte, um ihn zu erfreuen
(diese klägliche, zutiefst nutzlose Neigung), vorgeschla-
gen, ihren Töchtern Vornamen zu geben, die auf diese
Marotte Bezug nehmen. Ihm wäre ein Rodolfo oder
ein Alfredo oder schlimmstenfalls sogar ein Giovanni
lieber gewesen, aber sie hatten nur Töchter bekommen.
Was Mimi, die vierte, betrifft, denn es war wieder und
unumkehrbar ein Mädchen, hatte er beschlossen, dass
sie Cio-Cio-San heißen solle – der richtige Name von
Madame Butterfly. Aber seine Frau, einmal ist keinmal,
war dagegen gewesen. Man hatte sich auf Mimi geeinigt.
Das ähnelte eher einem Spitznamen. Aber zumindest
konnte man es aussprechen. Er hatte also drei Verdi-
Heldinnen und eine von Puccini. Davon abgesehen
bedeutete nur Töchter zu haben, keine Kinder zu haben.
Das sagte er immer wieder, bittersüß.
Für den Augenblick stellen Sie sich bitte diese vier kleinen Mädchen auf einer sonnenüberfluteten Insel vor. Sie

haben jeweils zwei Jahre Abstand zur vorangegangenen. Ein perfekter Rhythmus, wiederholte ihre Mutter gern. Alle zwei Jahre ein Baby. Die eine begann zu brabbeln, da folgte die nächste. Irgendetwas an dieser rein weiblichen Nachkommenschaft musste ja perfekt sein.

Sie wurden alle früher oder später auf dieser Insel sechs Jahre alt. Das war der schönste Moment in ihrem Leben – sicher, weil sie mit sechs Jahren zu selbstbezogen und zufrieden waren, um die Abgründe zu sehen. Erinnern Sie sich an dieses Alter, in dem Sie beim Anblick eines Bettes Lust bekamen, Trampolin zu springen, und nicht sich hinzulegen. Erinnern Sie sich an das Alter, in dem Sie den Weg zum Strand achtmal gingen, weil Sie den Erwachsenen voraus- und wieder zu ihnen zurückliefen wie ein ungeduldiger Welpe, und dann ging es wieder in die andere Richtung, und sie waren so langsam, so schwerfällig und so verschwatzt. Erinnern Sie sich an das Alter, in dem Sie nie gingen, sondern immer hüpften. In dem Sie sich so in den Bau einer Sandburg vertiefen konnten, dass Sie beim Gedanken an ihre Vergänglichkeit fast verzweifelt sind. Erinnern Sie sich an das Alter, in dem Sie immer Recht hatten, auch wenn Sie so unerfahren waren wie ein Krapfen. Erinnern Sie sich, wie die Erwachsenen, wenn Sie mit Ihnen sprachen oder Sie ansahen, immer zwischen Verärgerung und Anziehung hin- und hergerissen waren (bin ich nicht unwiderstehlich, bin ich nicht erstaunlich, überrasche ich dich nicht andauernd, freust du dich nicht zu sehen, wie ich mich bewege und renne und tobe und Halbsätze dahinsage, lustig und zusammenhanglos?). Sie wussten nicht, dass Säugetiere darauf programmiert sind, ihren Nachwuchs zu lieben, und alles, was mehr oder weniger an Säugetiernachwuchs erinnert, sehen Sie nicht, wie Sie sich beim Anblick von Katzen- oder Robbenbabys begeistern, das versetzte Sie nicht in Alarmbereitschaft, Sie sprangen weiter auf Betten herum und tanzten im Glauben, eine Ballerina zu sein, die Verkörperung von Anmut, die absolute Schönheit, und niemand klärte Sie auf. Erinnern Sie sich an das Alter, in dem Sie es so sehr liebten, gekitzelt zu werden, Sie lachten. Dieses besondere Lachen, ein Modellachen, ein Lachen, das sagte: Ich habe nicht genug, ich werde nie genug davon bekommen, ich will, dass es immer so weitergeht. Die Unmöglichkeit, dieses Alter noch einmal zu erleben. Die lähmende Unmöglichkeit, dieses Alter noch einmal zu erleben. Und Sie ahnten bereits, je älter man wird, desto mehr erstarrt man, desto mehr wird man zu einer verknöcherten Wucherung, die sich kaum bewegen kann, desto mehr wird man eine Arthrose oder ein Knie ohne Knorpel, und desto weniger liebt man es, auf Betten zu hüpfen und sich kitzeln zu lassen, bis man Schluckauf bekommt. Sie ahnten es, aber Ihnen würde das nicht passieren. Sie waren etwas Besonderes, ganz sicher unsterblich, anders war es nicht vorstellbar. Sie betrachteten die Erwachsenen ein wenig mitleidig. Sie waren so alt und ihre Körper so behaart, so undiszipliniert, der Ihre war blitzschnell, etwas, das sich mit Leichtigkeit durch den Raum bewegte, mit Energie, etwas Glattes, Seidiges, Duftendes (aber ein Duft von Unterholz oder verwelkenden Rosen, ein feuchter, organischer Geruch, kein ranziger und bitterer Geruch wie bei den Erwachsenen), Sie waren vollkommen, die Erwachsenen sagten es Ihnen, die Erwachsenen lieben Kinder so sehr, sie lieben es, sie zu berühren, zu küssen, zumindest die Frauen, das werden Sie bemerkt haben, Männer lieben ihre eigenen Kinder (zu selten zu gleichen Teilen, auch das werden Sie bemerkt haben), aber selten die der Anderen, das war kein Problem, Sie dachten, dass Sie immer so bleiben würden, Sie wussten es, Sie waren so süß, das sagten alle.

Und selbst wenn Ihr Vater einer dieser mürrischen und cholerischen Männer war, der nur einen Hauch von Begeisterung verspürte, wenn er Verdi hörte, auch wenn Ihre Mutter immer alles tat, um ihn bei guter Laune zu halten, bereit, die übertrieben beispielhafte kleine Hausfrau zu spielen, auch wenn die Art, wie er mit ihr sprach, erahnen ließ, dass er sie viel weniger respektierte, als er ein paar seiner Töchter liebte, fühlten Sie sich noch einigermaßen beschützt vor der Welt, Sie hatten das Gefühl, dass es in Ihrer Familie noch harmonisch zuging, und ohnehin hätten die Leute, bei denen sie lebten, Ihre Eltern, nicht anders sein können als sie waren, so hatten Sie es getroffen, so war es eben, eine unerschütterliche Tatsache. Und dann waren Sie ja auch erst sechs. Und mit sechs wechselt man in einem Sekundenbruchteil von Sorge zu Freude, von Beleidigtsein zu Begeisterung. Sie waren ein kleines Etwas aus modellierbarem Ton und mit unendlichen Möglichkeiten. Im Übrigen

wären Sie später gleichzeitig Tänzerin, Luftballon-
aufbläserin, Zauberin, Astronautin, Geheimagentin und
Schriftstellerin.

Die vier Töchter von Salvatore Salvatore wurden also
nacheinander in Iazza sechs Jahre alt. Erst nachdem
Mimi, der kleine Kolibri, sechs geworden war, beschloss
die Welt, sich nicht mehr ausschließlich um das Wohl-
ergehen der Familie Salvatore zu drehen.

In dem Augenblick wurde Violetta herablassend, Gilda
biestig, Aïda verlor ihren privilegierten Status und einen
Kolibri gab es nicht mehr.

6

Was zieht man an, um auf die Insel zurückzukehren, die man fünfzehn Jahre zuvor verlassen hat, was nimmt man mit, kann man sich sicher sein, die Schwestern, die Mutter, die Landschaft wiedererkennen? Die Inselküste wurde vielleicht zubetoniert, wird mittlerweile zeitweise von Touristen überschwemmt. Vielleicht gibt es keine Weinberge mehr, vielleicht wurden die Felder alle durch eine Armada von Bungalows ersetzt. Welche Richtung hat Iazza eingeschlagen, dieser Felsen, den nichts trösten kann? Hat es dem Zeitgeist standgehalten? Oder ist es zu einem schicken Reiseziel geworden? Vielleicht sogar beliebt? Aïda sagt sich, dass das Erscheinungsbild der Insel, je nachdem, wohin sie abgebogen ist, ganz anders sein würde. Und dass es ihr im Grunde egal ist. Sonst hätte sie sich schon vor langem erkundigt. Sie will nur zwei, drei Dinge vor Ort regeln und schwupps in ihr wunderbar eintöniges und ruhiges Leben inmitten des städtischen Trubels zurückkehren.

Der Tod des Alten war keine Überraschung. Sie hat den Leichnam ihres Vaters ein paar Nächte zuvor im Traum gesehen. Er war von asketischer Magerkeit und lag in einem Sarg. Seine Haut war gelb, seine geschlossenen Lider mitten im Gesicht waren riesig und bläulich, sein Schnurrbart, seine Augenbrauen und Haare waren grau,

fast weiß, während sein Haupthaar das letzte Mal, als
sie ihn sah, noch schwarz und füllig gewesen war. Er lag
im Schaufenster eines Geschäfts in einem Sträßchen
aufgebahrt (eine dieser Gassen, die das Viertel ihrer
Träume zerteilen, immer das gleiche Viertel, immer die
gleichen Gassen, ein Ort, den sie nicht kennt, der nur
ihren Nächten gehört, der ihr anzeigt, dass sie möglicherweise träumt). Sie kam mehrere Tage nacheinander
an diesem Geschäft vorbei (in der dehnbaren Zeit der
Träume) und der Sarg war immer noch geöffnet, darin
lag ihr Vater, in seinen blauen Blouson gezwängt, der bis
zum Hals zugeknüpft war, die Hände über dem Magen
gefaltet, gefesselt von einem Rosenkranz, obwohl er
Frömmler immer verabscheut hatte. Sie beschwerte sich
beim Ladenbesitzer. Sie fragte, wann man ihn beerdigen
werde. Sie wollte nicht an der Verwesung ihres Vaters teil-
haben. Der Mann zuckte nur mit den Schultern, er trank
an seinem Tresen Wodka und sie hatte schreckliche Lust,
ebenfalls billigen Wodka zu trinken, seinen Geschmack
von Plastik und Desinfektionsmittel wiederzuentdecken.
Und das Brennen.
Wie ich schon erzählte, hat sie regelmäßig prophetische
Träume, aber weder brüstet sie sich damit, noch wundert
sie sich darüber. Das wäre dumm, prophetische Träume
existieren eben und decken sich am Ende mit einem der
möglichen Universen.
Sie hat ihre Schwester gefragt, woran der Alte gestorben
sei. Sein Pacemaker habe den Geist aufgegeben, antwortete Violetta. Das geschehe auf der Insel immer öfter,

fügte sie hinzu. Zum einen wusste Aïda nicht, dass ihr Vater einen Pacemaker hatte (wo hätte er ihn einsetzen lassen können, wenn nicht in Palermo, auf dem »Festland«, wie es heißt), zum anderen wusste sie nicht, was die Bemerkung ihrer Schwester über die für Iazza typischen Aussetzer der kleinen Herzschrittmacher andeuten sollte. Sie hakte nicht nach, denn sie spürte, wie die insularen Verschwörungsmythen ihr Haar streiften wie ein kalter Wind. Ihre Schwester rief sie wegen der Beerdigung des Alten an. Zu ihrer Überraschung war das eine Überraschung.

Der Alte ist tot. Er muss sich davor gefeit geglaubt haben. Aber dem war nicht so.

Aïda wird aktiv. Sie ruft das Hotel an, in dem sie arbeitet, sagt, dass sie ein paar Tage fehlen werde, weil ihr Vater gestorben sei, ihr Chef Gino teilt ihr mir, dass sie eine Sterbeurkunde benötige, sie sagt: »Machst du Witze?« Sie kennen sich schon lange, er weiß, dass er ihr in allem vertrauen kann, im Gegensatz zu anderen Hotelangestellten, die im Hinterhof Gras rauchen und Piccolo-Flaschen aus den Minibars leeren, die sie bei den Gästen draufschlagen. Zumindest ist Aïda verlässlich, was ihre Arbeitszeit, die Kontrollen oder Lieferungen betrifft (Gino lässt sich nachts Sachen ins Hotel liefern, Aïda empfängt sie und stellt keine Fragen). Er antwortet, das sei für die Buchhaltung. Sanft sagt sie: »Du kannst mich mal, Gino.« Und legt auf. Wenn sie ihre eigene Mutter wäre, würde sie ganz empört »Na, jetzt aber« sagen und die Fäuste in die Hüften stemmen.

Ein wenig widerstrebend stopft sie ein paar Kleider – und ein, zwei Bücher über Gravitationswellen und Schwarze Löcher – in eine große Kunstledertasche, die ihr die Nachbarin aus dem gleichen Stockwerk geliehen hat. Er scheint, als zögere sie, ob sie ihre Gelassenheit und Langeweile in Stücke schlagen soll. Sie beschwert sich nicht, dass ihr Leben langweilig ist, denn sie will, dass es so ist. Das ist fast wörtlich das, was Roberto, ihr letzter Liebhaber, zu ihr gesagt hat. Er interessierte sich für Aïda wie für ein fremdartiges Tier. Roberto war verheiratet und besaß zwei Modegeschäfte im Zentrum. Er war recht unglücklich, schlief mit seinen Verkäuferinnen, schrieb sich tödliche Krankheiten zu und bewunderte, wie Aïda die Gleichförmigkeit ihres Alltags weniger ertrug als herbeiführte.

»Ich weigere mich, auf die schiefe Bahn zu geraten«, hatte ihm Aïda erklärt, als sie eines Nachmittags nach dem Sex im Bett rauchten, »das ist so vielen Menschen um mich herum geschehen.«

Das stimmte nicht ganz. Aber es hatte den erwünschten Klang.

Roberto fand ihren Austausch (von Körperflüssigkeiten und Worten) wohltuend. Aïda mochte ihn. Und am Ende hatte er sich wieder auf sein Familienleben konzentriert – seine Frau hatte Lungenkrebs bekommen, ohne im Leben jemals geraucht zu haben. Er hatte Aïda nicht gesagt, dass er Schluss machte. Er hatte nur nicht mehr angerufen. Manchmal lösen sich die Dinge von allein auf. Oder verschwinden. Aïda brauchte so eine

Klarstellung ohnehin nicht. Wenn Roberto sich dazu herabgelassen hätte, sie über ihre Trennung in Kenntnis zu setzen, hätte sie nur mit den Schultern gezuckt. Freundlich, frei von Feinseligkeit. Sie hätte gelächelt und wäre zu ihrer Routine ohne Roberto zurückgekehrt, ein kurzer meteorologischer Einfall an ihrem Kumulushimmel.

Ich möchte hinzufügen, dass Aïda unter den Bedingungen, unter denen sie aufgezogen wurde, die bestmögliche Version ihrer selbst ist.

Kurz überlegt sie, was ihre Schwestern bei der Vorstellung, sie wiederzusehen, wohl denken. Sie fragt sich, ob sie auf die Sache vorbereitet gewesen waren. Normalerweise ja. Der Alte musste, wie es sich gehört, eines Tages das Zeitliche segnen. Und es musste sich um den Nachlass gekümmert werden. Aber manchmal sind die Leute erstaunlich. Sie drücken unbequeme Gedanken ganz hinten in ihren Schädel. Trübe Aussichten. Die Geister kleiner Mädchen.

Die Salvatore besitzen ganz entschieden eine Begabung für Ausweichtänzchen und Verdrängungstaktiken. Aïda ebenso wie die anderen, so dass sie Mimis Verschwinden nicht anders bezeichnen kann, als dass sie »irgendwo festsitzt«. Die Wörter »entführt« oder »tot« sind vollkommen ausgeschlossen.

Aïda Salvatore, hör auf, schimpft sie mit sich. Sie hat vor langer Zeit aufgehört, für die anderen zu denken. Eine Frage der Harmonie. Sich vorzustellen, was die anderen denken, ist das effizienteste Mittel, sich das

Gehirn zu verknoten. Aber in der Situation, in der sie jetzt ist, könnte ihr diese schlechte Angewohnheit helfen, den sauren Tropfen auszuweichen, die auf sie niederprasseln werden, sobald sie Iazza betritt. Sie muss sich nur in Erinnerung rufen, wie ihre Schwestern sie behandelt haben, bis sie die Insel verließ. Aïda versucht zu verstehen, warum Violetta sie angerufen hat, um sie vom Tod des Alten in Kenntnis zu setzen und sie zur Beerdigung einzuladen.

Was die Sache verkompliziert, ist die Tatsache, dass es an einem Ort wie Iazza ein Leichtes gewesen wäre, Aïda aus dem Familienstammbuch zu streichen. Und Simsalabim, niemand hätte sie über irgendetwas in Kenntnis setzen müssen. Man hätte sie auslöschen können. Und die Nachkommenschaft von Salvatore Salvatore hätte sich auf seine beiden ältesten Töchter beschränkt. Was also? Skrupel? Gewissensbisse? Gefühlsduselei? Ein Anflug von Ehrlichkeit?

Warum, fragen wir mit gutem Recht, entschließt sich Aïda dorthin zurückzukehren, wo Iazza doch von endemischem Kummer nicht frei zu sein scheint? Vielleicht, weil ein wenig Geld zu holen ist, rechtfertigt sie sich. Käuflich ist sie nicht, aber man muss doch an so manches denken, die fortschreitende Zeit, die auszupolsternde Matratze, der unvermeidbare Verfall, die Degeneration von Gewebe und Organen, ein Wohnungswechsel. Sie hätte gern einen Ort nur für sich allein, klein, ruhig, denn sie weiß, alle hier wissen, das ist kein Geheimnis, dass die Bewohner der Via Brunaccini 22 rausgeschmissen werden und das Gebäude dem Erdboden gleich gemacht wird, davon ist schon lange die Rede, aber nun ist es soweit, die Abrissmaschinen stehen schon fast im Hof, sie wohnt seit fünfzehn Jahren hier und sie weiß, alle wissen es, dass diese halbverfallenen Häuser ins Visier der Stadt geraten sind, die jetzt und dringend dort Mittelstandswohnungen hinstellen will, mit Klimaanlage und Trompe-l'œil-Malereien von korinthischen Säulen auf der Fassade. Das Zentrum sanieren. Den Altstadtvierteln Prunk und Würde zurückgeben. Also wird sie ihren Wunsch nach Unveränderlichkeit von der Via Brunaccini 22 ein paar Blöcke weiter verlegen müssen. Dazu braucht sie ein bisschen Geld. Und Geld wird es auf Iazza wohl geben. Da ist zumindest das Untere Haus (auch wenn es nicht gerade umwerfend ist) und die Grundstücke am Meer. Ein würdevoller Abgang ist schon etwas, aber er macht einen oft zum Habenichts. Ein Habenichts, der sich treu bleibt, sicher, aber mit ihrer Rückkehr nach Iazza, mit ihrer Teilnahme an dieser niedlichen Erbschaftsmaskerade nimmt sie sich nur einen kleinen Teil dessen, was man ihr brutal entrissen hat, und dann wird sie in die Stadt zurückkehren, um sich eine kleine Wohnung zu suchen und einzurichten, aus der man sie nicht vertreiben kann.

So gesehen wirkt das doch wie ein recht vernünftiges Vorhaben, oder?

7

Seit 15 Jahren hält sich Aïda an die Tatsachen. Die Tatsachen sind für sich genommen gesichert und objektiv. Die Moralität der Fakten ist eine Konstruktion. Ihre Interpretation ist Kalkül. Ihre Interpretation ist berechnend. Aïdas Haltung ist recht komfortabel, wenn man kein besonders aufregendes Sozialleben führen will. Auf jeden Fall ist es der eleganteste, am wenigsten würdelose Weg, den sie gefunden hat, um ihre kurze Zeit auf Erden zu fristen. Im Grunde gleicht sie einem Esel, der es mit Philosophie nimmt.

Märchen und Legenden der Familie Salvatore (1)

Salvatore Salvatore, der Vater der Mädchen, weithin bekannt als Der Alte und diskreter als Ihre Lordschaft, traf an einem 2. Mai auf Iazza ein. Er war einundzwanzig Jahre alt. Er kam aus Centuripe, einem Dorf an den Hängen des Ätna, wo seine Mutter auf den Mandelbaumplantagen gearbeitet hatte. Sein Vater, seine Onkel und Großväter hatten ihr ganzes kurzes Leben lang in den Schwefelminen geschuftet, auf dem Kopf die Wollmütze und an den Füßen Gummistiefel, auf den Schultern das Tragjoch. Sie waren jeden Tag zum Krater und zu seinem türkisfarbenen See gegangen. Hier und da stiegen träge Salzsäureblasen an die Oberfläche des Sees. Wegen seiner giftigen Dämpfe fielen die Vögel aus dem Flug tot zu Boden. Die Männer von Centuripe legten ein Halstuch über Nase und Mund (eine wahnsinnig effiziente Technik gegen toxische Gase, das muss ich keinem erklären) und trugen mehrmals am Tag fünfzig Kilo Schwefel nach oben, wobei sie nach und nach, von Woche zu Woche, Monat zu Monat, schwächer und gebeugter wurden. Sie starben so jung, dass es fast lächerlich wäre, ihre Lebensdauer mit der der Dorfhunde zu vergleichen.

Es war Saviano, der Sohn, der, als er 1943 als Pilot eingezogen wurde, bei einem Flug über den Ätna in einer Savoia-Marchetti SM70 an einem Märzmorgen entdeckte, dass Centuripe vom Himmel aus wie ein erschlagener Riese aussieht, mit gespreizten Armen und Beinen. Was für ein Anblick. Und welch Privileg, der einzige Bewohner von Centuripe zu sein, der dieses Wunder bezeugen konnte. Der junge Saviano kam mit einem Bein weniger aus dem Krieg zurück, hinkte den Rest seines Lebens durchs Dorf, um von dieser grandiosen Entdeckung zu erzählen. Eilen Sie zu ihren jeweiligen Bildschirmgeräten, sie werden überprüfen können, was ich hier behaupte und der arme Saviano, der Sohn, allzeit herumposaunte.

Die Mutter von Salvatore Salvatore war eine Frau, der man nichts vormachen konnte. Nach dem Tod ihres Mannes hatte sie versucht, die Minenarbeiter von Centuripe zu mobilisieren, für ihre Zukunft zu kämpfen, und wenn schon nicht ihre eigene, die schon recht angekratzt war, dann doch für die ihrer Kinder. Sie selbst hatte das Glück, nur eines zu haben – es ist bekannt, dass eine ausufernde Nachkommenschaft Frauen einschränkt. Ihr Mann war an Vergiftung gestorben, bevor er ihr viele Kinder machen konnte, und sie war entschlossen, bis zum Ende ihrer Tage auf dieser ungastlichen Erde um ihren Mann zu trauern. Was ihr nicht nur erlaubte, sich der Mandelernte zu widmen, sondern auch der Missionierung der Minenarbeiter und schließlich der Erziehung ihres Sohnes.

Wenn Sie Salvatore zu seiner Mutter befragt hätten, hätte er Ihnen von ihrem Opfergeist, ihrer Intelligenz und ihrer Unnachgiebigkeit erzählt, er hätte sogar er-

wähnt, dass sie unfassbar gut kochen konnte, obwohl
bei der Witwe Salvatore wenig und selten mehr als einmal am Tag gegessen wurde und die Krönung ihrer
Kochkunst in Hühnerbrühe mit darin schwimmenden
Hühnerfüßen bestand, glibberig und im Farbton eines
Ertrunkenen, nicht gerade verlockend. Salvatore hätte
natürlich hinzugefügt, dass seine Mutter wunderschön
gewesen sei und Haare bis zu den Knöcheln gehabt habe
(so schwarz, dass sie fast blau aussahen). Ein typisches
Merkmal bei Söhnen, in deren Erinnerung die Mutter
viel eindeutiger schön ist, als sie es war.

Wie dem auch sei, sie war entschlossen. Sie stritt mit dem
Bürgermeister, damit er für seine Mitbürger eine Bresche
schlug, anstatt sie an der Gleichgültigkeit der Minen-
gesellschaft – und zu ihrem großen Nutzen – sterben zu
lassen. Sie mochte den Geistlichen nicht, aber gewann in
ihm einen Verbündeten. Sie sagte, dass er im Kern weniger verdorben sei als der Bürgermeister. Er sprach mit ihr
über Aufopferung, aber recht oberflächlich. Sie ging also
in Hungerstreik, führte ihn schamlos im Kommunalsaal
durch (der Gemeindesaal wäre ihr für ihr Martyrium
passender erschienen, aber der Pastor hatte das Gesicht
verzogen), all das neben den Minenarbeitern, die Sonn-
tagmorgens Rommé spielten, während ihre Frauen zur
Kirche gingen. Da lag sie, eine erschreckend dünne Mater
dolorosa, auf der Bettkante ihr Salvatore, der ihr die Lippen benetzte, während die Männer des Dorfes murmel-
ten, zunächst besorgt, dann, am Ende des achten Tages,
bewundernd. Sie waren es schließlich, die den Bürger-

meister hinausschmissen und einen der ihren an seine Stelle setzten. Diese Episode sollte als »die ganz kleine Revolution von Centuripe« in die Geschichte eingehen. Salvatore war ein wilder Junge. Er war gebaut »wie eine Sprotte in Windeln«, so sagten die (wenigen) Alten, die auf der Steinbank im Schatten der Kirche saßen. Und da das einzige Kapital dieser Leute ihr Körper und ihre Vitalität waren – ein gefährdetes Kapital in dieser Gegend – und das ihr einziger Maßstab war, versprach Salvatores Aussehen nichts Gutes. So blieb es, bis er fünfzehn war und sein Körper begann, sich unharmonisch zu entwickeln. Seine Füße, Hände, Schultern und die Nase wuchsen, bevor sein übriger Körper sich entfaltete. Er wurde ein jähzorniger, solider kleiner junger Mann, der seine Muskeln trainierte, indem er sich mit allen schlug, die seine Mutter beleidigten. Und vor allem wurde er krankhaft misstrauisch. Die Gesellschaft der Tiere war ihm stets lieber als die seiner Kameraden (was sein ganzes Leben so bleiben sollte, wobei ich seine spätere Leidenschaft für Tierfilme und seine Abscheu vor dekadenten TV-Sendungen der RAI mit ihren Stars, ihrer Hysterie und den positiven Gefühlen, als Beweis ansehe). Seine Neigung zur Oper war sicherlich ähnlich einzuordnen, sie war ein Mittel, es nicht zu machen wie die anderen Kinder seines Alters. Er hörte im Radio Sendungen mit klassischer Musik, und seine Mutter bildete sich etwas darauf ein, einen Sohn mit so feinem Gehör zu haben. Er hätte ewig in Centuripe bleiben können, er war so sesshaft wie ein Stein, wäre da nicht seine gottgleiche Mutter gewesen, die darauf beharrte, dass er das Dorf verließ. Sie lag ihm seine ganze Kindheit über in den Ohren fortzugehen, um die weite Welt zu sehen.

Aber als er endlich beschloss, mit Sack und Pack loszuziehen, begann er seine Weltreise mit einem Halt auf Iazza, von wo er, abgelagert wie Sediment, nicht mehr loskam.

Er landete an einem 2. Mai an, wie ich bereits erzählte. Er hatte in der *Quotidiano di Sicilia*, die sporadisch in Centuripe zu bekommen war, gelesen, dass auf Iazza ein Gärtner mit Grundkenntnissen im Imkern gesucht werde. Er hatte keine Ahnung vom Gärtnern, keinen blassen Schimmer, wo Iazza liegt, noch weniger, was ein Imker macht, aber er sagte sich, dass dies so gut sei wie alles andere ... Die Anzeige besagte, er solle die Contessa di Gandolfi auf dem Gut der Sykomore kontaktieren. Er hatte vom Bürgermeisteramt von Centuripe aus angerufen – ein für alle frei zugänglicher Telefonapparat in der Eingangshalle, Sozialismus und große Hoffnungen. Das Wort »Sykomore«, verbunden mit »Gut« und »Contessa«, gefiel ihm. Er stellte sich einen Palast vor. Er log, was seine Qualifikation betraf, aber er konnte überzeugend sein, da war er durch die richtige Schule gegangen. Man forderte ihn auf, sich vorzustellen. Nach einer Reise über mehrere Tage, kam er an einem Donnerstag mit der Mittagsfähre an. Was ab April niemand mehr freiwillig tut, in Anbetracht der alptraumhaften Hitze, ergänzt durch den höllischen Scirocco-Wind und den zu Scherzen aufgelegten Kapitän und seinen Sekundanten, die gern die wenigen Grünschnäbel aufs Korn nahmen. Er musste sich während der ganzen Fahrt übergeben, was vielleicht erklärt, aber das wären voreilige Schlüsse, warum er solche Vorbehalte gegenüber einer Abreise hatte. Salvatore war ein Kerl aus der Mitte Italiens, der Berge und vulkanischen Böden, er war überhaupt kein Küstenmensch. Er hatte noch nie das Meer gesehen, bevor er sich darauf die Leber aus dem Leib kotzte.

Und an diesem 2. Mai waren, wie an jedem 2. Mai in Iazza, die Esel noch auf den Dächern.

8

»Ich glaube, es wäre gut, sie am Hafen zu empfangen«, sagt Violetta zu Gilda, als sie ihr vom Gespräch mit Aïda berichtet.

»Glaubst du?«, versichert sich Gilda am anderen Ende der Leitung, Erdnüsse knabbernd.

»Das gehört sich so.«

»Es ist so lange her, dass wir sie gesehen haben.«

»Eben.«

»Wir werden sie nicht wiedererkennen, Violetta.«

»Natürlich werden wir sie wiedererkennen, was glaubst du denn? Denkst du, dass sie vierzig Kilo zugenommen, sich die Haare blond gefärbt hat und auf einem Holzbein daherkommt?«

»Ich habe ohnehin keine Zeit, ich habe unfassbar viel Arbeit.«

Violetta seufzt. Sie weiß, dass ihre Schwester auf dem Standesamt kaum einen Finger rührt. Alle wissen das.

»Was mich betrifft, so werde ich auf jeden Fall hingehen«, fährt sie fort.

»Wie du willst. Ich kann nicht. Ich arbeite, ich kümmere mich um Giacomo, ich habe wieder Nierensteine und schreckliche Migräneanfälle, ich schlafe schlecht, habe keine Sekunde für mich ...«

»Ich habe dich um nichts gebeten, Gilda. Außer um deine Meinung.«

»Tja, wenn du sie wirklich empfangen willst, repräsentierst du mich einfach mit.«

Und nach diesen Worten legt Gilda auf. Violettas Bedenken, was in dem Fall angemessen ist oder nicht, ärgern sie – das gehört sich so, buhubuhu, denkt Gilda. Sie sieht darin ein deutliches Anzeichen für ein schlechtes Gewissen. Es gibt Menschen, die einem glauben, selbst wenn man aus einem Kühlcontainer heraus »Feuer« ruft, und es gibt die, die einem nie glauben. Gilda gehört zur zweiten Kategorie.

Violetta ihrerseits wird allmählich nervös. Aïda hat gesagt, dass sie am Mittwoch ankommt. Sie hat gerade mal zwei Tage, um sich vorzubereiten. Wie das? Passende Kleidung auswählen, weder zu schick noch zu gewollt abgetragen? Ein ruhiges und wohlwollendes Gesicht einstudieren? Zwei Stunden Yoga und eine Stunde Meditation machen? Eine Zitrusfrüchte-Diät anfangen?

Auf welche Weise auch immer die dunklen Gedanken abschütteln und die verlorene kleine Schwester in Empfang nehmen. Darum handelt es sich.

Sie geht in ihr Schlafzimmer, in ihren begehbaren Kleiderschrank – ein Raum, in dem das Licht angeht, sobald man die Türen öffnet, Anti-Mottenmittel und Zedernholz, alles nach Jahreszeiten, dann nach Farben geordnet. Sie beginnt auszuwählen, durchzusieben, das Beste rauszusuchen. Trotz (oder wegen) der Fülle an Kleidung hat sie oft das Gefühl, nicht die richtige Wahl

zu treffen. Während ihr bei den anderen alles unein-
geschränkt clever und entspannt vorkommt. Die beiden
Mädchen kommen zu ihr, legen sich aufs Bett, kabbeln
sich, lachen, singen, ziehen Kleider ihrer Mutter an, sie
lieben die großen Sortieraktionen. Violetta probiert das
eine und andere Teil an. Die Kleinen rümpfen die Nase
oder applaudieren. Ihr fehlender Geschmack ist Gold
wert. Sie lieben, was glänzt, und hassen alles mit tie-
fem Ausschnitt – irgendein Herr könnte Lust bekommen, ihre Mamma zu stehlen. Violetta entscheidet sich
schließlich für eine weiße Hose und eine Hemdbluse mit
orangefarbenem Karomuster. Sie kommt sich erbärmlich
dabei vor, sich selbst so in die Pflicht zu nehmen. Den
Mädchen sagt sie, dass sie so in zwei Tagen ihre Tante in
Empfang nehmen wird.

»Welche Tante?«, fragen sie einstimmig.

Violetta erklärt ihnen, dass sie neben Gilda noch eine
weitere Tante hätten, die sie aber noch nie getroffen hätten, weil sie weit weg wohne. Eine der beiden Kleinen
fragt: »Wollte sie uns nicht sehen?« Violetta packt ihre
magische Formel aus, »Es ist ein bisschen kompliziert«.
Dann fügt sie hinzu, ihr Leben sei ein bisschen schwierig
gewesen (alles ist »ein bisschen«), aber nun sei sie bereit
zurückzukommen. Die Mädchen freuen sich. Hat sie
Kinder? Wird sie nach Iazza ziehen? Wie heißt sie? Sieht
sie dir ähnlich? Ist sie nett? Mochte Nannu sie?
Die zentrale Frage. Nannu, der Alte, Salvatore Salvatore, der Aïda so geliebt hatte, war er traurig, dass sie
gegangen ist? Violetta reißt sich zusammen. Sie setzt

sich auf die Bettkante, zieht die Mädchen an ihre Seiten, legt ihnen jeweils einen Arm um die Schultern und beschließt, ihnen von Aïda zu erzählen. Die fantastischen und bewegten Abenteuer von Aïda, Violetta und Gilda auf der Insel Iazza. Davon, was sie alles angestellt haben. Die Sprachen, die sie erfunden haben. Die Hunde, um die sie sich mehr oder weniger gekümmert haben. Ihre Spielereien und Ausbüxereien. Das ist, wie ein Gesicht wiederzusehen, das auf dem Foto durchgestrichen oder herausgerissen wurde. Die Mädchen lachen und wollen mehr. Ein perfekter Augenblick. Im Zimmer ist es kühl, die Klimaanlage brummt, die Laken sind weiß, die Wände und Vorhänge auch, der Boden ist wunderbar glatt, gebirgsbachklar.

Über dem Marmorkamin hängt ein Gemälde des Alten, das die Bucht von Cala Andrea bei Sonnenuntergang zeigt, es ist nicht ganz gelungen, aber sagen wir, das Bild hat einen sentimentalen Wert (tatsächlich stimmt das nicht, kein Bild des Alten hat einen *sentimentalen Wert*, es wäre Violetta einfach nur nicht in den Sinn gekommen abzulehnen, als ihr Vater ihr dieses Gemälde geschenkt und einen Platz an der Wand dafür ausgesucht hat. Schließlich hängte sie es ins Schlafzimmer. Weil sie es nachts nicht sieht. Und sie zu ihrem Vater sagen konnte: Schau, ich habe dein Bild lieber in mein Schlafzimmer gehängt, was ausdrücken sollte: in mein Innerstes, meinen intimsten Raum. Was in Wirklichkeit sagte: Scheiße, ich will nicht den ganzen Tag diesen Schinken vor der Nase haben). Selbst durch die Glastüren sind die Grillen und Vögel im Pinienwald zu hören. Violetta erkennt die Art nicht. Das ist nicht von Belang. Ihr Mann kann das für sie tun, und es interessiert sie ohnehin nicht besonders. Sie legen sich alle drei aufs Bett. Die Kleinen fangen an zu diskutieren. Auch was sie sagen, erkennt Violetta nicht ganz. Sie sprechen in gleichem Atemzug über ihre frisch entdeckte Tante und Figuren aus Zeichentrickfilmen. Violetta liebt ihre Töchter abgöttisch, aber sie selbst hätte sich nicht gern als Mutter. Es war vielleicht ein Fehler, Kinder zu bekommen. Sie fragt sich, ob sie sich in dieser Sache nicht von Leonardos Wunsch hat mitreißen lassen. Im Grunde fällt es ihr schwer, Entscheidungen zu treffen. Sie weiß nicht, ob es so ist, weil sie es sich nicht eingesteht oder weil es so bequemer ist. Aber Violetta geht streng mit sich ins Gericht. Ihre Zwillinge zu bekommen, war ein willentlicher Akt. Das ist das Mindeste, was man behaupten kann. Sie ist dafür weit gegangen. Aïdas bevorstehende Ankunft – und das kürzliche Versterben des Alten – drängt ihr eine unwillkommene Innenschau auf. Während ihre Gedanken kreisen, springen die Mädchen auf dem Bett herum und rufen: »Wir gehen in den Pool, kommst du kommst du kommst du?« Die Kleinen halten nie still – außer vor einem Bildschirm. Violetta steht auf und folgt ihnen. Sie schnappt sich eine Zeitschrift vom Regal, auch wenn sie weiß, dass sie nur darin blättern wird, während sie weiter grübelt. Sie wird sich auf einen Liegestuhl in der Sonne setzen und sicherstellen, dass die Mädchen nicht ertrinken.

9

Violetta ist zum Landungssteg gefahren, um ihre Schwester abzuholen. Sie wartet auf dem Kai neben den Mulis, die das Gepäck der Touristen tragen werden, und Männern, die immer da sind, um das Boot zu vertäuen, als wollten sie es auf der Insel festhalten. Violetta hat sich oft gefragt, was sie den ganzen Tag tun, wenn kein Boot ankommt. Ich nehme an, dass sie rauchend aufs Meer schauen, scherzen und im Schatten Kaffee trinken. Irgendetwas in dieser Art.

Am Ende hat sie eine Jeans mit zweifarbigem Revers und ein weißes Hemd mit einer kleinen, sehr diskreten Brosche in Gestalt eines Nilpferds angezogen – ohne die Brosche wäre das Outfit zu schlicht gewesen. Die Mädchen hat sie links und rechts an ihre Seite genommen. Die beiden sind ruhig. Ihnen wurde Pizza vor dem Fernseher versprochen, wenn sie ihren Bewegungsdrang für fünf Minuten im Zaum halten würden. Fünf Minuten, das sei doch nicht zu viel verlangt? Die eine trägt ein orangefarbenes, die andere ein gelbes Kleid.

Dieses entzückende Bild bietet sich Aïda, als sie im Benzinnebel über die Rampe die Fähre verlässt. Es besteht kein Zweifel an der Identität der nervösen Frau in Begleitung ihres Zwei-Kugel-Sorbets. Violetta ähnelt ihrem Vater, ist nur größer, sauberer und verlegener. Violetta wirkt eindeutig männlich, trotz der Tricks, die sie anwendet. Sie gleicht ihrem Vater so sehr, dass es fast komisch wirkt, als hätte der Alte sich eine wasserstoffblonde Perücke aufgesetzt und würde ständig verängstigt gucken. Violetta hatte schon immer Angst vor Fehlern, Angst, ihren Kritikern die offene Flanke zu bieten. Das macht einen verrückt, das muss ich Ihnen nicht sagen, man ertappt sich ständig dabei, jede Geste übermäßig zu rechtfertigen.

Wie auch immer.

Aïda geht auf ihre Schwester zu und spürt, dass sie ihr entgegen aller Erwartungen überlegen ist. Ein diffuses, flüchtiges Gefühl. Aber sie nimmt Violettas Angst wahr. Und dann reißt diese sich zusammen, öffnet weit die Arme und sagt zu den Mädchen: »Schaut, da ist Aïda, eure Zia.« Sie sagt den Satz zweimal. Man rechnet damit, dass sie ihn trällert. Die kleine Orangefarbige versteckt sich hinter ihrer Mutter, aber die kleine Gelbe geht auf Aïda zu, umarmt und drückt sie, die Wange am Bauch ihrer brandneuen Tante. Aïda verharrt einen Moment mit den Armen in der Luft, sie weiß nicht recht, was sie mit der erstaunlichen Kreatur, die sich an sie drängt, anfangen soll, also streicht sie ihr zögerlich übers Haar (wie man einen launischen Hund berührt), sie hält das für die angemessene Reaktion, die kleine Gelbe hebt ein freudestrahlendes Gesicht zu ihr, »Willkommen Zia Aïda«, sagt sie. Violetta schiebt die schüchterne Orangefarbene zu ihrer Schwester. Und schwupps ist Aïda von den Mädchen umzingelt, die sich an sie schmiegen. Sie haben beide einen leichten, charmanten Silberblick und große feuchte Augen. Aïda schaut Violetta an und zieht die Augenbrauen hoch, damit diese reagiert, ihr anzeigt, wie sie sich verhalten muss, auf die eine oder andere Weise eingreift. Violetta geht einen Schritt auf ihre Schwester zu, »Na, na«, sagt sie, »lasst eure Zia mal Luft holen«.

Violetta und Aïda begrüßen sich mit drei Küsschen, ohne recht zu wissen, mit welcher Wange sie beginnen sollen, es ist peinlich und endet verkrampft, sie beschnüffeln sich, Violetta trägt ein leichtes, feines Parfum, teuer, da ist ein unterschwelliger Geruch von Zigaretten und Minze, sie muss heimlich rauchen. Aïda verströmt einen strengeren Geruch, Schweiß, Staub und Müdigkeit – der Geruch von Reisenden. Der Landungssteg leert sich allmählich. Bald würden nur noch sie vier am Kai stehen.

Aïda fragt sich, ob sie selbst sich stark verändert hat. Sie fragt: »Hast du mich wiedererkannt?« Und das könnte andeuten »nach so langer Zeit«, aber die Frage ist freundlich gestellt, also beschließt Violetta, dass es keine Stichelei ist, sie antwortet, als wäre sie darüber erfreut: »Du hast dich nicht verändert. Du hast Mammas Augen, und schau, die Kleinen haben die gleiche Augenfarbe wie du. Und Mamma.«

Aïda fragt sich kurz, ob Violetta glücklich darüber ist. Alle Salvatore-Mädchen haben blaue Augen, außer Aïda. Als Kind betrübte sie das ein wenig. In der so anspruchsvollen Schönheitspyramide, das ist allseits bekannt, steht die blaue Iris ganz an der Spitze.

Alle Salvatore-Mädchen haben die blauen Augen des Alten. Außer Aïda. Und Violettas Töchter.

»Ich dachte, dass ich dich erst nach Hause bringe. Dann kannst du dich entspannen, duschen, umziehen, ausruhen, bevor wir Mamma besuchen. Sie hält ohnehin gerade ihren Mittagsschlaf. Wir fahren danach zu ihr.«

Ihre Mutter hält nun also Mittagschlaf.

Und Violetta fügt hinzu, aber alles geht durcheinander – es ist unmöglich, die Informationen in der richtigen Reihenfolge zu vermitteln, Hast und Panik:

»Mamma wohnt nun im Großen Haus. Wir dachten, dass es dir gefallen könnte, dort zu übernachten. Es ist immer noch so schön. Es wird dir gefallen.«

Aïda schaut ihre Schwester erstaunt an. Ach so? Es wird mir gefallen, im Großen Haus zu übernachten? Sie denkt, dass sie aufhören muss, in allem, was Violetta sagt, Anspielungen zu vermuten. Aber das ist schwierig. Dafür braucht es eine Neueinstellung der Brennweite. Kurz befürchtet sie, dass jeder ausgesprochene Satz von einem Geistersatz begleitet werden wird. Das ist wohl bei den meisten Familien so. Was wirklich gesagt wird, bleibt unausgesprochen.

Und was hat ihre Mutter im Großen Haus zu suchen – so bezeichnen schon immer alle in Iazza das Anwesen der Sykomore, das Haus der Gandolfi. Sollte die alte Contessa, wie man in Iazza schon vermutet hatte, als Aïda noch ein Kind war, ihre Mutter in ihrem Testament bedacht haben?

Schwer zu glauben, bei den Aasgeiern, die ihre Neffen waren.

Aber es ist noch nicht die Zeit für Fragen. Das wäre verfrüht.

Sie verlassen den Landungssteg und gehen zum Parkplatz, die Kinder sind in ihrer Kinderwelt, gestikulieren ein paar Meter vor ihnen, Aïda fragt, »Sind sie Zwillinge?«, obwohl es offensichtlich ist. Violetta ist drauf und dran, alle Details zu erzählen (Schwangerschaft, Kaiserschnitt in Palermo, zwei Babys, die gleichzeitig weinen, Stillhölle), aber ihr wird klar, dass es für solche Vertraulichkeiten ein bisschen früh ist, also nickt sie nur und sorgt sich laut, ob Aïdas Tasche nicht zu schwer sei und ob sie Hilfe brauche.

Violettas Auto ist ein weißer Mercedes-SUV. Sie selbst merkt, als sie auf den Schlüssel drückt und die Scheinwerfer ihres Fahrzeugs aufleuchten, dass es klischeehaft ist. Flüchtig denkt sie, dass Aïda gekommen ist, um ihr in die Suppe zu spucken. Sie war sich selbst NIE zuwider, wenn sie ihren Wagen fuhr. Sie war sogar sehr glücklich über dieses Geburtstagsgeschenk von Leonardo. Das Weiß war seine Idee gewesen. Er hatte es auf einem Seminar in den Tropen gesehen – es gelang ihm, sich zu Seminaren einladen zu lassen. Er sagte, dass es die Sonnenstrahlen reflektiere und sie die Klimaanlage weniger benutzen müssen. Das erschien Violetta vernünftig.

Aïda ist ein schlechtes Gewissen.

Violetta reißt sich zusammen, sie tut, was sie tun muss, sie bringt Aïda zu sich nach Hause, die Mädchen sitzen

still auf der Rückbank, in den Kopfstützen der Vorder-
sitze sind Bildschirme eingebaut. Die einzige Schwierig-
keit besteht darin, sich einig zu werden – auf beiden Bildschirmen läuft derselbe Film, die Technik ist noch nicht
ganz ausgereift –, aber danach ist die Ruhe garantiert,
selbstredend.

Aïda schaut sich um, während sie die Hauptstraße ent-
langfahren, »Es hat sich verändert«, sagt sie. Souvenir-
läden und Franchise-Filialen, die man auf dem ganzen
Planeten findet, sind hinzugekommen, Restaurants mit
Rattanbänken auf der Terrasse, cremefarbene Sonnen-
schirme mit Holzständern, und eine Fußgängerzone –
umschlossen von quadratischen, weißen Häusern. Die
blauen und grünen Fensterläden bezeugen, dass nicht
alles verschwunden ist, ein bisschen Urtümlichkeit muss
sein, wenn man die Leute hierherlocken will. Es scheint
so, als wäre Iazza ein Ziel für ausländische Touristen
geworden – moderner Komfort, Konsum ohne schlechtes
Gewissen und deutlich sichtbare Authentizität.

»Die Severini haben praktisch die ganze Insel aufgekauft«,
sagt Violetta.

»Sind sie immer noch da?«

»Sie vermehren sich wie eine der zehn biblischen Plagen.«
Aïda erinnert sich an den jungen Severini, der auf Iazza
ein Kasino bauen wollte – der alte Salvatore sagte »die
Spielhölle dieses Nichtsnutzes Severini« dazu. Violetta
teilt Aïda mit, dass ihr Mann kein anderer als Leonardo
Azzopardi sei, der bereits ihr Verlobter gewesen sei, als
Aïda die Insel verlassen habe, oder? Alle auf Iazza ken-

nen die Familie Azzopardi, »Erinnerst du dich an ihn?«
Aïda erinnert sich an ihn und an einen Haufen Dinge
ihn betreffend, die sie ihrer Schwester aus Gründen nicht
enthüllen sollte. Offiziell war Leonardo ein mit Hoch-
glanzlack überzogener junger Mann mit vollem blonden Haar – in dieser Gegend gibt es nur zwei Kategorien:
Wer nicht brünett ist, ist blond –, Sportwagen und eng-
lischem Schuhwerk, einer glorreichen Zukunft in Aussicht und von offenkundiger Rechtschaffenheit, ein
junger Mann, der sich in der Gegenwart des Alten überhaupt nicht wohl fühlte – aber wer konnte das schon
von sich behaupten? –, es hatte Leonardos Familie im
Übrigen überhaupt nicht gefallen, dass er sich eine Salvatore anlachte, denn die Salvatore waren nicht reich,
auch wenn sie es potenziell sein mochten, dank ihrer
am Meer gelegenen Grundstücke, aber vor allem waren
sie kleine Leute. Keine erlauchte Abstammung bei den
Salvatore oder den Petrucci, sie waren unleugbar bäuer-
lich. Und zur Krönung des Ganzen war der alte Salvatore
ein Mann vom Lande, aus der Region der Vulkankrater
und Steinbrüche – ganz anders als die Azzopardi. Man
hatte schließlich über Leonardos Spinnereien hinweg-
gesehen, weil er nicht der Älteste war. Er hatte also eine
Salvatore heiraten dürfen. Das Präsentabelste der Salvatore-Mädchen.
Das Auto fährt an der Kapelle vorbei, dann, Unkraut vergeht eben nicht, am Waffengeschäft von Guido Severini
mit dem Schild »Taktische Verpflegung« und dieser riesigen Wandmalerei, die eine leicht bekleidete junge Frau

zeigt (noch leichter bekleidet wäre schwerelos), bewaffnet mit einem Sturmgewehr und auf ewig mit einem etwas erstaunten Ausdruck, als wüsste sie nicht, wie sie zu diesem Gerät gekommen ist.

Violetta schaltet die Klimaanlage runter und Musik ein, die Mädchen hinten beschweren sich, weil sie ihren Film nicht mehr hören, also schaltet Violetta die Musik wieder aus und konzentriert sich auf die Straße, die zum Haus führt.

Dann fragt Aïda, warum ihre Mutter auf dem Anwesen der Sykomore wohne, bei der Gandolfi. Violette verheddert sich ein wenig in ihren Erklärungen, sie sagt, dass die Gandolfi vor fünf Jahren gestorben sei, ohne Erben außer ihren schrecklichen Neffen, die sie außen vor lassen wollte, und da ihre Mutter einen Teil des Landes an der Küste verkauft habe, konnte ihr Vater die Neffen entschädigen und das Große Haus erwerben – das uns in den Ruin treibt. Violetta gluckst, als wäre die ganze Angelegenheit ein Scherz.

Aïda nickt. Das klingt nach den für Iazza typischen Tricks. Man einigt sich eben. Es ist ihr egal. Das betrifft sie nicht. Noch nicht. Aber beim Notar wäre das vielleicht von Vorteil für sie. Sie hat keine Lust mehr, nach irgendetwas zu fragen. Sie will nur schweigen und durch das Fenster die veränderte Landschaft der Insel betrachten sowie die prähistorische Landschaft – nichts ist von Dauer, alles ist verloren, alles geht verloren, außer diese fossilen Landschaften, die ihr, je weiter sie sich von der Stadt entfernen, wieder vor Augen geführt werden, diese angegrauten Horizonte, silbrig und fahl, die alle Lebewesen aus Fleisch und Blut und Launen verspotten. Sogar die Bäume wirken steinern und unsterblich, sogar die Ziegen und Mulis, die zwischen den Felsen umherwandern, sehen aus wie aus trockenem Holz.

Violetta gefällt es nicht, dass im Fahrzeug nur noch die nervigen Zeichentrickstimmen zu hören sind, also erzählt sie, da die Mädchen nicht zuhören, wie der Alte (sie sagt nicht Der Alte, sie sagt Nannu) gestorben ist, was sie bereits hundertmal zuvor erzählt und perfektioniert hat, die Neuigkeit kann sich nun in der Welt verbreiten, zum Sterbemythos Seiner Lordschaft werden.

Eines Morgens begab er sich nach dem Aufstehen in den kleinen Waschraum, der an sein Schlafzimmer grenzt, erleichterte sich wie immer ins Bidet, betrachtete sich im Spiegel über dem Waschbecken und benutzte den üblichen Waschlappen – Gesicht, Hals, hinter den Ohren, unter den Achseln und basta –, öffnete den Mund, um seinen Hals zu inspizieren, da er seit dem Vortag kratzte, und da sind ihm alle Zähne ausgefallen.

»Alle Zähne?«

»Ja, nun, ein Großteil. Wie in einem Alptraum. Hast du nie Alpträume, in denen alle deine Zähne ins Waschbecken fallen?«

Dieses plötzliche, klickernde Ausfallen (das gehört zur Legende – es muss in Wahrheit schrecklich blutig und träge und konfus zugehen, wenn das Zahnfleisch den Geist aufgibt und sich zurückzieht) versetzte ihm einen solchen Schock, dass er die Hand auf die Brust legte und sein altes Herz den Geist aufgab. Er brach zusammen. Worin der Vorteil eines defekten Pacemakers besteht, wenn man an Kieferkrebs sterben könnte.

»Nun«, sagt Aïda in einem Ton, der jede Interpretation zulässt. Sie seufzt, sie hat genug von ihrer kleinen Veteranentour. »Ich glaube, ich bin ein bisschen müde«, sagt sie, legt die Stirn an die Autoscheibe und schließt die Augen.

10

Aïda gibt keinen Kommentar zu Violettas und Leonardos Haus ab. Obwohl es spektakulär ist. Wenn Freunde zum ersten Mal kommen, führt Violetta sie für gewöhnlich herum. Oft sind es die Gäste selbst, die sich wünschen, von Raum zu Raum zu gehen und ihre Begeisterung kundzutun (und Violetta und Leonardo heimlich zu hassen, da Neid eine weit verbreitete Krankheit ist). Aber in diesem Fall kommt das natürlich nicht infrage, es wäre Violetta vulgär vorgekommen, unangebracht, ihrer Schwester die Villa vorzuführen.

»Geh dich frischmachen«, sagt sie. »Das Bad ist am Ende des Flurs. Danach besuchen wir Mamma.«

Entgegen aller Erwartungen ist das Bad nicht ganz aus Carrara-Marmor und Chromarmaturen. Es ist vom Boden bis zur Decke mit kleinen grünen Keramikquadraten gefliest. Was für eine Idee. Man hat das Gefühl, dass hier nichts Intimes geschehen kann. Außer vielleicht eine Vergewaltigung oder ein Mord. Kurz gesagt, es wirkt düster. Man könnte glatt Fieber bekommen. Ein kindliches, tödliches Fieber. Aïda fragt sich, ob es in der Villa mehrere Bäder gibt und dieses hier nie benutzt wird – oder einen Test darstellt, eine Prüfung, ein Terrarium: Kommt herein, meine lieben Kleinen, wir schauen einmal, ob ihr den Schock verkraftet. Die

Handtücher hängen sorgfältig gefaltet (und einheitlich pistaziengrün) auf dem Handtuchtrockner. Ein beleuchteter Spiegel nimmt eine ganze Wand ein. Man könnte meinen, es sei ein Spionspiegel, hinter dem sich jemand auf einem Spiralblock sorgfältig Notizen zum Ausmaß Ihres Unbehagens macht. Dieses Bad ist ein Alptraum. Alles ist zu viel. Zu viel Grün, zu viele Fliesen, zu viel Spiegelfläche. Und eine zu große Duschkabine (was wird darin überhaupt geduscht? Vierbeinige Ungeheuer?). Es ist eine Weile her, dass Aïda sich nackt gesehen hat. In Palermo hat sie nur einen kleinen Spiegel über dem Waschbecken. Hier hingegen ist es ein Ding der Unmöglichkeit, dem Anblick der eigenen Gestalt zu entgehen. Sie bleibt kurz auf dem Rattanstuhl sitzen (mandelgrünes Kissen). Dann trifft sie eine Entscheidung. Sie stellt sich vor diese monströs reflektierende Wand und zieht sich aus. Es ist nicht so einfach, sich vor einem Spiegel auszuziehen, für manche stellt es möglicherweise eine Art Affront dar. Ich bin ein Körper. Bevor ich eines Tages etwas anderes werde. Wie mein Vater jetzt. Sie widersteht dem Impuls, ihr Spiegelbild zu zerschlagen. Sie weiß, dass Glas eine Flüssigkeit ist, die sehr langsam fließt. Wie sollte sie sich mit einer Flüssigkeit verletzen? Aïda schüttelt den Kopf. Aïda betrachtet sich. Das dichte, fast wollige Haupthaar, die Brüste, den Po, die Schenkel. Ihre Körperbehaarung und Muttermale. Ihr nichtgebärender Leib.
Gut.
Gar nicht so schlecht, dieser Körper.

Er wirkt weich und sanft und nicht besonders nützlich. Gut.

Sie dreht den Wasserhahn in der Dusche auf – sie versteht nicht ganz, wie das Ding funktioniert, es ist verzwickt und frustrierend, ich bin doch nicht vollkommen bescheuert, ich sollte doch mit einer verdammten Dusche zurechtkommen, aber nein, das ist zu heiß, zu kalt, es klackt, man könnte meinen, die Rohre gehen kaputt, an verschiedenen Stellen schießt Wasser heraus, ein Strahl hirnrissiger als der andere, sie atmet tief durch und beschließt, dass sie sich nicht frischmachen muss. Sie dreht alles wieder zu und verlässt die Kabine. Sie ist nass und verärgert, aber immer noch nicht frisch. Sie zieht sich an und geht ins Wohnzimmer zurück, wo sie neben ihrer Ledertasche Stellung bezieht. Sie lächelt verkrampft.

»Wir können los«, sagt Violetta in diesem anästhesierenden Tonfall, den sie bei Aïda anschlägt. »Außer du willst vorher eine Kleinigkeit knabbern.«

Aïda könnte antworten, dass sie nie »knabbert«, aber sie will nichts sagen, was feindselig wirken könnte, nicht einmal abweisend. Sie verstärkt ihr Lächeln, »Nein, nein, so ist es prima.«

Violetta ruft nach den Mädchen, und zu viert machen sie sich schon wieder auf den Weg. Violetta erklärt, dass ihre Eltern seit fünf Jahren im Großen Haus leben (oder lebten, sie weiß nicht recht, was man sagt, wenn die eine noch da ist und der andere nicht mehr). Zu Beginn habe ihre Mutter das Untere Haus nicht verlassen wollen, aber

ihr Vater habe darauf bestanden, ins Große Haus zu ziehen, da sie es sich inzwischen leisten konnten. Natürlich
habe ihre Mutter sehr am Unteren Haus gehangen, trotz
seines Alters und der beschränkten Wohnfläche. Sie ist
darin zur Welt gekommen, ihre Brüder sind darin zur
Welt gekommen, ihre Eltern sind darin gestorben. Aber
wie gewöhnlich sei sie gegen den Willen des Alten nicht
angekommen. Also seien sie nach oben ins Große Haus
gezogen. Nun, da ihr Vater nicht mehr da sei, werde sie
vielleicht wieder ins Untere Haus zurückkehren, lacht
Violetta.

»Ich mochte das Untere Haus nicht«, sagt Aïda.

»Ich weiß«, sagt Violetta.

»Es ist ein trauriges Haus.«

»Ich weiß«, sagt Violetta noch einmal.

Sie fahren durch die Weinberge und die Allee hoch, die
im Schatten der Morgenländischen Platanen liegt. Alles
ist so angelegt, dass die Ankunft auf dem Anwesen einen
umhaut. Die Besucher sollen sich unbedeutend oder
geehrt fühlen, weil sie eingeladen wurden.

Als Violetta vor dem Haus parkt, weigern sich die Mädchen auszusteigen, weil ihr Zeichentrickfilm noch nicht
zu Ende ist. Aïda dreht sich zu ihnen um. Sie findet die
Vorstellung hochamüsant, in sengender Hitze im Wagen
sitzen zu bleiben, mitten auf dem Hof, um einen bereits
hundertmal gesehenen Film zu schauen. Aber Violetta
hebt die Stimme, die Kleinen steigen lustlos aus und
schlagen die Türen ein wenig zu fest zu. Doch sobald
sie im Freien sind, vergessen sie das Geschehene und

rennen die Stufen der Vortreppe hoch, während sie den Hund ihrer Großmutter rufen, Zippo, alt, einäugig und gutmütig. Aïda wundert sich flüchtig darüber, dass ihr Vater einen Hund im Haus akzeptiert hat. Als sie klein waren, kamen und gingen die Hunde, namenlos. Man muss wohl annehmen, dass so mancher Widerstand mit der Zeit aufweicht.

Es wäre dagegen falsch anzunehmen, dass Aïda hinter ihrer distanzierten Fassade dem Wiedersehen nicht besorgt entgegensieht. Gefühle sind ein Taifun. Als sie die Stufen erklimmt, dreht sich ihr sogar ein wenig der Kopf. Mit einem Mal hat sie Lust auf ein starkes Getränk. Ein Valium täte es auch, aber sie müsste stehenbleiben, in ihrer Tasche kramen und ihren Kulturbeutel herausnehmen. Das wäre fehl am Platz. Ihre Schwester nimmt ihr die Tasche ohnehin ab. Das wirkt logisch. Violetta ist groß und kräftig, Aïda ist zwei Köpfe kleiner als sie. Sicher liegt es eher daran, dass Violetta es sich nicht vorstellen kann, über die Schwelle des Hauses zu gehen, ohne ihrer kleinen Schwester nicht zumindest ein wenig beizustehen. Aïda lässt es zu.

Violetta ruft nach ihrer Mutter. Ihre Stimme hallt im Eingangsflur wider. »Ich bin hier«, tönt es aus der Küche.

Violetta öffnet die Tür, lässt ihre Schwester vorausgehen. Ihre Mutter, ganz in Weiß gekleidet, schaut zu ihnen auf, sie sitzt an einem Tisch in der Mitte des Raums, vor sich eine große Tasse Kaffee, dazu ein Schälchen Sahne, eine junge Frau ist an der Spüle zugange und dreht sich um, als sie hereinkommen. Das Gesicht der alten Frau

hellt sich auf. Sie saß zusammengesunken da wie eine
vergessene Schmetterlingspuppe, die nun aufzubrechen
scheint, ihre Augen sind wunderbar lebhaft und füllen
sich in diesem Moment mit Tränen.

»Mimi«, ruft sie, »ich habe immer gewusst, dass du zurückkehren wirst«.

11

Mimi begann mit neun Monaten zu laufen. Aber sie hatte mit drei Jahren immer noch kein Wort gesprochen. Ihre Eltern glaubten, sie sei taub. Sie ließen sie von Doktor Serretta untersuchen. Mimi war nicht taub und reagierte einwandfrei auf die Geräuschstimulation. Also warteten alle darauf, dass sie sich entschloss zu sprechen. Ihre beiden ältesten Schwestern hielten sie für zurückgeblieben. Unter sich nannten sie sie »die Bekloppte«. Eines Tages überraschte ihr Vater sie dabei, wie sie so nach der Jüngsten riefen. Er ohrfeigte Violetta und drückte Gildas Handgelenk so fest, dass beide zwei Tage in der Schule fehlten.

Mimi begann früh zu zeichnen. Auf ihren Zeichnungen war das Untere Haus zu sehen, genau in der Mitte, dargestellt wie eine Schachtel. Ein graues Quadrat – das Haus hat ein Terrassendach – mit Fenstern und grünen Läden. Zu Beginn schien die Schachtel auf dem Blatt zu schweben. Nach einiger Zeit malte Mimi eine Horizontlinie, die das Sichtbare vom Unterirdischen trennte. Und darauf stellte sie die Schachtel. Rechts daneben zeichnete sie ihre drei Schwestern und sich selbst, von der größten bis zur kleinsten, von links nach rechts. So fand sich Mimi eingezwängt zwischen Aïda und dem Rand des Blattes wieder. Sie wählte für sich selbst einen etwas anderen Maßstab als für ihre Schwestern. Sie zeichnete sich viel kleiner. So konnte sie sich trotz des Platzmangels vollständig darstellen. Links vom Schachtelhaus waren ihre Eltern zu sehen. Der Vater war so groß wie das Haus (wie kam er durch die Tür?) und die Mutter winzig, fast so klein wie Mimi. Mimi fügte Vögel und Bäume hinzu, Bougainvillea an der Mauer (violette Zickzacklinien auf der Hausschachtel), sie zog auch lange geschwungene Linien drumherum, als hätte die Sonne Haare, das war der Eukalyptus und der Wind im Eukalyptus. Manchmal tauchten noch weitere Personen auf. Niemand wusste, wer sie waren. Sie hat diese Zeichnung mindestens hundertmal angefertigt. Was nicht half, ihre Schwestern davon abzubringen, sie für bekloppt zu halten.

Aïda hingegen mochte Mimi sehr. Auch weil die Ältesten ein festes Gespann waren. An so einem Ort braucht man Verbündete. Sie nahm Mimi mit auf ihre Ausflüge in die Macchia – ich könnte schreiben, dass sie sie verteidigte und beschützte, aber Mimi musste nicht beschützt werden. Um beschützt zu werden, hätte Mimi sich in Gefahr fühlen müssen, und Mimi mit ihrer Zahnlücke, ihren Puppenaugen und ihrem stummen Lächeln entwaffnete alle. Sie musste nicht beschützt werden.

Die beiden jüngeren Salvatore-Schwestern waren also unzertrennlich. Ihre Mutter nahm sie sonntags zum Strand mit, oder auch am späten Nachmittag, wenn sie von der Gandolfi wiederkam, sie ging dorthin, um sich mit den anderen Frauen aus Iazza zu unterhalten – die sie noch aus der Schule kannte, mit denen sie gehofft und aufgegeben hatte. Das waren schöne Momente, in denen sie aufzuleben schien. Die Frauen redeten im Dialekt über ihre Männer und Kinder. Sie blieben auf den Felsen sitzen und beaufsichtigten ihren Nachwuchs, während sie sich sonnten und etwas mit den Händen taten – sticken, klöppeln, ausbessern, Kleinmädchenhaare entwirren. Die jüngsten oder gemächlichsten (gemächlich ist ein schönes Wort für faul, sagte ihre Mutter zu ihren Töchtern) bewegten nur ihre Fächer. Die Kinder tollten herum. Pippo, dem es bei der Geburt an Sauerstoff gefehlt hatte, folgte Aïda und Mimi wie ein Hundewelpe oder irgendein anderes Wesen, das in ihrem Umkreis bleiben wollte. Er war bereits viel größer als die anderen und viel stärker. Aïda verstand nicht, wie das Fehlen von Sauerstoff dazu geführt hatte, dass Pippo ein wenig einfältig war. Aber es war die einzige verfügbare Erklärung, die Pippos Verhalten erklären konnte – seine Naivität, seine Angst, seine tierischen Laute. Also stellte sie sich vor, dass es in Iazza Tage ohne Sauerstoff gab und, Gott sei gedankt, keine ihrer Schwestern und auch sie selbst an keinem dieser Tage geboren worden war.

Der erste Satz, den Mimi aussprach, war »Keiner hört zu«. Sie war ein wenig über drei Jahre alt. Sie saß auf der Bank vor dem Haus und untersuchte seit einer Stunde eine Kolonie Ameisen, die die Krümel ihres Sardinenkrapfens von Punkt A (der Ort des Sturzes) zu Punkt B transportieren. Sie war konzentriert. Nur dann hielt sie still. Aïda war bei ihr.

»Keiner hört zu.«

Aïda sah von der Fernsehzeitschrift auf, die sie durchblätterte und so tat, als würde sie lesen. Sie saß neben Mimi, auf der gleichen kleinen Holzbank.

»Hast du etwas gesagt?«

Und die liebenswürdige Kleine wiederholte:

»Keiner hört zu.«

Da fuhr Aïda von der Bank hoch, rannte ins Haus und rief, »Sie hat gesprochen, sie hat gesprochen, sie kann sprechen.«

Von da an waren sie wirklich unzertrennlich. Aïda kam es vielleicht so vor, als hätte die Kleine ihr eine Gunst erwiesen. Ich weiß es nicht. Sie dachte lange über diesen ersten Satz nach. Sie versuchte, mit Mimi darüber zu sprechen, aber die Kleine sollte immer ihren verschwommenen Blick behalten, freundlich aber verschwommen, als ob sie sich an nichts erinnerte und es sich nur um eine zufällige Aneinanderreihung von Silben gehandelt hätte. Mimis verstörende erste Worte sollten ein Teil des Familienmythos werden. Aber Aïda war beharrlich. Also grübelte sie weiter darüber nach, sogar nachdem Mimi verschwunden war. Als läge darin der Schlüssel. Die Dinge mussten ja einen Sinn ergeben, Ursache und Wirkung. Das hatte Aïda schon immer beschäftigt. Die Kausalität. Deshalb hatte sie immer versucht herauszufinden, was die Wut des Vaters verursacht hatte. Sie dachte, dass es einen genauen Zeitpunkt gegeben haben musste, an dem die Wut eingesetzt hatte. Der Tag, an dem ihre Mutter die Fahrzeit der Fähre vergessen hatte, zum Beispiel, der Tag, an dem es zu einem leichten Zusammenstoß mit dem Wagen des jungen Severini gekommen war, der Tag, an dem Violetta den Spiegel im Bad zerbrochen hatte, als sie ihren neuen Pulli bewundert hatte – aber da gehen wir zu weit: Pulli – Wolle – Schaf – Schuld hat also das Schaf, Aïdas Logik war unheilbar und absurd. Es war die Logik eines kleinen Mädchens, das sich gewünscht hätte, dass die Dinge einen Sinn haben und die Geschehnisse eine Ursache.

Was aber wollte ihre jüngere Schwester sagen?

Die beiden Jüngsten waren wie Pech und Schwefel, die beiden Ältesten nannten sie die siamesischen Zwillinge. Sie ähnelten sich übrigens so sehr, dass man sie im Dorf manchmal verwechselte. Manche sagten zu Aïda: Du wächst wie eine Palme, weil sie dachten, dass sie mit Mimi sprachen. Die Leute verwechselten die Salvatore-Mädchen ohnehin. Nur wenige Erwachsene interessieren sich genug für Kinder, dieses plärrende Gesindel, um ihre Besonderheiten zu unterscheiden. Was allen entgegenkommt.

Mit fünf Jahren besaß Mimi immer noch ihre kleine Statur (daher ihr Spitzname »Kolibri«), komische Zähne und übergroße Augen, sie verbrachte einen Großteil ihrer Zeit im Kirschbaum im Garten, sie kletterte hinauf, ruhte sich darin aus, ließ ihre Arme baumeln. Mimi pflegte ein enges Verhältnis zu Pflanzen, Bäumen, Sand, Meer und Getier aller Art – mit einer Vorliebe für Insekten. Sie verlor das Interesse an Vögeln. Sie fand Vögel grausam – vielleicht wegen der Möwen, die die Distelfinken im Flug verschlangen oder der Elster, die die Schildkröte im Garten umgebracht hatte, indem sie sie auf den Panzer gedreht und in ihren Bauch gepickt hatte. Die millimetergenaue Organisation der Ameisen oder die mehrere Jahrtausende alte Logik der Bäume waren ihr lieber (wenn ich sterbe, verteile ich in der Atmosphäre alles, was ich in meinen mehreren hundert Lebensjahren angesammelt habe, damit meine jüngeren Artgenossen sich harmonisch entfalten können – wahre Selbstlosigkeit). Mimi wusste diese Dinge. Ihr Vater hatte sie ihr erklärt. Alles Übrige hatte sie erraten.

Natürlich half ihr diese Denkweise nicht dabei, Freunde zu finden.

Aber wozu sollte man als Fünfjährige Freunde suchen, wenn die Welt so schön und vielfältig ist, dass man die bedingungslose Liebe einer Schwester genießt, das offenkundige Wohlwollen des Vaters und den Schutz der Mutter? Es besteht kein Zweifel, dass sie als Jugendliche – wäre sie Jugendliche geworden – auch den Beschäftigungen ihrer Art verfallen wäre: Musik, bräunen, Jungs. Aber noch war sie fünf, sie war entspannt. Wie ein kleiner Dodo, eines dieser Tierchen, das noch nicht gelernt hat, sich vor Raubtieren in Acht zu nehmen.

Ihr Vater zeigte, ohne sich um ausgleichende Gerechtigkeit zu sorgen, eine ganz offensichtliche Vorliebe für seine beiden Jüngsten. Ob Mimi es merkte, ist nicht sicher, aber Aïda empfand es deutlich und sie freute sich, dass die beiden Älteren ihr und Mimi diese Stellung gönnten (dachte sie). Es stimmt, dass sich die ganze Familie mehr oder weniger mit der Situation arrangierte. Es genügte, dass die beiden Kleinen im Umkreis des Vaters waren und ihn überallhin begleiteten, damit sich seine Wut auf die Welt und die restliche Familie beruhigte. Manchmal fiel es ihm schwer, Mimis Reaktionen und ihre kurzen rätselhaften Sätze zu verstehen (sie drückte sich weiterhin sehr undurchsichtig aus), also bediente er sich Aïda als Übersetzerin.

Dennoch war er die meiste Zeit aggressiv und griesgrämig, und er besaß die uneingeschränkte Herrschaft über die Familie – die Macht kann, wie jeder wissen sollte, nur einem gehören. Wut ist ein glitschiger Abhang, genau wie Grausamkeit. Wenn man wütend ist, hat man nur noch eine Brennweite. Außer da sind zwei kleine Personen, die wie ein vorübergehendes Heilmittel gegen die rätselhafte Rage wirken.

Zu ihrem fünften Geburtstag schenkte der Vater Mimi bei einem dieser trostlosen Abendessen zu solchen Anlässen, die so nur der Familie Salvatore gelangen, ein Stethoskop. Das alte von Doktor Serreta, der seine Visiten auf der Insel inzwischen eingestellt hatte. Mimi war selig. Am selben Abend brach sie in die Macchia auf (begleitet von Aïda und ihrem Vater, der ein Bier in der Hand und fast ein Lächeln auf den Lippen hatte), um das Instrument an den Kastanienbäumen einzusetzen. Sie hockte regungslos vor den Bäumen, flüsterte und hörte etwas, was sonst niemand hörte. Ihr Vater setzte sich ein paar Meter weiter auf die Erde, mitten zwischen die wilden Karotten und Nelken. Aïda schmiegte sich an ihn. Gemeinsam schauten sie der Kleinen zu, wie sie mit den Bäumen sprach. Es wurde Nacht – Mimi war im Juni geboren. Alles war süße Vollkommenheit.

Aïda fühlte manchmal, wie die Freude, die es ihr bereitete, Mimi zu beobachten, sie versteifen ließ.

Mimi lud ihre Schwester oft zu sehr schicken Abendessen in die Friedhofsgruft ein, direkt neben dem Unteren Haus. Die Mausoleen wurden zu diesem Anlass strahlende Villen. Man musste nur das Gitter überwinden. Im Innern war es ein wenig kalt, wie in einem Keller. Aber es war eine einladende Kühle, konstant, beschützend. Ein Festschmaus für die Verstorbenen und ihre Schwester. Die Kleine schnatterte und unterhielt sich abwechselnd mit den Gespenstern und mit Aïda. Mit erhobenem kleinen Finger servierte sie den Toten ein Mahl aus Kernen, Blumen und Muschelschalen auf Feigenblättern. Dann legte sie ihren Kopf in den Schoß ihrer Schwester, auch wenn man dazu nicht den Schoß der kaum älteren Schwester verwenden sollte, sondern den der Mutter. Aïda war überzeugt, dass die Kleine einen besonderen Draht zu den Toten hatte. Ihre eigene Mutter fütterte diesen Mythos. Sie sah in ihrer jüngsten Tochter eine *doña de fuera*, eine Hexenfee, und sagte denen, die es hören wollten, dass ihre Füße bei der Geburt Katzenpfoten gewesen seien. Salvatore Salvatore ertrug die Elaborate seiner Frau nicht, also unterließ sie sie in seiner Gegenwart. In Wahrheit unterließ sie in seiner Gegenwart alles. Es hieß, die Silvia Petrucci könne froh sein, ihn geheiratet zu haben, wenn man ihr fort-

geschrittenes Alter bei ihrem Kennenlernen bedenke –
eine Abnormalität, die durch die Tatsache, dass sie fünf
Jahre älter ist als er, noch verdoppelt wurde. Die Sache
war so unbegreiflich, dass man Salvatore Salvatore ver-
dächtigte, ein Auge auf die Meergrundstücke geworfen
zu haben, die seiner Frau bei der Verteilung zwischen
ihren Brüdern und ihr zugefallen waren. Aber das war
eher unwahrscheinlich. Die Grundstücke am Wasser
waren damals noch nicht viel wert, im Vergleich zu den
Weinbergen und Kastanienhainen. Was sich am Ende als
exzellentes Geschäft herausstellte, entsprach zu Beginn
der gewohnheitsmäßigen Aufteilung von Land zwischen
Jungen und Mädchen.

Manchmal gesellte sich Pippo zu den Kleinen.

Pippo (also der Junge, der an einem Tag ohne Sauerstoff
geboren wurde und eines Tages der schludrige Straßen-
kehrer des Dorfes werden würde) war friedlich, aber vor
allem sehr nützlich. Er ging ein wenig gebückt, als würde
er einen Rundrücken machen, er war groß und stark
und wäre unter anderen Umständen ein sehr hübscher
Junge gewesen (nach den Normen von Iazza), er hatte
schöne schwarze Augen mit Mädchenwimpern (sagten die Mütter), aber sein Mund hing rechts ein wenig
herab und er sabberte manchmal. Er sprach nur mit seiner eigenen Mutter, mit Mimi (die nie antwortete) und
mit den Tieren, die er fand (Krabben, Tintenfische, tote
Meisen oder Kaninchen, egal), er war noch ein sehr junger Jugendlicher, aber er sah bereits aus wie ein trauriger
Erziehungsberater, mit zurückweichendem Haaransatz

und Pullunder. Die anderen Kinder waren nicht besonders nett zu Pippo. Dabei hätte niemand von ihnen verlangt, gütig zu sein, nur ein wenig nachsichtig. An einem so von der Welt abgeschotteten Ort wie Iazza, braucht es einen Pippo. Ein Wesen, das den Müttern leidtut, oder genauer, das ihnen erlaubt, gemeinsam zu klagen, so wie sich Menschenaffen die Flöhe aus dem Fell klauben. Ein friedliebendes und unverständliches Wesen, das, Gott sei Dank, der Sohn einer anderen ist.

Eines Tages zeigte die Lehrerin in der Schule ihren Schülern das Foto eines Würgefeigenbaums, der seit eineinhalb Jahrhunderten im Garibaldi-Garten in Palermo wuchs. Ein gigantisch großer Baum mit prächtigem Blattwerk, dessen Luftwurzeln herunterhingen wie Lumpen. Mimi war fasziniert. Sie zeichnete nur noch Würgefeigen. Ihr Vater war gerührt und versprach ihr, sie in den Garibaldi-Garten mitzunehmen. Es wäre das erste Mal, dass er Iazza seit seiner Ankunft vor fünfzehn Jahren verlassen würde, aber für seine Prinzessin war er bereit, erneut die Fähre zu nehmen. Niemand glaubte wirklich daran, dass er sein Versprechen halten würde. Und aufgrund der fehlenden Zeit würde er es tatsächlich nicht halten.

Ein paar Tage, bevor sie an jenem Abend des Karnevals verschwand, als ihre Mutter zum Anwesen der Sykomore hinaufgegangen war, um das Essen der alten Gandolfi zuzubereiten und ihr Vater zum Hafen aufgebrochen war, um Werkzeuge in Empfang zu nehmen, unterbrach Mimi, die auf der Bank vor dem Haus saß, ihre Bastelarbeiten – sie schnitt aus allen Zeitschriften, die ihr in die Hände fielen, Augen heraus, sie hatte eine ganze Schachtel voller Augen – und wandte sich an Aïda, die ein Buch von Agatha Christie las, das sie aus dem Haus der Contessa mitgenommen hatte. Sie saßen im Schatten, fühlten sich wohl, es war ein Samstag, denn was hätten sie sonst da zu suchen gehabt, anstatt in der Schule zu sein, ihre großen Schwestern waren im Haus oder woanders, ich weiß es nicht, auf jeden Fall waren die beiden allein, mit dem Hund, den Katzen und den Hühnern, es war zehn Uhr morgens, Mimi hob die Nase, als wittere sie etwas, und sprach diese paar Worte, die in ihrer Unangemessenheit von einer bösen Erinnerung in den Mund des sechsjährigen Mädchen gelegt worden zu sein schienen, die nicht ihre sein konnte, denn Mimi sagte, und es hätte aus einem leicht hochtrabenden Gedicht oder Schlager stammen können, Mimi sagte also mit ihrer hellen Stimme und ihrem typischen Lispeln: »Wozu überdauern.«

Aïda, die in dem Moment mit zwei Dingen beschäftigt war, nämlich zu erfahren, wer Roger Ackroyd getötet hatte, und eine Möglichkeit zu finden, zum *Carnevale* zu gehen, für den gerade die Buden aufgebaut wurden, denn es reizte sie, wenn Sie nur wüssten, wie sehr es sie reizte, Aïda brach das Herz und sie begann zu weinen, einfach so, vor Mimi, die auf einmal leicht überrascht wirkte und dann wieder die Schere nahm, als hätte sie lediglich eine Bemerkung über die Stärke des Windes gemacht.

12

Eine Summe von Zufällen hat die Entwicklung und Entfaltung der Familie Salvatore bestimmt, die man gern als unausweichlich ansehen möchte, das wäre befriedigender, während die jetzige Situation selbstverständlich nur eine der möglichen ist. Aïda denkt oft daran, und es ist ein Gedanke, der falschen Stolz auf die eigene Herkunft fernhält, es erlaubt ihr, die Ereignisse als Farce zu betrachten – genauer gesagt amüsiert es sie, sich eine andere Gegenwart vorzustellen, eine Gegenwart ohne die akkumulierten Zufälle, denen wir die existierende verdanken. Weggabelungen sind amüsant. Beruhigend. Sie nennt das: den Käfig der Umstände. Den Ausdruck muss sie irgendwo aufgeschnappt haben, aber ich weiß nicht, wo. Eine solche Überzeugung würde Violetta nicht gefallen, die gern glaubt, dass ihr Mann kein anderer als Leonardo sein kann, dass ihre Töchter keine anderen hätten sein können, dass die Liebefürsleben sich nicht darauf beschränkt, sich mit dem einzulassen, der in dem Moment vorbeikommt, wenn die Bedingungen stimmen (Jahreszeit, Hormonzyklus, Langeweile, Alkoholspiegel). Obwohl die Tatsache, auf Iazza statt in Timbuktu geboren zu sein oder überhaupt geboren zu sein, nur Wirklichkeit geworden ist, weil Salvatore Salvatores gottgleiche Mutter wünschte, dass ihr Sohn aus Centuripe entkäme, die Gandolfi einen Gärtner suchte und die Silvia Petrucci bei sich hatte und heimlich trank, und der Esel eine Herzattacke hatte.

Und so findet man sich im Großen Haus wieder und betrachtet von der Bettkante aus die Gegenstände, die das Zimmer schmücken, das einem zugeteilt wurde, ein Zimmer, das viel größer ist als eine möblierte Wohnung im Vucciria-Viertel.

Ja, aber so läuft es nicht. Das Universum ist nicht aus einem ursächlichen Zusammenhang entstanden. Alle populärwissenschaftlichen Bücher, die Aïda liest, zeigen auf, dass kausale Zusammenhänge nicht existieren. Die augenblickliche Situation ist nur die Summe möglicher Zufälle. Die augenblickliche Situation ist zugleich vergangen, gegenwärtig und zukünftig. Alles geschieht gleichzeitig. Was erklären würde, dass Mimi hier ist, irgendwo, nicht weit weg. Feststeckt.

Aïda schüttelt sich und steht auf, liest die Titel der Bücher im Regal, Bücher, bei denen sowohl die Autoren als auch die Leser nicht mehr am Leben sind, dann streichelt sie die Porzellanfiguren auf der Marmorauflage der Kommode (Seefahrer und Seefahrerbräute und Seefahrerkinder mit Netzen, ernsten Gesichtern und leicht angeschlagenem, wundersamen Fang). Auf dem Stuhl liegt ein Handtuch. An so einem Ort würde man erwarten, dass es weiß wäre. Weiß, das ist schick und schmutzanfällig, das erlaubt keine Schummelei. Aber das Handtuch ist braun und rau, übersät mit kleinen gelben Blumen und sorgfältig gefaltet. Aïda kennt dieses

Handtuch seit Urzeiten. Sie nimmt es und riecht daran. Reibt es an ihrem Gesicht. Es riecht nach Wäsche, die im Freien trocknet, und Lavendel.

Sie dreht sich um sich selbst.

Die Aussicht ist halb von durchscheinenden Gardinen verdeckt.

Am Boden unterhalb der Fenster liegen mumifizierte Wespen. Und in den Zimmerecken zusammengeschrumpfte, vertrocknete Weberknechte, kleine Käfige in Gestalt von Diamanten mit 56 Facetten.

Das Bett ist hoch und hat einen Baldachin. Nur mit einem kleinen Hüpfer kann man darauf Platz nehmen, und wenn man eine Aïda ist, berühren die Füße nicht mehr den Boden. Man ist wieder zehn Jahre alt. Der Teppich auf dem gewachsten Parkett ist ausgebleicht und auf der Tapete sind Hunderte Weizenkörbe mit Girlanden aus Feldblumen. Sie stammt aus der Zeit, als man noch die Decke tapezierte, was den Eindruck erwecken kann, man wäre in einer Bonbonschachtel eingesperrt. Einige würden das als bedrückend empfinden. Aber man sollte es nicht übertreiben.

Dies ist kein Zimmer. Dies ist eine Enklave. Ein Paradies. Würde es geflutet werden, das Bett würde auf leise plätschernden Wellen treiben.

Allerdings: Womit geflutet, denn es ist derart trocken in Iazza. Geflutet mit Tränen, natürlich.

Ein Ozean der Tränen, das hätte aus ihr werden können. Aïda ist eindeutig inspiriert.

Sie spürt, wie sie blockiert. Sicher, weil sie unmöglich

ignorieren kann, wie hier Mimis übermütiges Gespenst an ihr vorbeistreift, in diesem Zimmer des Großen Hauses. Zu Zeiten der Gandolfi durften die Salvatore-Mädchen das Obergeschoss nicht betreten. Nicht die Gandolfi, sondern ihre Mutter verbot es ihnen, wenn sie sie zur Arbeit begleiteten. Man bleibt an seinem Platz. Es muss befremdend für ihre Mutter sein, nun im Kaminzimmer der Gandolfi Quartier bezogen zu haben.

Nostalgie führt zu Atemnot, Aïda.

Sie legt sich mit ausgebreiteten Armen hin. Drei weiche Kissen. Sie legt ihren Kopf nicht darauf. Sie hört das unregelmäßige Tropfen des Wasserhahns auf der antiken Emaille des kleinen Bads – warum tropft es nie in gleichmäßigem Rhythmus, womit hängt das zusammen? Sie seufzt. Dieses Zimmer ist eine gepuderte alte Jungfer mit vielleicht ein wenig zu viel Rouge auf den verblühten Wangen.

Und dann hat ihre Mutter sie für Mimi gehalten. Bedeutet das, dass sie Mimi in ihrer Vorstellung hat wachsen lassen? Die Kleine verschwindet mit sechs Jahren, wird größer und älter in Silvias Vorstellung, die eher damit rechnet, Mimi auf dem Gut auftauchen zu sehen als Aïda. Die Verwechslung war Violetta sehr unangenehm, mit gespielter Leichtigkeit sagte sie, »Das passiert ihr immer öfter«, nahm ihre Mutter am Ellenbogen und sagte sehr deutlich und ein wenig zu laut, »Aber nein, Mamma, das ist Aïda«, woraufhin ihre Mutter die Stirn runzelte und im Dialekt sagte, »Ich weiß, ich weiß, ich bin ja nicht verrückt«.

Aïda stellt fest, dass die Richtung, die ihr Leben eingeschlagen hat, durch das Verschwinden ihrer kleinen
Schwester bestimmt wurde – der ursächliche Zusammenhang drängt sich unweigerlich auf. Doch auch sie
weiß (auf andere Weise als ihre Mutter natürlich), dass
Mimi immer noch da ist, ganz in der Nähe. Als wäre sie
im Limbus gefangen. Mimi ist gleich nebenan, geister-
haft, schweigend für viele, aber weder für Aïda noch für
ihre Mutter. Mimi hinterlässt eine goldene Spur. Aïda
hat sie anfangs nicht gesehen, die goldene Spur. Sie erinnert sich an das erste Jahr nach Mimis Verschwinden.
Den Eindruck, dass nie etwas geschah, weil sie es nicht
mehr ihrer kleinen Schwester erzählen konnte. Der Eindruck, nicht mehr zwei zu sein. So sagte sie es sich jeden
Morgen: Ich bin nicht mehr zwei.
Sie stellte Listen dazu auf.
Seit ich nicht mehr zwei bin,
weiß ich nicht mehr, mit wem Dame spielen,
weiß ich nicht mehr, wem sagen, dass ich traurig oder
glücklich bin,
weiß ich nicht mehr, wem meine Träume erzählen,
wem die Kreidestücke aus der Klasse von Signora Mauro
geben,
weiß ich nicht mehr, wem Angst machen mit schrecklichen Geschichten,
kann ich nicht mehr im Kanon *Pizzica pizzica il vaiolo*
singen,
nicht mehr auf Bäume klettern,
ich esse meinen Krapfen ganz.

Es hätte nicht viel gebraucht. Man hätte nur zwei Tage zurückgehen müssen. Vielleicht muss man nur rückwärtsgehen? Wie kann man den Lauf der Welt umkehren? Wie ein Ereignis auslöschen? Ich schließe die Augen, konzentriere mich, lege alles zurecht und beginne von vorn.

Aïda hätte sich Mimis Namen gern auf die Rückseite der Haut tätowieren lassen. Versteckt. Aber sie schaffte es damals nur, eine Schablone mit dem Namen der fortgegangenen kleinen Schwester anzufertigen und sie sich auf den Rücken zu legen, sie so gut sie konnte mit Klebeband zu fixieren und sich dann auf dem Bauch liegend zu bräunen, verborgen in der Bucht von Cala Andrea. Sie wusste, dass Pippo sie beobachtete, Pippo, der Freundliche und der Idiot, aber sie wusste nicht, ob er sich nur die Augen ausguckte oder doch aufpasste, dass niemand sie störte.

Bald stand der Vorname ihrer kleinen Schwester auf ihrem Rücken, braun inmitten eines weißen Rechtecks. Niemand sah es außer Pippo und der Badezimmerspiegel.

Das Gedächtnis beschädigt die Erinnerungen, das weiß Aïda.

Sie hört ein Auto kommen. Es ist 18 Uhr. Sie springt vom Bett, zieht ein zerknittertes, aber sauberes Kleid über, ein Kleid, das sie mag, denn manche Kleidung verleiht Mut. Mascara, kurz das Haar bürsten, Pferdeschwanz und Deodorant, einatmen, ausatmen. Sie geht hinunter. Es wird gehupt, es wird gerufen. Zweifellos Gilda.

Diese schneit mit Unmengen von Lebensmitteln herein. Sie ist früh vom Amt losgefahren, hat im Büro ihres Schwagers vorbeigeschaut, um ihn um ein wenig Bargeld zu bitten, um die Einkäufe zu teilen, sagte, Wir machen das wie die Amerikaner, sie benutzt diesen Ausdruck auch in den seltenen Fällen, wenn sie mit der Familie ins Restaurant gehen, da rechnet sie genau aus, was sie und ihr Sohn konsumiert haben, um nur ihren Anteil zu zahlen. Ihre Vorgehensweise stört niemanden mehr, man ist daran gewöhnt. Sie weist Leonardo darauf hin, dass sie die Quittungen mitbringen werde, damit die Aufteilung gerecht wäre, aber dieser winkt ab, gönnerhaft und vor allem im Klaren darüber, dass Gilda ohnehin bei der Höhe der Ausgaben schummeln würde. Gilda entzieht sich der Gemeinschaftslogik. Eine kognitive Besonderheit in einer Familie wie die der Salvatore-Schwestern. Die Familie Salvatore sollte wie eine Familie denken. Aber ihre kognitive Besonderheit scheint Gilda zu gefallen.

Sie kommt die Vortreppe herauf, ihren Sohn Giacomo lädt sie in singendem Tonfall dazu ein, ihr zu folgen, Gilda hat eine sehr schöne Stimme und sie benutzt sie, um unverfänglich zu wirken. Sie hat ihren Jungen bei der Nachbarin abgeholt, ist mit ihm im Schlepptau durch die Läden gezogen, obwohl er lieber im Auto geblieben wäre, aber sie brauchte jemanden zum Tütentragen. Bei ihrem Eintreffen ist sie also ziemlich zufrieden mit ihrem Zweiergespann. Giacomo hat die Kapuze seines Pullis in die Stirn gezogen, wie ein Zeuge im Polizeischutzprogramm. Seine Mutter macht eine Bemerkung und er streift die Kapuze ab. Der Junge ist groß und dünn wie eine Stange für die Mandelernte, er ist mit seinen elf Jahren schon so groß wie seine Mutter (die klein ist), seine Haut ist dunkel, sein Haar glänzend. Bläuliche Augenringe geben seinem Gesicht unbeabsichtigte Intensität. Er wirkt müde oder niedergeschlagen. Unüblich in seinem Alter. Das Mutter-Sohn-Tandem lahmt. Er schleppt sich, sie hüpft.

Aïda heißt sie auf der Schwelle zur Küche willkommen. Die Situation ist irritierend. Gilda ruft ein Hallo, hallo!, als hätten sie sich erst am Tag zuvor gesehen, und steuert auf den großen Holztisch zu, auf dem sie schnaufend ihre Tüten abstellt, sichtlich erschöpft. Sie wirkt kleiner als in Aïdas Erinnerung – aber so ist es mit allem, nicht war, nichts ist jemals so groß wie in unserer Erinnerung: Häuser, Bäume, Gefühle, die philosophische Tragweite von Popsongs, usw. Die Größenunterschiede innerhalb einer Familie sind erstaunlich – die Dimensionen, genauer gesagt. So ist Gilda klein, rundlich und brünett, sie trägt eines dieser lustigen Bohème-Kleider aus Stoffresten, die alles andere als kleidsam sind. Ihr Gesicht ist fröhlich, hat etwas Sprudelndes, das im Gegensatz zu ihren blauen Augenringen – die sie ihrem Sohn vererbt hat – und ihrem starren Blick steht. Ihre Augen wirken wie auf Porzellan gemalt, ein wenig gruselig, zu weit geöffnet, mit einem weißen Streifen oberhalb der Iris. Sie hat den Blick von jemandem auf Lithium oder etwas anderem. War das bereits so, als sie Kinder waren?

Aïda verschränkt die Arme vor der Brust, als wolle sie sich einschnüren oder ihre Brüste verbergen.

Gilda wendet sich ihrer Schwester zu, um sie mit Küsschen zu begrüßen. Sie streichelt Zippo, den Hund, und macht sich daran, ihre Einkäufe auszupacken.

»Giacomo, sag deiner Tante Guten Tag und geh zu deinen Cousinen, wo sind die anderen, ich hoffe, Violetta hat an den Nachttisch gedacht, hattest du eine gute Reise? Entschuldigt, ich bin spät dran, ich war im Supermarkt und sie haben alles umgeräumt, es ist dermaßen heiß, das Klima geht zweifellos den Bach runter, um unsere Kinder mache ich mir Sorgen, ich hab die Burrata von Tonino genommen, mir fiel ein, dass du sie gern mochtest, diese Burrata, meine ich, nicht Tonino, der arme Tonino, er hatte letztes Jahr Krebs, aber es geht bergauf, er erholt sich, etwas mit den Lymphknoten, das kam, weil seine Frau mit einem der Severini-Söhne abgehauen ist, so läuft das mit dem Krebs, da kann man uns erzählen, was man will, das ist Kopfsache, ein Schock und zack, Brustkrebs, ein Todesfall und hopp, Bauspeicheldrüse, als ich bei Tonino losgefahren bin, habe ich einen jungen Typen gesehen, der mit dem Handy am Ohr Auto fuhr, mit der anderen Hand hat er sich im Rückspiegel frisiert, vielleicht hatte er eine dritte, mit der er das Lenkrad hielt, ich weiß nicht, und ein zweites Paar Augen, um auf die Straße zu schauen, das ist doch wirklich unglaublich, Tonino hat übrigens gemerkt, dass sich die Zeiten ändern, sein Wurstladen ist nun ein Feinkostgeschäft, es läuft so was von gut, und er konnte die Preise verdoppeln, der Schlaufuchs, du hast bestimmt gemerkt, dass Mamma ein bisschen den Verstand verliert, hattest du eine gute Reise? Weißt du, dass achtundvierzig Prozent der Geschäfte auf der Hauptstraße zu Ketten gehören, als ob alle Touristen einen Moschino oder einen GAP sehen wollen, wenn sie nach Iazza kommen, die Leute sind dämlich, ich habe zurzeit einen Haufen Arbeit, allein mit dem Kleinen ist es schwierig zurechtzukommen, und dann musste die Beerdigung organisiert werden, das war kein Zuckerschlecken, ich war nur auf den Beinen, zum Glück arbeitet Violetta nicht, sie hat mir sehr geholfen, vor allem mit Mamma ist es nicht ganz so leicht, sie hat nicht mehr alle beisammen, Mamma hat mir letztens sogar von ihren vergangenen Leben erzählt, sie hat mir gesagt, dass sie sechs hatte, kannst du dir das vorstellen, und sie hat präzisiert, dass sie »ihrem Wissen nach« sechs hatte, und sie hat wirklich nicht mehr alle Tassen im Schrank, sie vergisst alles, ihr Lieblingssatz ist: Sein Name ist mir entfallen, sie sagt ihn bestimmt zwanzigmal am Tag, ihr Gerede gleicht wirklich einem Flickenteppich, ich heize den Ofen mal für den Braten vor, ach, schau an, Violetta hat einen Apfelkuchen gebacken, wusstest du, dass Apfelkerne Zyanid enthalten, verrückt, oder? Und mein Giacomo knabbert auch an den Kernen, wenn er seine Äpfel isst, er ist wirklich lieb, mein Giacomo, er wirkt nicht so, aber er ist ein ganz Lieber, seine Cousinen fressen ihn bei lebendigem Leib auf, und wie war deine Reise?«

Gilda hält inne, um nach ihrer Mutter zu suchen. Eigentlich hält sie nicht wirklich inne. Sie spricht weiter, während sie hinausgeht.

Aïda bleibt allein zurück, mitten in der Wüste, wo stinkende Winde wehen und die Knochen von denen herausragen, die man zu eilig vergraben hat. Alles, was hier geschieht, kommt ihr zugleich fremd und vertraut vor. Aber leichter erträglich als sie glaubte. Sie erinnert sich, dass sie sich vor fünfzehn Jahren, als sie bei der Wirtin der Via Brunaccini 22 in Palermo anklopfte, fühlte, als bitte sie um politisches Asyl. Das darf man auf keinen Fall aus den Augen verlieren. Auf einmal hat sie Angst, in eine Art amnesischen Schlaf zu fallen. Wie in der Geschichte über diese Insel, die ihnen die alte Gandolfi erzählte, als sie Kinder waren: Sobald man sie betrete, vergesse man alles, sogar den eigenen Namen. Aïda geht zur Glastür neben dem Spülbecken. Sie führt zum hinteren Garten. Er ist nicht besonders gepflegt. Aber sein Aufbegehren ist rührend, das Gras ist hochgewachsen und mit gelben Blumen übersät, der Brunnen verschwindet unter Myrtebüschen, die arthritischen Olivenbäume sind fast weiß, ihre Blätter klicken im Wind. Aïda öffnet die Gartentür und atmet den Geruch ein, es riecht nach Staub und Honig, es summt und zittert leicht, es nimmt sie in Empfang. Sie versucht sich an die Gründe zu erinnern, die sie nach Palermo geführt haben – sie muss von Distanz und Schutz geträumt haben. In die Stadt zu ziehen muss damals bedeutet haben, auf die heilsamste und kategorischste Weise Distanz zu schaffen.

13

Ausnahmsweise hat man die Kinder am Tisch der Erwachsenen Platz nehmen lassen. Beim Abendessen geht
es also entgegen aller Erwartung recht fröhlich zu. Die
Kleinen würzen es mit ihrem Gelächter und Gekasper,
sie sind es nicht gewöhnt, dass man ihnen so geduldig
und nachsichtig zuhört, sie sind von dieser ungekannten Wichtigkeit ganz berauscht, reden zu laut, kabbeln
sich, erzählen Witze ohne Pointe, die aber alle bis
zum Ende anhören. Weil das praktisch ist, Kinder, die
schnattern und irgendetwas erzählen: Man hat etwas
zu tun, kann sich ihnen zuwenden, wenn man ein beginnendes Gespräch zwischen Erwachsenen, das entgleiten könnte, abbrechen will, kann aufstehen, schimpfen, umherwirbeln. Hört auf, euch zu ärgern. Einfach
ideal.

Bei seinem Eintreffen hat Leonardo verkündet, dass
Renato Maggiari sich hat umbringen lassen. Zwei Kugeln in den Bauch, während er seinen SUV an der Tankstelle volltankte. Alle schauen schockiert, Kopfschütteln,
Seufzer, das heißt nichts Gutes, aber es ist auch keine
wirkliche Überraschung, hm? Die Maggiaris seien in
unlautere Geschäfte verstrickt, mehr wird darüber nicht
gesagt, und mit gesenkter Stimme, Ohren seien überall,
Aïda kommt es so vor, als würde das alles nur für sie

inszeniert, damit sie sich auf vertrautem Terrain fühlt. Siehst du, nichts hat sich geändert.

Giacomo fragte: »Wer ist tot, wer ist tot, wer ist tot?« Eine der Kleinen, die nicht zugehört hatte, antwortete »Nannu ist tot, das weißt du doch.«

Dann ging man zu etwas anderem über.

Sie essen auf der Terrasse, zu acht, die Kleinen haben den Tisch dekoriert, jeder Teller ist von Blättern und Brombeerzweigen eingerahmt, was alle entzückt zur Kenntnis nehmen, nur Aïda kann sich nicht begeistern, als sie Platz nimmt, sie sieht, dass die Mädchen ein bisschen enttäuscht sind, diese Deko-Geschichte war für sie gedacht, sie haben sich eindeutig für ihre brandneue Tante ins Zeug gelegt, also befühlt sie die Zweige und riecht an den Blättern, versucht, ihr Versäumnis wieder gutzumachen, aber man muss den Tatsachen ins Auge sehen, spontan auf Kinder zu reagieren übersteigt ihre Kompetenzen, vor allem auf zwei Sechsjährige, die auf der Terrasse des Großen Hauses herumspringen und sie nur an Mimi erinnern können, und das ist wirklich ein unguter Gedanke, beinahe schädlich unter den gegebenen Umständen, sie lehnt den Kopf zurück, um sich zu beruhigen, eine Ader pocht an ihrer Schläfe, das wird noch mit einem Aneurysma enden, es ist nur eine Frage von Sekunden, aber dann doch nicht, das Pochen klingt ab, es ist dunkel geworden, der Himmel schimmert nicht mehr rötlich, Leonardo hat (wann? Letzte Woche? Aïda kann sich nicht vorstellen, dass ihr Vater so etwas Affektiertes geschätzt hätte) verborgene Scheinwerfer anbringen lassen, das Licht ist perfekt, sie befinden sich im Zentrum eines weichen Kreises, Violetta hat Kerzen auf die Tischdecke gestellt, für einen Hauch Poesie. Zippo schnarcht unter dem Tisch. Von Zeit zu Zeit hört man, wie in einem der Scheinwerfer ein Falter verbrennt. Man könnte meinen, dass sie auf den richtigen Moment warten. Wenn für kurze Zeit Schweigen herrscht, das Zischen entflammter Papierflügel. Und die Unterhaltung geht weiter. Die Stechmücken sind zurückhaltend. Aïda macht eine Bemerkung dazu. Nur so. Ihr wird erklärt, dass an allen vier Ecken der Terrasse Insektizid-Sprayer platziert wurden, die einen tödlichen, unüberwindbaren Vorhang bilden. Aïda zeigt stummes Entsetzen. Silvia, die Matriarchin, sitzt am Matriarchenplatz am Kopf der Tischgesellschaft. Doch sie wirkt abwesend. Seit der Verwechslung bei Aïdas Eintreffen, hat sie sich nicht mehr direkt an sie gewandt. Dieses Ausweichen ist in keiner Weise feindselig. Es handelt sich eher um eine Art narkotische Teilnahmslosigkeit.

Aïda denkt an die stillen Essen ihrer Kindheit.

Der Alte war oft verärgert, und man unterhielt sich flüsternd, bewegte sich kaum, um die bedrohliche Atmosphäre nicht zu stören, die er auf geniale Weise allein durch Schweigen schuf.

Heute Abend ist der Lammbraten perfekt gelungen, es wird nicht mit lobenden Worten gespart, Gilda hat eine Flasche Wein mitgebracht, die nicht auf der Liste stand, am Tisch ist leichtes Erstaunen zu spüren, sie sagt, sie habe nur eine Flasche, es sei das Geschenk eines Büromateriallieferanten der Stadtverwaltung zum Jahresende gewesen, wenn sie gewusst hätte, dass es sich um einen Cerasuolo di Vittoria handelt, hätte sie ihn für die Hochzeit ihres Sohnes aufbewahrt, aber sie hat keine Ahnung, hat nicht nachgeschaut, vollkommen unwissend wiederholt sie: Man hat mir nur eine geschenkt, und sie hat ihn nicht einmal probiert, weil sie nie Rotwein trinkt, fast niemandem am Tisch ist entgangen, dass sie Stärkeres bevorzugt, viel Stärkeres, niemand versucht in Erfahrung zu bringen, was Aïda in den fünfzehn Jahren gemacht hat, aber über Palermo wird lobend gesprochen, jeder steuert eine Anekdote bei – Aïda geht auf, dass in den vergangenen fünfzehn Jahren jedes Mitglied ihrer Familie, abgesehen von ihrer Mutter, mehrmals in Palermo gewesen ist, aber niemand es für nötig gehalten hat, sie zu kontaktieren –, man klagt über die Luftverschmutzung und den Dreck, aber die Altstadt sei so reizend, man tauscht ein oder zwei Trattoria-Adressen aus, fragt Aïda, ob sie eine Empfehlung habe, sie nennt den Namen eines Restaurants, das sie nie besucht hat, man muss ja etwas beisteuern, Aïdas Gegenwart ist verstörend, es ist, als spielten sie Familienleben, damit sie es betrachten und positive Schlüsse ziehen kann. »Man hat mir nur eine geschenkt«, sagt Gilda noch einmal, enttäuscht, dass ihre Großzügigkeit nicht länger Thema ist, Leonardo macht die Bemerkung, er hätte eher Aïda als Violetta heiraten sollen, weil ihm *Aïda* immer besser gefallen hätte als *La Traviata*, alle fragen sich, ob er zu tief ins Glas geschaut hat, dann beschließen sie, dass er nur versucht hat, galant zu sein. Leonardo schaut Aïda mit verhangenem Blick an. Leonardo an diesem Tisch zu sehen ist sonderbar, denn als sie ihn das letzte Mal sah, verließ er Palermo mit dem Schiff und weinte. Aïda weicht seinem Blick aus, er wirkt, als sei er zu dem geworden, was sein Vater, sein Großvater und die ganze Azzopardi-Linie sich erhofft hatten, dem Mann, den sie aus Palermo kennt, ähnelt er hingegen nicht mehr und das ist zugegebenermaßen ein wenig traurig. Logisch, aber traurig. In so einem Moment neigt man dazu, an die nicht eingeschlagenen Lebenswege zu denken.

Gut.

Nun muss man Aïda doch fragen, wo sie steht (im Leben, im Raum, im Kosmos, bei der Altersvorsorge), auch wenn das bedeutet, sich auf vollkommen unbekanntes Terrain zu wagen. Violetta, die verstanden hat, dass Aïda weder einen offiziellen Partner noch Nachwuchs hat, macht den ersten Schritt, wir werden ja wohl nicht weiter um den heißen Brei herumreden, so tun, als nähme Aïda seit Ewigkeiten an ihren Familienzusammenkünften teil, das wäre eine Maskerade, oder? Sie fragt also ihre kleine Schwester, was sie so macht, wobei sie es wirklich noch unverbindlicher formuliert: Und du, was treibst du so?, aber da es um die Arbeit geht, führt die Frage zur Karriere, man könnte also doch glauben, dass sie sich erst vor kurzem aus den Augen verloren hätten, man hat sich auf dem Laufenden gehalten, aber die Zeit vergeht so schnell, und da ist so eine kleine Lücke entstanden, die Zeit rast, womit beschäftigst du dich im Moment nochmal? Aïda antwortet geflissentlich, dass sie in der Tourismusbranche tätig sei und vor kurzem noch im Recycling von Haushalts- und Industrieabfällen (das fällt ihr einfach so ein, da sie eine Zeit lang Wärterin auf der Müllhalde von Capidicasa war), man findet das faszinierend und bedeutend, erregt sich über wilde Müllentsorgung, nur Leonardo sagt etwas von Modeerscheinungen, dass Verantwortungsgefühl eine menschliche Manie sei (er regt gern die Diskussion an und heute Abend, einmal ist keinmal, hat er eindeutig ein bisschen zu viel getrunken) und dass vor allem, das sei ihm gestattet, mit allem Respekt, der ihnen gebühre, die Umweltfuzzis, auf jeden Fall die in der Gegend, ihm höllisch auf den Geist gingen, er könne ihnen etwas über einen Fall erzählen, an dem er arbeite und der von einem Funktionär der Umweltagentur vom Festland blockiert werde, aber Violetta unterbricht ihn, sie spürt, dass es nicht der richtige Augenblick für Politisches ist, sie will nicht, dass Silvia wie gewöhnlich sagt: Wenn du die Insel zubetonierst, Leonardo, wirst du nicht mehr viel von deinen geliebten Vögeln sehen, Violetta unterbricht ihn also mit der Frage, ob noch jemand noch ein kleines Stück von ihrem Apfelkuchen wolle, und Gilda entgegnet fast automatisch: Das werden wir ja wohl nicht übrig lassen, und spricht dann selbstzufrieden und kenntnisreich über die Probleme, unter denen ihre Kollegen litten. Da die Kinder vom Tisch aufstehen und Lärm machen, nutzt Violetta die Gelegenheit, um ebenfalls aufzustehen, sie sagt, dass sie ein Auge auf sie haben müsse und schauen, was sie anstellten, auf dem Weg durchs Wohnzimmer legt sie eine Platte auf, *La Bohème* von Puccini, eine unglückliche Wahl, wie sie feststellen muss, als sie Mirella Freni *Mi chiamano Mimi* singen hört, kurz herrscht Anspannung bei Tisch, Silvia, die Matriarchin, ruft, »Oh nein, oh nein, nie wieder Opernmusik«, Violetta stellt sie ab, braucht zwei Anläufe dazu, stellt sie ab, eine Art panisches Stoffrascheln ist im Wohnzimmer zu hören, sie geht zu den Kindern, kleinlaut wie so oft, und Silvia verfällt wieder in Schweigen, sie ist heute Abend sehr still, wirkt wirklich abwesend, ob sie wohl Medikamente bekommt, fragt sich Aïda, Silvia trägt ein weißes Kleid, eine Art Kreppbluse, sie trage nur noch Weiß, hat Violetta ihr gesagt, ein Verstoß gegen ihren ehemaligen Armenstatus, sie trägt Weiß, kann es nur einen Tag tragen, und manchmal sogar nur einen halben, aber erstaunlicherweise ist die Wahl des Stoffes immer enttäuschend, oft handelt es sich um Satin, und wenn ich Satin sage, dann meine ich satiniertes Polyamid, synthetische Stoffe, das Gegenteil eines edlen Materials, sie schaut auf den Garten und trinkt ihren Wein, wartet auf etwas oder lauscht nur dem Flüstern der Nacht, Gilda fragt, ob sie wüssten, dass man auf den Philippinen gekochte Hühnerembryonen in Eierschale esse, das habe sie irgendwo gelesen, niemand reagiert, nicht einmal die Kinder sind da, um vor Ekel zu kreischen, Leonardo informiert Aïda, dass sie ein paar Unterlagen einreichen und ein paar andere unterzeichnen müsse, dass der Notar ein Cousin von ihm sei, auch ein Azzopardi, er sagt, er freue sich, Aïda heute Abend zu sehen, sie habe sich nicht verändert, Aïda lächelt, seine Lüge amnestierend, er sagt, das nach der Beerdigung alles rasch über die Bühne gehen werde und sie, sobald sie es wünsche, wieder abreisen könne. Oder eine Weile bleiben selbstverständlich. Das müsse sie selbst entscheiden. Er verheddert sich und trinkt seinen Feigenschnaps in einem Zug leer. Silvia steht auf, »Bist du müde, Mamma?«, fragt Leonardo, seit wann nennt Leonardo Silvia Mamma? Gilda bietet an, sie nach oben zu begleiten, aber Silvia will kein Aufhebens ihretwegen, sie könne ja wohl noch allein die Treppe hochgehen, winkt kokett und geht ins Haus, in ihrer Abwesenheit können Leonardo und Gilda über sie reden, sich besorgt darüber zeigen, wie zerstreut sie seit dem Tod ihres Mannes wirke und noch mehr als sonst ihren esoterischen Marotten verfalle, dann sagt Leonardo, dass das nicht alles sei, es sei aber nun Zeit, nach Hause zu gehen, er habe morgen vor der Beerdigung ein Meeting zum Bau einer Hotelanlage an der Küste in der Nähe von Cala Andrea, er steht auf, das Zeichen zum Aufbruch, er ruft nach den Kindern, Gilda räumt ab, Aïda hilft ihr, auf Wiedersehen und gute Nacht, schlagende Autotüren, knirschender Schotter und Kohlendioxyd.

Nur Aïda bleibt auf der Terrasse zurück. Sie stützt ihre Ellenbogen auf das Geländer, um eine Zigarette zu rauchen. Erstaunlich, dass sie ihnen nicht allen an die Gurgel gegangen ist, oder? Vor allem Violetta und Gilda. Sie dachte so lange Zeit, dass es für sie gefährlich wäre, nach Iazza zurückzukehren, sich dem Leben zu stellen, das ihre Schwestern ohne sie, weit weg von ihr, gegen sie geführt haben. Könnte es sein, dass sie Frieden gefunden hat? Sie spürt eine aufkeimende Hoffnung. Sie fühlt sich großmütig. Aber sie ist an diesem Abend, wie wir noch sehen werden, unvernünftig optimistisch. Sie würde gern an dieses Versprechen von Seelenfrieden glauben. Ein unhaltbares Versprechen. Um sie herum ist alles ruhig – abgesehen von den nächtlichen Tierchen. Sie lauscht ihrem Brummen und ihren Seufzern, ihren Einladungen, Zustimmungen, Prophezeiungen, Ultimaten und vergänglichen Verbindungen, die in der Dunkelheit pulsieren. Sie lauscht vollkommen reglos, fühlt etwas in sich rascheln wie Erwartung oder Aufregung, eine diffuse Vorahnung. Diffus und erhebend. Sie kennt dieses Gefühl. Sie war, wie ich vorher schon sagte, schon immer ein Tier mit einzigartiger Intuition. Aber selbst der Instinkt von dieser Art Tier nähert sich der Wahrheit manchmal nur an.

Märchen und Legenden der Familie Salvatore (2)

An dem Tag, als Salvatore Salvatore in Iazza an Land ging, um auf dem Gut der Sykomore als Gärtner anzufangen, wollte er eben durch das in der Hitze brütende Dorf gehen und in den schmalen Gassen Schatten suchen, als ihm plötzlich ein Esel auf den Kopf fiel, mausetot.

Es stellte sich heraus, dass an jedem ersten Mai in Iazza die Esel auf den Dächern sind.

Iazza ist die größte Ortschaft einer Vulkaninsel, die ebenfalls Iazza heißt – so wie Pantelleria auf der Insel Pantelleria liegt –, inmitten des Mittelmeers, in der Ecke, die die Sizilianer afrikanisches Meer nennen. Anfangs hatte sich bestimmt niemand eine größere Siedlung auf diesem hundert Quadratkilometer großen Felsbrocken vorstellen können. Lange Zeit blieb es dabei. Als Salvatore Salvatore dort eintraf, bestand die Insel nur aus dem gleichnamigen Dorf und einem bankrotten Marmorsteinbruch, einer hübschen Bucht mit ein paar bunten Fischkuttern, einer Handvoll quadratischer weißer Häuser, Mandelbäumen, wilden Mandarinenbäumen und ein paar knorrigen Weinstöcken, die zum Schutz vor dem Scirocco halb eingegraben waren. Die schwarze Lavaküste wurde ständig vom Wind traktiert, was sie für unerfahrene Seeleute die meiste Zeit des Jahres nur

schwer zugänglich machte. Die Höhlen wie die von Birinikula waren so unzugänglich, dass sie weder Wande-
rer noch angehende Speläologen anzogen. Iazza war vor
allem von Geistern und Frauen bevölkert, die allein ihre
Kinder großzogen. Stagnation war es, was die Bewohner
von Iazza seit tausend Jahren gemein hatten. Ganz
oben auf der sozialen Leiter – es gibt immer eine – standen zum einen die Familie Severini, die gut aufgestellt
war, da sie sich um die Fähren zum Festland kümmerte – was sich eines Tages als wirklich gewinnträchtig
erweisen sollte –, zum anderen die Familie Azzopardi,
die eine kleine Flotte Fischerboote besaß – sie würden
einen Leonardo haben, der die älteste Salvatore heiraten
und damit, wäre hätte das gedacht, ein gutes Geschäft
machen würde –, und dann gab es noch die Gandolfi,
zugleich Frau und Gespenst, eine entfernte Blutsver-
wandte der Severini, die auf ihrem eigenen Anwesen
spukte, eine verwirrte Wohltäterin und eingefleischte
Jungfer. Zu ihr begab sich Salvatore, um seine Stelle als
Gärtner anzutreten, als die Tradition mit den Eseln auf
den Dächern ihn beinahe umbrachte.
An dieser Stelle muss die Sache mit dem Esel aufgeklärt
werden.
Die wenigen Menschen, die aus Iazza auswanderten
und von den USA auf die Insel zurückkehrten, hatten
1950 den Brauch des arbeitsfreien ersten Maitags eingeführt (eine alte Gewohnheit, wohlgemerkt, die aber
in der faschistischen Ära ausgesetzt und 1945 in Italien
wieder eingeführt wurde, ohne dass irgendein Insel-

bewohner über diese drei Schritte zurück, zwei Schritte vor informiert worden wäre). Die Auswanderer, die ins traute Heim zurückkehrten, amüsierten sich über die Ahnungslosigkeit, in denen die Familien ihrer Ahnen lebten, und beschlossen, ihnen eine Lehre zu erteilen. Aber die Bewohner von Iazza, wie viele Insulaner immun gegen alles, was nicht von ihnen stammte, sträubten sich. Um sie am ersten Mai also davon abzuhalten, zum Steinbruch zu gehen, stellten die arroganten, libertären und sturzbetrunkenen Rückkehrer in der Nacht vom 30. April zum 1. Mai die Esel auf die Dächer von Iazza. Für diejenigen, die noch nie versucht haben, mit drei Promille einen Esel auf ein Dach oder eine Terrasse zu hieven, muss gesagt werden, dass so etwas nur mit festem Seilwerk und einer zweistelligen Zahl von Bizepsen möglich ist.

Auch wenn die Esel zu der Zeit, als Salvatore eintraf, nur noch dazu dienten, das Brachland abzuweiden, hatte die Tradition überdauert. Am 2. Mai standen üblicherweise noch immer ein paar angebunden auf den Dächern, wo sie hin und wieder brüllten und geduldig zum Himmel blickten.

Der Esel, der auf dem Haus stand, an dem Salvatore vorbeiging, war jedoch so gebrechlich, dass man ihn nicht angebunden hatte, er hatte zwei Nächte und einen Tag auf einem Terrassendach rumgestanden und über sein langes Leben gegrübelt, bis er es aufgab und eine Herzattacke bekam. Er kippte über die Dachkante und geradewegs auf einen jungen Kerl, der nach Schatten suchte, noch ganz benommen von der Überfahrt.

Und es war Silvia, die mit dem Fahrrad von der Gandolfi losgefahren war, um ihr noch schnell Prosecco, eine Flasche Baileys und kandierte Früchte zu kaufen, und die Szene, die sich mitten auf der sonst leeren Straße abspielte, mit ansah. Sie schrie, bremste, sprang von ihrem Fahrrad und glaubte, dass beide, Mann und Esel, tot waren. Sie rief um Hilfe, versuchte, das Tier wegzuschieben, zog es am Schwanz, an den Ohren, versuchte, den Mann zu befreien. Die Pascalina öffnete ihre Fensterläden, warf einen Blick nach draußen und fragte als allererstes im Dialekt: Wer ist denn der Kerl da?

Silvia rief zurück, sie solle die Feuerwehr rufen.

Die Pascalina hatte kein Telefon, sie klingelte also bei der Gagliardo, ihrer Nachbarin, sie riefen Jimmy an, den Feuerwehrmann der Insel, und gingen dann vor das Haus, die Gagliardo brachte zwei Schemel und Zitronenlimonade, und sie setzten sich in den Schatten. Bald war ein guter Teil des Dorfes versammelt, der Teil, der nicht auf dem Meer war und keinen Mittagsschlaf hielt, der sich nicht verstecken musste oder gelähmt war. Man zog Salvatore unter dem Esel hervor, fragte den jungen Mann aus, kommentierte, vermutete. Silvia, die nicht gern im Mittelpunkt stand (auch nicht in der Nähe davon), schlich sich davon und holte beim Apotheker Prosecco und Baileys – die Gandolfi machte ihre »Spezialeinkäufe« beim Apotheker, weil ihre Neffen, die so taten, als wären sie um ihre Gesundheit besorgt, aber eher auf das Erbe aus waren, ihre Einkäufe beim Lebensmittelhändler überwachten.

Dann stieg Silvia wieder aufs Fahrrad und fuhr so schnell, wie es mit den Tüten ging, zum Großen Haus, wo sie der Gandolfi Bericht erstattete. Da diese zutiefst gelangweilt war, nahm sie auf ihrem Sessel auf der Terrasse Platz, rutschte aus Bequemlichkeit und Vorfreude reflexartig mit ihrem mageren Hintern hin und her, bat Silvia, ihr ein Glas einzuschenken – sieben Zentimeter Baileys nannte sie »ordentlich stark« – und tat sich gütlich. Sie schloss die Augen, um die Geschichte und den Alkohol ungestört zu genießen. Silvia fand wie jedes Mal, dass die Gandolfi wie eine Ertrunkene aussah, mit ihrem alten, zerstörten Gesicht und ihrem unberührten Körper, der keine andere Verwendung hatte, als ihre lebenswichtigen Organe zu steuern. (Silvia glaubte noch, wie ihre Mutter es ihr beigebracht und niemand widerlegt hatte, dass der weibliche Körper ausschließlich dazu da sei, begehrt, besessen und geschwängert zu werden.) Die Gandolfi erkundigte sich nach dem Aussehen des jungen Mannes. Silvia errötete, bemerkte, dass sie ihn weder aufrecht noch genau gesehen habe, und in Anbetracht dessen, dass er ja unter einem Esel gelegen und kein Wort gesagt hatte, hätte etwas anderes auch überrascht, sie habe keine Ahnung von seiner Statur, wisse aber, dass er schöne, traurige Augen habe wie eine Giraffe. Die Gandolfi zog erstaunt die Augenbrauen hoch:

»Hast du jemals eine Giraffe gesehen?«

Silvia wurde (schwer beleidigt) tiefrot und bejahte, dass sie welche in einem Buch über die Savanne gesehen habe, als sie noch zur Schule gegangen sei und einiges über sie wisse – was sie fressen, warum sie einen so langen Hals hätten, eine so harte Zunge, Flecken auf dem Leib, usw. Die Gandolfi wedelte mit der Hand und entließ Silvia mit dem Befehl, sie solle es irgendwie anstellen, ihr diesen Salvatore zu bringen. Die Reichen neigen dazu, sich nicht mit banalen Problemen belasten zu wollen. Die Gandolfi sagte oft zu Silvia: Stell es irgendwie an. Die materielle Welt ist so lästig. Aber da sie erraten hatte, was kein großes Kunststück war, dass der junge Mann unter dem Esel kein anderer als der Gärtner war, den sie erwartete, dachte sie, vielleicht einen Weg gefunden zu haben, die Langeweile aus ihren endlosen Tagen zu vertreiben und Silvia für immer bei sich zu behalten.

14

Und am nächsten Morgen, als Aïda durch die Tür in der
Küche nach draußen geht, um auf der Vortreppe des
kleinen Gartens ihren Kaffee zu trinken, während nur
ihre Mutter im Haus ist, so frisch Witwe, dass sie selbst
nicht daran glaubt, ihre Mutter, die bis vor kurzem noch
darauf geachtet hat, Ihre Lordschaft nicht aufzuwecken,
wenn sie in der Nacht aufstand, um aufs stille Örtchen
zu gehen, ihre Mutter, die immer noch schläft oder nicht
mehr oder vielleicht doch über ihre vergangenen Leben
nachsinnt,
als Aïda also durch die Tür geht, in Gedanken bei dem
Traum, den sie heute Nacht wieder hatte, diesen Traum
mit dem blühenden Mandelbaum, der in der Dunkelheit
fast leuchtet, ja, das sieht sie, einen blühenden Mandelbaum in der Finsternis, und darin sitzt etwas, ein großer
Vogel, ein Rabe vielleicht, aber nichts zu machen, weiter
geht der Traum nicht als bis zu den Umrissen des großen
Vogels, Dunkles auf Dunklem, dieser Traum widersetzt
sich ihr,
wie soll man den Gedanken abschütteln, dass Träume
Orte der Begegnung sind?,
als Aïda also die Küche verlässt und den Hund ihrer
Mutter zu den Akazien lässt, wen sieht sie da am Ende
des Gartes, einen Strauß Weißveilchen, Wicken und

Wildblumen in der rechten Hand, mit gutsitzender Krawatte und einem entrückten Blick? Es ist Pippo, der freundliche Gigant, der gute Engel. Er hat sich so wenig verändert. Sie hat gelesen, dass die Zeit für diejenigen, die am Meer leben, nicht genauso schnell vergeht, wie für die in den Bergen (zwei Uhren an zwei Orten als Beweis), daran muss es liegen. Etwas mit der Relativität der Zeit. Am Meer drehen sich die Uhren langsamer. Man altert langsamer. Pippo ist also Pippo geblieben, so wie Mimi die Kleine geblieben ist.

Aïda winkt ihm zu, aber er kommt nicht näher. Er legt seinen Strauß auf die Umrandung des Brunnens und geht rückwärts davon. Als wollte er sie nicht aus den Augen lassen, oder als ob überhaupt nichts. Pippo ist so einer, der rückwärtsläuft, ohne hinzufallen, hat er Augen im Hinterkopf oder kennt er die Wege von Iazza so gut, dass er für immer die Augen schließen und dennoch zu seiner alten Mutter finden kann?

Als er hinter dem Mäuerchen verschwindet, geht Aïda die zwei Stufen hinunter, zerreißt die glitzernden Spinnweben, die träge im Morgenlicht tanzen, setzt sich auf den Rand des Brunnens, neben den Blumenstrauß. Alles ist ganz still. Wenn Wasser verdrängt wird, wenn man hineingeht, warum, fragt sie sich, sollte Luft nicht das Gleiche tun – sie würde wirbeln, wenn man sich bewegt und zur Ruhe kommen, wenn man bewegungslos bleibt. Tummeln sich in der Leere nicht lauter Partikel? Sie trinkt die letzten Schlucke ihres Milchkaffees, wedelt träge die Stechmücken weg, nimmt die Blumen und steht auf. Unter die Blumen hat Pippo einen kleinen Vogel gelegt, den er aus einem Stück Holz geschnitzt hat. Einen Kolibri. Sie erkennt ihn an seinem Schnabel. Sie runzelt die Stirn, schaut zu der Stelle, an der Pippo verschwunden ist, fährt mit der Kuppe ihres Daumens über den winzigen Kopf. Die Schnitzerei ist grob, das Holz rau, als hätte Pippo sie gerade erst beendet. Kann es sein, dass Pippo wusste, dass Mimi der Kolibri genannt wurde?

Sie steckt den Vogel in ihre Tasche, geht hinein und stellt die Blumen in einer Vase mitten auf den Küchentisch, hört Gilda schon am Nachmittag sagen, Was ist das denn für ein hässliches Flohnest, und Violetta, besänftigend, Ich mochte Feldblumen schon immer, sie erinnern mich an das Untere Haus. Übrigens erinnert vieles in der Küche an das Untere Haus. Da ist zum Beispiel die Standuhr mit dem Pendel, das schwerfällig schwankt wie ein älterer Herr nach dem Mittagessen, und ihrer zifferblättrigen Besonderheit – der IIII anstelle der IV. Und alles, was belegt, dass Matriarchin Silvia sich nie davon erholt hat, reich geworden zu sein. Sie schreibt ihre Einkaufslisten immer noch auf die Rückseite von Briefumschlägen oder zerschnittene Zwiebackpackungen, benutzt Küchenpapier zunächst als Taschentuch, dann, entsprechend gefaltet, als Küchenpapier, sie fädelt auf und strickt wieder zu, ihr Gestrick liegt auf dem Stuhl, zusammen mit den dicken, nie wieder glatten Wollknäueln, sie wäscht sich die Hände mit Seifenresten in einer alten Strumpfhose, hebt die Zeitung auf, um Kartoffelschalen aufzufangen oder ein Tischset zu fabrizieren, um beim Frühstück die Decke nicht zu bekleckern, die Geschirrhandtücher sind aus alten Hemdrücken des Alten gemacht, während die Ärmel zu Lappen wurden, die Schränke quellen von abgelaufenen Produkten über, die sie günstiger bekommen hat, und die Handcremetube auf dem Rand der Spüle wurde aufgeschnitten und mit einer Wäscheklammer wieder verschlossen, damit ihr Inhalt weder vergilbt noch austrocknet. Auf der Arbeitsplatte, neben dem staubigen Silberblattstrauß, steht ein ganzes Glas hartgewordener Süßigkeiten, all die Bonbons, die Kindern nicht schmecken, aber unmöglich weggeworfen werden können, obwohl ein Stein leichter zu lutschen wäre als diese Zuckerfossilien.

Aïda, Aïda, Nostalgie führt zu Atemnot.

Im Raum verteilt stehen ein paar noch in Zellophan verpackte Blumensträuße in Vasen. »Noch« ist überflüssig, man war nicht etwa nachlässig, man ließ die Blumen unter Zellophan. So sehen sie mehr nach einem Geschenk aus. Eine Arme-Leute-Manie, wie Markenetiketten an Kerzenhaltern oder Halstüchern zu lassen.

Die Sträuße stammen alle vom gleichen Floristen. Sogar ein paar identische sind dabei. Die Leute haben sich über den Tod des alten Salvatore nicht den Kopf zerbrochen. Das Gegenteil wäre eine Überraschung gewesen.

Aïda schließt sorgfältig die Tür zum kleinen Garten, der Hund stromert immer noch draußen herum, und sie bleibt eine Zeit lang regungslos in der Küche stehen. Im

Haus ist es so still, dass sie die Kartoffeln in ihrer Papier-
tüte keimen hört.

Sie geht wieder hoch in ihr Zimmer und denkt, Heute
wird mein Vater begraben. Sie spricht den Satz laut aus,
testet ihn, noch löst er nicht viel in ihr aus, aber das
wird sich ändern. Sie zuckt die Schultern, legt den grob
geschnitzten Kolibri auf ihren Nachttisch und macht
sich fertig.

Märchen und Legenden der Familie Salvatore (3)

Die fünfundzwanzigjährige Silvia hatte den Absprung verpasst. Obwohl ihr die Mutter Gott weiß wie oft auf demütigende Weise gesagt hatte: Wenn du einen zu fassen bekommst, halt ihn fest.

Auf Iazza gab es viel weniger Männer als Frauen. Die Männer der Insel kamen und gingen, starben auf See, schossen aufeinander, versauerten hinter Gittern, verkleisterten sich die Lungen unvernünftig schnell oder erhängten sich am Dachbalken. Die Männer der Insel waren wie Bienendrohnen. Doch das Leben der Frauen hing von der Qualität des Mannes ab, an den sie gerieten. Was ihnen erlaubte, sich ständig über ihren Gatten zu beschweren – abwesend oder nicht. Immerhin waren sie eine Quelle trister Genugtuung.

Silvia war nie unternehmungslustig oder hübsch gewesen – obwohl unsere Mütter als junge Frauen immer hübsch sind, das ist eine erwiesene Tatsache. Sie sah zu, wie alle ihre Kameradinnen zum Karneval gingen, zum Tanz eingeladen, geschwängert und geheiratet wurden. Und sie blieb auf der Böschung hocken und schaute den Hochzeitszügen nach. Es war nie darum gegangen, irgendeine Wahl zu treffen, sondern ausgewählt zu werden.

Wie kannst du nur vergessen, dich über der Nase zu

rasieren, du siehst aus wie ein Habicht, sagte ihre Mutter zu ihr.

Es war also allein Silvias Schuld (ihre mangelnden Bemühungen, ihre Ungeschicklichkeit und ihre Habichtbrauen), wenn sie keinen jungen Mann in die Finger bekam, und nicht das Ergebnis eines nachteiligen genetischen Zufalls. Sogar ein alter Mann hätte es vielleicht getan, sie hätte am Ende eingelenkt, denn die einzigen, die ihr schöne Augen machten oder ihr etwas zumindest halbwegs Galantes zuriefen, waren die reifsten Männer der Insel. Silvia konnte sich rühmen, ein oder zwei Verehrer unter denen zu haben, die dem Ende näher als dem Anfang standen, aber kein junges Mädchen rühmt sich eines solchen Privilegs.

Sie hatte die Stelle bei der Gandolfi gefunden, für ihre Mutter war es eine Erleichterung gewesen, sie nicht mehr bei sich herumspringen zu haben und für Silvia eine Erleichterung, einem anderen Typ Frau zu begegnen, als ihre Mutter und die Nachbarinnen ihrer Mutter es waren.

Silvia war, neben anderen Dingen, von der Haarpracht der Gandolfi fasziniert. Woran erkannte man, dass sie reich war, obwohl sie so dünn war wie ein Stelzvogel, alte Pantinen mit Zechinen trug und den Großteil des Tages auf einem abgewetzten Stuhl thronte? Das hatte direkt mit ihren Haaren zu tun, golden, voluminös und weich lagen sie über ihrem faltigen und ein wenig aufgedunsenen Gesicht, dessen Haut vom Baileys und von den Zigaretten dick und schwammig war. Ihr Haar benötigte tägliche Pflege, Luxushaar, das man anfassen und an dem man riechen wollte.

Da war auch das Parfum der Gandolfi, das sie trug, um den Tod auf Abstand zu halten, das verfallende, sich zersetzende Fleisch.

Und dann war da ihr Wortschatz: Sie fluchte und beleidigte und tobte. Aber nie im Dialekt. Und natürlich ihre Entscheidung, nie zu heiraten, keinen Mann an sich heranzulassen, auf dem Gut zu bleiben, ihr Land von der Terrasse aus zu verwalten, neben Nero, ihrem alten furzenden Labrador, auf ihrem Stuhl zu schaukeln und ihren Verwalter zu empfangen, dessen Beschwerden und Unterwürfigkeit zu ertragen, obwohl sie genau wusste, dass er sie hinterging, sie hatte keinen Beweis, aber zweifelte keine Sekunde daran, da er so aussah wie die hinterlistigen Betrüger im Theater und nicht einmal versuchte, seine Listigkeit zu verstecken, er verachtete die Gandolfi, es ist immer das Gleiche, die eigene Arroganz richtet diese Kerle zugrunde, sie können sich nicht vorstellen, dass eine alte Jungfer wie sie einen Weg finden könnte, sie eines Tages zu ertappen und zu entlassen, und die alte Jungfer wartete, bis ihre Stunde geschlagen hatte, wartete auf jemanden, der Loyalität und Dankbarkeit verkörperte, jemanden, der ihre rechte Hand werden würde, bewaffnet gegen all die Schurken, die glaubten, sich an ihr bereichern zu können. Die Gandolfi behandelte Silvia grob, aber mit Silvia war man immer grob umgegangen. Sie hatte immer gehört, was ihre Mutter über andere Frauen und sie selbst sagte: Man muss uns an der kurzen

Leine halten, denn wenn man uns den kleinen Finger gibt, wollen wir die ganze Hand. Und was soll man mit so einer Lehre schon anfangen? Man kriecht. Man beugt sich nicht, man kriecht. Damit hatte Silvia sich schon immer abgeplagt. Aber der Gandolfi gefiel das nicht. Sie sagte: Du bist schlau, hör auf, die Idiotin zu spielen. Und Silvia schaute sie an, gutgläubig und überschwänglich. Ich denke, das gefiel der Gandolfi nicht. Aber die Sache war weniger eindeutig. Die Gandolfi war von der untergebenen jungen Frau entzückt, sie wollte sie so lange wie möglich bei sich behalten. Sie hatte noch nie eine so ausbalancierte Mischung aus Reizlosigkeit, Bescheidenheit und Intelligenz gesehen. Aber Silvia regte sie auch auf. So wie Neros feuchte Augen sie erweichen oder ärgern konnten, je nachdem.

Alte Frauen waren für Silvia immer Großmütter mit Oberlippenbärtchen gewesen, die sich mit einem Tuch auf dem Kopf die Krampfadern massieren, mit Füßen wie aufgesprungene Weinstöcke, der Rücken gebeugt durch das ganze Gärtnern. Aber diese Alte da, mit ihrer leuchtenden Mähne und ihrem Geschmeide und ihrer affektierten Schnute, war für sie rasch Das Fräulein geworden. Silvia ging jeden Abend zu ihrer Mutter nach Hause, was der Gandolfi missfiel, die das Mädchen gern die ganze Zeit bei sich gehabt hätte, aber die Mutter bestand darauf, sie wollte ihre Tochter nicht ganz aufgeben, diese war zuhause noch von Nutzen, und es gefiel ihr, wenn Silvia berichtete, was ihm Großen Haus vor sich ging.

Das Fräulein trug Silvia auch auf, ihren Verwalter und seine Schergen auszuspionieren, da niemand auf die junge Frau achtete. Sie bat sie, deren Abrechnungen zu prüfen – der Baileys war dem konzentrierten Nachdenken nicht zuträglich –, sie forderte von ihr, Spezialeinkäufe in der Dorfapotheke zu tätigen, Zigaretten, Alkohol und Benzodiazepin, sie wollte, dass sie ihr vorlas, hatte ihr (mit kleinen Wacholderstockschlägen) das stockende Vorlesen abgewöhnt, verlangte Bäder in einer Mischung aus Milch, Geranien, Damas-Rosen und Honig, verlangte vor allem, dass Silvia während des Badens bei ihr blieb, damit sie nicht ausrutschte, einschlief oder in Ohnmacht fiel – sie wusste um ihr schwaches Herz (Das zeigt, dass ich eins hab, scherzte sie) –, sie befahl Silvia, eine zusätzliche Schraube an den Türschildern anzubringen, auf denen die Namen der Zimmer standen (das blaue Zimmer, das Zimmer des Oberst, usw.), weil sie es nicht mehr ertrug, sie (die Schilder) runterhängen zu sehen, sobald sie eine Tür öffnete, Sie brauchen zwei Schrauben, verdammt!, schrie sie, krittelte an dem Mittagessen herum, das Silvia ihr zubereitete, motzte und verteilte die Bohnen auf ihrem Teller, beleidigte Silvia an ihren Hund gewandt, Diese Schlampe Silvia muss heute Abend anscheinend früher als sonst zu ihrer Mutter nach Hause, sie gab ihr Kosmetikprodukte und untragbare Kleider weiter, Schauen Sie, Silvia, Cremes für die Visage und dieses Kleid, das ich oft getragen habe, weil ich es mochte. Es ist gebraucht, aber sauber. Und immer noch besser als Ihre Lumpen. Und wenn

Silvia einmal um ihr Aussehen bemüht war, am Morgen mit einer Kette oder ein wenig Lippenstift in Perlmuttrosa erschien, beugte sich die Gandolfi zu ihrem Hund und sagte, »Schau, Nero, aber mach dich nicht lustig, Silvia hat sich schön gemacht.«

Entgegen aller Erwartungen, fürchtete Silvia das Fräulein irgendwann nicht mehr, sie begriff, dass diese auf sie zählte und sie mochte und für immer bei sich haben wollte, also begann Silvia zu lächeln, dann zu lachen, wenn die Alte vor Ungeduld aufstampfte, es war weder ein schadenfrohes noch ein argwöhnisches Lachen, sondern ein verschwörerisches – Ich weiß, wer du bist und was du willst –, ein amüsiertes Lachen, wohlwollend, das wir kopfschüttelnd von uns geben, wenn der jüngste Spross matschverdreckt aus dem Garten zurückkommt.

Als die Gandolfi also Salvatore Salvatore ansichtig wurde, muss sie geglaubt haben, einen Weg gefunden zu haben, Silvia für immer zu behalten – sie hätte das Gegenteil denken und alarmiert sein können, Mein Gott, die Kleine wird sich in den dunkelhaarigen Schönen vergucken und verduften, aber das Eingestehen einer Niederlage lag ihr nicht. Und sie konnte eine Lage elegant zu ihren Gunsten drehen.

Er stellte sich an dem Nachmittag nach seinem Eselunglück bei ihr vor, Doktor Serretta hatte ihn untersucht, keine Gehirnerschütterung, keine Verletzungen, der Junge sah klar und hinkte nicht, der Arzt hatte ihm eine Salbe vor dem Einschlafen verschrieben, die er immer verschrieb, Salvatore Salvatore hatte die Untersuchung nicht zahlen können, aber Doktor Serretta hatte ihm auf die Schulter geklopft, Du bezahlst mich mit deinem ersten Lohn, auf Iazza kommst du ohnehin nicht weit.

Als die Gandolfi ihn empfing, betrachtete sie den jungen Mann prüfend – Größe, Blick, Stimme, Gestik und Gestammel. Sie schloss, dass er kräftig war, verschlossen, aber nicht böse, und geradlinig. Er hatte nichts von einem Abenteurer.

Als er hinausgegangen war, um sich die Bienenstöcke anzuschauen, sagte die Gandolfi zu Silvia: Der Junge ist recht hübsch.

Silvia antwortete nicht.

Sei nicht so prüde. Nur weil ich keine Arme mehr habe, juckt es mich trotzdem, sagte die Alte.

Jedenfalls wäre er perfekt für Silvia. So hatte die Gandolfi es beschlossen.

15

Gilda ist unruhig. Und wenn sie unruhig ist, schimpft
sie mit ihrem Sohn Giacomo.
Heute wird der Alte beerdigt. Und Aïda ist wieder auf der
Insel. Ohgottohgottohgott.
Gilda schwirrt durchs Haus. Sie hat noch keine Strumpfhose an, um sie vor der Zeremonie nicht zu beschädigen.
Sie trägt ihr kurzes schwarzes Kreppkleid. Sie wühlt in
den Küchenschränken. Giacomo, beeil dich!, ruft sie.
Offensichtlich findet sie nicht, was sie sucht. Giacomo
ist im Bad. Da ist er nur schwer hineinzubewegen, aber
wenn er erst einmal drinnen ist, ist es beinahe ein Ding
der Unmöglichkeit, ihn wieder herauszuholen. Schließlich dreht sie an der Spüle das warme Wasser auf. Sie
hört ihn rufen, weil es plötzlich kalt aus der Dusche
kommt. Während ich dies schreibe, kommt mir der
Gedanke, dass ihr Zusammenleben nicht leichter werden
wird. Aber, werden Sie mir antworten, diese Entwicklung
ist ein Naturgesetz. Ihre Kindheit kann relativ glücklich
sein, es kommt immer der Zeitpunkt, an dem Sie sie
vollständig über Bord werfen, bis sie nur noch trostlos
erscheint. Giacomo schließt die Tür auf und kommt aus
dem Badezimmer. Gilda sagt: Ich möchte nicht, dass du
abschließt, du könntest eingeschlossen bleiben, er ignoriert sie, aber das muss sie später klären, ich erinnere

Sie daran, dass er elf Jahre alt ist, sie geht ins Bad, sagt: Das ist hier ja wie im Hammam, öffnet die Dachluke, wedelt mit der Hand, als wollte sie giftige Dämpfe vertreiben, geht auf alle Viere, findet den Gin hinter den Reinigungsmitteln, ganz hinten im Schrank unter dem Waschbecken, schüttet etwas davon in eine kleine Plastikflasche, prüft den Inhalt und die Farbe, Das wird gehen, sagt sie, was bedeutet, dass sie eine Wegflasche für die Beerdigung gefunden hat, sie greift nach dem Zerstäuber für Eau de Cologne, pfff pfff in den Hals und ihr Atem ist frisch wie der eines jungen Mädchens, und das hätte sie zumindest schon einmal intus, ein bisschen Sechzig-Prozentiges, woraufhin sie wieder ruft: Giacomo Giacomo beeil dich!

In dem Moment klingelt ihr Telefon, sie eilt ins Wohnzimmer, Giacomo, hast du mein Handy gesehen?, tastet herum wie eine Blinde, findet es auf dem Sofa zwischen Armlehne und Kissen, es ist Violetta, »Was?«, bellt sie beim Abheben.

»Die Mädchen sind spät dran, kannst du Mamma und Aïda abholen?«

»Bist du verrückt, ich bin nur am Herumrennen, ich muss Geld abheben und die Kränze beim Floristen abholen, ich habe keine Zeit.«

»Ich weiß, dass es nicht ideal ist. Aber es passt gerade nicht, Leonardo ist zu seinem Termin ins Büro gefahren, er hat mein Auto genommen und in seins bekomme ich Mamma und die Kleinen und Aïda nicht hinein. Das wäre mir wirklich eine Hilfe. Und dann geht es Eich-

hörnchen nicht gut, ich habe Angst, es ist ein Magen-darmsache. Sie hat heute Nacht gespuckt ...«
»Ist gut, ist gut«, seufzt Gilda.
Violetta nennt ihre Töchter Eichhörnchen und Kaninchen. Für alle anderen sind sie die Mädchen. Ohnehin kann niemand Eichhörnchen und Kaninchen unterscheiden.
Gilda legt auf und lässt sich entmutigt aus Sofa fallen, Zieh dich an!, ruft sie Giacomo zu, als sie ihn in seinem rosa-schwarzen Bademantel vom FC Palermo durchs Wohnzimmer gehen sieht. Er rollt nicht mit den Augen, er tut, als habe er sie nicht gehört. Man könnte meinen, dass sie im Moment nicht die gleiche Frequenz hören, Giacomo zeigt höchstens ein höfliches Lächeln, wenn seine Mutter mit ihm spricht, als wäre sie nur eine entfernte Bekannte, und er nimmt nur selten den Kopfhörer ab. Er ist diese Art Junge geworden, der komplizierte Hand-Shakes mit seinen Kumpeln austauscht und seine Brust gegen ihre prallen lässt, wie ein Football-Spieler.
Gilda sagt sich, dass etwas in ihrer Beziehung zu ihrem Sohn nicht stimmt. Aber es ist nur ein flüchtiger Gedanke. Wenn dieser Nichtsnutz nur hier wäre, lautet der Gedanke, der systematisch folgt. Das Schuldgefühl, ein erster kurzer Stich, ist rasch beiseite gewischt. Giacomos Vater ruft verlässlich einmal die Woche an. Er hat es nicht geschafft, sich für die Beerdigung des Alten freizuschaufeln. Er ist in Neapel. Was viel über seine Einbindung in das Leben der Familie Salvatore aussagt. Sogar Aïda ist gekommen.

Violetta reibt sich, nachdem sie aufgelegt hat, weiter mit Sonnenöl ein, sie glänzt wie eine gläserne Statue. Die Kleinen spielen am Rand des Pools auf ihren Tablets. Sie sitzen eng nebeneinander auf demselben Liegestuhl, zwischen die Armlehnen gezwängt. Das sieht sehr unbequem aus. Aber der Sinn der Mädchen für Komfort bleibt in Violettas Augen ein Mysterium.

Sie geht hinaus und legt sich auf ihren Liegestuhl. Die Zeit, die sie ihrer Schwester stehlen konnte, ist ein Wunder.

Das Wetter ist nicht besonders schön, der Himmel ist weiß wie bei einem Sturm, aber das erzeugt das beste Bräunungsergebnis.

Sie war erfreut darüber, dass Leonardo an diesem Morgen ins Büro musste. Sie täuschte eine leichte Verärgerung vor, »Nein, nein, ich verstehe schon, geh ruhig, das ist normal«, mit einem Gesicht wie ein verletztes Reh. Aber eigentlich gefällt es ihr, wenn er nicht da ist. Sie genießt das Haus, den ganzen Platz, geht von Raum zu Raum, unsichtbar, da niemand da ist, der sie beobachtet, Maria Pop, die Putzfrau, kommt nur zweimal in der Woche, und die Mädchen sind meist damit beschäftigt, Spiele mit undurchschaubaren Regeln zu erfinden oder Sitcoms für Jugendliche zu schauen, die sie nicht verstehen – mit Gelächter vom Band, das Violetta immer an das Geräusch von Glascontainern erinnert, die in das Müllauto geleert werden.

Oft ist sie wunderbar allein.

Das sind Augenblicke, in denen sie sich gehen lassen

kann, sie vermutet, dass das ihrem wahren Wesen entspricht. Manchmal tut sie nur so, als würde sie sich waschen, lässt das Wasser in die Duschwanne prasseln (Sie benutzt, wie Aïda es vermutet hat, tatsächlich nicht das sumpfgrüne Bad), während sie die Unterwäsche vom Vortag anzieht. Dann legt sie Parfum auf: Parfum auf Schmutz = Sauberkeit, sagt sie jedes Mal. Das ist ihre persönliche kleine Rebellion. Wie sich wieder ins zu Bett zu legen, nachdem sie die Mädchen in die Schule gebracht hat. Oder wie Mentholzigaretten in der Waschküche zu rauchen.

Sie weiß, dass sie als perfekte Hausfrau gilt. In ihrem Haus sind die Servietten selbst bei einem schnellen Mittagessen zu Schwänen, das Toilettenpapier jeden Morgen wie im Hotel zu einer Spitze gefaltet, der Ofen ist ständig vorgeheizt, und die beiden einzigen Dinge, um die sie sich nicht kümmert, sind der Weinkeller und der Grill. Im Moment fühlt sie eine sehr diffuse Mattheit.

War nicht sie diejenige, die von den Vertretern der Bestattungsunternehmen, die überall hervorkrabbeln wie Tausendfüßler unter Blumentöpfen, die aufkreuzen, sobald sie von einem frischen wohlhabenden Toten hören, war nicht sie diejenige, die sie in der Stadt mit ihren Angeboten bestürmt haben: Anmietung einer Leichenlimousine, vegetarisches Beerdigungsbuffet, Ventilatoren, Obstkörbe, Blumenkränze, Unterbringung der Familie vom Festland. Wie Bergsteigertausendfüßler. Sie klettern einem am Leib hoch. Klettern auf dein Haus. Nein, Höhlenforschertausendfüßler. Sie kriechen durch die

Nasenlöcher oder irgendeine andere Öffnung, über die ich nicht sprechen möchte, in den Körper. Und ich will Ihnen nicht erklären, was es bedeutet, wenn sie in einem ihre Eier ablegen. Hat nicht sie dieses Getier vertreiben müssen (Wir kümmern uns um alles, wir kümmern uns um alles)? Ist nicht sie diejenige, die jede Veranstaltung ihrer aller Leben mit Diskretion und Hingabe organisiert? Ist nicht sie es, die gegenüber Aïda eine gute Figur macht? Alle zählen auf sie. Das ist aufreibend und undankbar. Vergebene Liebesmüh. Was für ein Genuss, sich ein bisschen zu beklagen. Sie hat das Recht auf ein wenig Frieden vor der Trauerfeier, die für sie alle eine neue Ära einleiten wird – die Ära ohne den Alten.

Sie betrachtet ihre Töchter. Sie sind so dunkel. Der Alte nannte sie die Dunkelhäutigen. Fast liebevoll. Sie betrachtet sie gern. Sie fühlt sich unsichtbar und allmächtig. Sie lächelt nur für sich. Genießt eure Kindheit, die Welt wird euch noch früh genug das Herz brechen.

Dann denkt sie an Mimi. Man kann nur schwer nicht an sie denken, wenn man ständig zwei sechsjährige Mädchen um sich hat. Die Erinnerung an Mimi blitzt schlaglichtartig auf – eine Geste von Kaninchen, eine Grimasse von Eichhörnchen. Schau an, da ich gerade davon spreche, die Art, wie Kaninchen sich in prekärem Gleichgewicht oben auf dem Liegestuhl hält, um besser das Tablet in den Händen ihrer Schwester zu sehen, das ist ganz Mimi.

Violetta verzieht das Gesicht. Sie spürt, wie ihr Brustbein zu einer grässlichen Last in ihrer Körpermitte wird.

Sicher ist darin zu vieles eingeschlossen. Das ist kein Brustbein mehr, sondern ein großer Ziegel aus gepresstem Mist. Sie atmet tief ein und atmet langsam und lange aus. Sie nimmt das ernst. Wie immer. Dann denkt sie, dass sie sich nur Gilda vor Augen führen muss. Die hat wieder angefangen, Eau de Cologne zu trinken. Sie glaubt, dass niemand es merkt. Aber es ist bekannt, dass Ethanol die Zunge löst.

16

Man kann nicht umhin festzustellen, dass Aïda an diesem Tag eine gewisse Skepsis ausstrahlt.

Sie wohnt der Aussegnung des Toten in der Santa-Lucia-Kapelle bei, die Sache geht über Stunden, ganz Iazza ist da, niemand weint, außer die, die dafür bezahlt werden – Aïdas Großmutter sagte immer: Hier wird nicht geweint, man wird härter. Während Iazza vorbeizieht und nur Augen für Aïda hat – die bereits ohne jede Böswilligkeit als Rückkehrerin bezeichnet wird –, wird Salvatore Salvatores Leichnam in seinem schwarzen Anzug und mit der Magerkeit des Alters in Satin und Firlefanz aufgebahrt, übrigens wirkt er wie eine falsche Leiche, wie eine Nachbildung aus Wachs, wie die der unberührten Heiligen in ihren Schreinen, Aïda erkennt ihren Vater nicht wieder, hat nicht erwartet ihn wiederzuerkennen, ist dazu auch nicht hier, sondern nur, um ihn zu hören.

Nun, da ich tot bin, können wir reden, sagt er.

Aïda sieht Iazza vorbeiziehen, sogar der alte Severini in seinem Rollstuhl ist dabei, der sich sicher freut, den Salvatore überlebt zu haben, auch wenn er ohne die Hilfe der jungen Moldawin, die ihm den Weihwasserwedel in die rechte Hand drückt, nicht mehr viel machen kann. Sie konnten sich noch nie ausstehen, Severini und Salvatore. Aber seine Feinde zu überleben ist eine der wenigen Freuden, die es noch zu erleben gilt. Aïda bemerkt, dass die alten Herren alle lange Nägel haben, vielleicht, weil sie keine Zähne mehr haben? Sie hört, wie jemand zu laut sagt, dass Salvatore bis zum Ende über die Insel spaziert sei, die Hände auf dem Rücken verschränkt, wie ein alter Diktator. Sie hebt den Kopf, die Kapelle hat sich nicht bewegt, so formuliert sie es in Gedanken, die Kapelle hat sich nicht bewegt, zwei Tauben beobachten die Szene im gelben Licht des Südfensters, Aïda hofft, dass sie sorgfältig auswählen, auf wen sie sich erleichtern.

Nun, da ich tot bin, können wir reden, sagt Salvatore noch einmal.

Aïda wirft erneut einen Blick auf den Sarg, und ihr Vater ist nicht mehr ihr Vater oder noch nicht ihr Vater. Er ist einundzwanzig und gerade auf Iazza angekommen, und diese Insel hat die Ausmaße eines Sargs, sie könnte Millionen Quadratkilometer groß sein, sich in eine große weiße Wüste verwandeln, mit Dünen, Erdpyramiden, Felsspitzen und Steinzeithöhlen, versteinerten Skorpionen und Sandfüchsen, eine große windige Wüste, abwechselnd heiß und eiskalt, eine gefährliche, tragische Wüste, in der man unbedingt zusammenhalten muss, um zu überleben, und sich nicht gegenseitig mit der Hoffnung auf einen Fehler der feindlichen Seite reizen sollte, und schon beim Gedanken an einen Feind wird alles klar, eine Wüste, in der niemand mit niemandem verbrüdert ist, eine Wüste, in der das Überleben vom

Sterben des Anderen abhängt, Iazza könnte so groß wie ein Planet sein, es würde immer und überall die Dimensionen eines Sarges haben.

Bleib eine Stunde lang im Himmel, bevor der Teufel erfährt, dass du tot bist, sagt Salvatore Salvatore.

Das murmelte er an manchen Abenden, sein Glas hebend, wenn er in besonderer Stimmung war.

Aïda betrachtet ihren Vater, eingezwängt zwischen ihrer Mutter und Mimis Geist.

Er ist einundzwanzig und wäre beinahe von einem Esel erschlagen worden.

Ich bin deiner Mutter begegnet, sagt er. Und bin nie mehr gegangen. Ich bin ein Stein geworden.

Aïda wäre gern zu ihm gegangen, um ihm ins Ohr zu flüstern, aber das ist nicht der richtige Moment, das ist der Moment, um zu hören, was er ihr zu sagen hat. Es ist heiß in der Kapelle, sie ist so müde, sie schwitzt in ihrem schwarzen Kleid, das nicht der Jahreszeit entspricht, schaut ihren Nichten in der ersten Reihe zu, hübsch gekleidet in Dunkelblau, sie diskutieren und spielen mit ihren Händen, wie ärgerlich, dass sie heute gleich gekleidet sind, Aïda wird sie unmöglich unterscheiden können, wenn ihre Mutter, vorausschauend wie sie ist, nicht daran gedacht hat, ihnen Kleidung zum Wechseln mitzubringen, die für einen sonnigen Nachmittag im Garten des Anwesens besser geeignet wäre; sie versetzen sich kleine Tritte und zerkratzen den Lack auf ihren Schuhen, wie kann es nur so heiß sein in der Kapelle, sind die Mauern nicht einen Meter dick, sind sie nicht dazu gedacht, dem Wetter zu trotzen, den Stürmen und Barbareninvasionen? Aïda schaut zu ihren Nichten, eine Ablenkung, die sie die alten Damen vergessen lässt, die zu ihr gekommen und sie zur Begrüßung geküsst haben, Lippen und Wangen, auf denen es vor Bakterien wimmelt, du gibst mir welche, ich gebe dir welche, Ansteckung und Krankheit, und der Alte redet weiter und sagt nichts.

Die Toten gehören niemandem, flüstert er.

Die Mädchen verdrehen die Augen und ziehen Grimassen, ihre Augen sind rund und riesig und schwarz. Unabweisbar schwarz. Aïda zuckt zusammen. Wie war das nochmal mit den rezessiven Allelen? Warte, warte. Wie können die Mädchen so dunkle Augen haben, wenn ihre Eltern beide blaue Augen haben? Gibt es Ausnahmen von der Regel?

Die alten Damen ziehen weiter vorbei, alle haben eine angemessene Miene aufgesetzt, als ob der Verlust von Salvatore Salvatore sie persönlich beträfe, obwohl er seinem Status als Kartoffelkäfer, wie die Zugewanderten und Urlauber in Iazza genannt werden, nie entkommen ist. Aïda glaubt zu hören, wie jemand Der alte Sack sagt.

Der Alte sagt noch einmal,

Die Toten gehören niemandem,

er muss aufhören mit diesen immer gleichen Reimen. Er verliert Zeit. Bald wir der Sarg geschlossen und für immer versiegelt.

Silvia, die Matriarchin, ist tadellos - sie glaubt ohnehin nicht wirklich an den Tod, sie lächelt abwesend, unglaublich, wie sie im Alter an Anmut gewinnt. Violetta wirft ihren Töchtern strenge Blicke zu. Leonardo langweilt sich, aber er ist eigentlich ein Politiker, man könnte meinen, er verteilt kurz vor der Wahl Flugblätter auf dem Markt, er nickt und hat diesen wohlwollenden Glanz in den Augen, für den man ihn auf der Stelle liebt. Gilda ist unruhig, ihr Blick ist ein wenig glasig, sie hat ihre Wasserflasche auf dem Boden abgestellt und bückt sich regelmäßig, um einen Schluck daraus zu trinken, taucht auf, taucht ab, taucht auf, taucht ab. Aïda fragt sich, was sie da treibt. Aber diese Frage ist eine vertraute und verlangt keine Ant-wort. Immer dasselbe Lied. Sie hält nach Pippo Ausschau. Sie muss einen Weg finden, um mit ihm zu sprechen. Sie entdeckt ihn neben seiner Mutter, er scheint sie um einen Meter zu überragen, Aïda wünschte, er würde ihr sein Beileid aussprechen, dann könnte sie ihm ins Ohr sagen, dass sie den Kolibri gut bewahren wird und ihn sehen möchte, sie würde ihm gern danken und ihm sagen, dass sie gerührt ist, dass er sich an Mimi, den Kolibri erinnert, Pippos Mutter nimmt ihren Sohn am Ellenbogen, um ihn zum Altar zu führen, aber er macht sich ungeschickt los, geht weg von ihr, öffnet die Kapellentür und läuft ins grelle Licht hinaus. Die Mutter wirkt überrascht, dann empört. Sie schüttelt den Kopf.

Aïda richtet ihre Aufmerksamkeit wieder auf ihre Nich-ten.

Auf ihre so großen, so dunklen Augen.

Gibt es also Ausnahmen bei der entscheidenden Menge Melanin in der Iris?

Aïda weiß es nicht. Sie wird sich schlau machen. Oder es lassen. Denn was interessiert es sie, ob ihre beiden Nichten die Töchter von Leonardo sind oder nicht? Es kann gut sein, dass die Angelegenheit die Lebensweisheit illustriert, welche die Gandolfi bei jeder Geburt (lachend) vortrug: *Mater semper certa est, pater semper incertus est.*

Die Angestellten der Pietät bringen sich in Stellung, unbeholfen und außerordentlich jung, in den zu großen Anzügen sehen sie aus wie frisch von der Hotelfachschule, die in Palermo gleich neben ihrer Wohnung liegt, sie fühlen sich mit einer Krawatte sichtlich so wohl, wie sie es in einem Tutu täten. Sie werden den Deckel auflegen und festschrauben. Aber bevor endgültig Ruhe ist, bringt ihr Vater nur heraus, was sie seit langem weiß: Wer sagt dir, dass ich nicht in jener Karnevalsnacht vor fünfundzwanzig Jahren gestorben bin?

17

Die Zeit des Karnevals verbrachte die Familie Salvatore
hinter geschlossenen Türen. Eine Woche lang fand kein
Unterricht statt, also blieben die Mädchen im Haus.
Ihr Vater ging nicht hinaus, er reparierte irgendetwas,
kümmerte sich um die Bienenstöcke, die dem Haus am
nächsten waren, überwachte. Nur Silvia, die Mutter, ging
weiter jeden Tag zur Gandolfi. Zu normalen Zeiten war
sie es, die auf die Mädchen aufpasste. In Wahrheit ließ
sie sie meistens tun, was sie wollten, klatschte lediglich
in die Hände und schlug die Glocke, um sie zu warnen
und alle zusammenzutrommeln, sobald sie den Klein-
laster ihres Mannes um die Kurve am Ende des Weges
kommen hörte. Dann wechselten alle ihre Beschäftigung.
Jede von ihnen kehrte in die Dimension Ihrer Lordschaft
zurück, mit ihren speziellen Koordinaten und Proportio-
nen. Salvatore Salvatore parkte im Hof, schälte sich aus
seinem Gefährt, ging ins Haus, und jede begann sich wie
eine Figur aus einer Telenovela zu bewegen, ohne wirk-
liches Ziel, man erfand sich eins, sprach ein wenig zu
laut, rechtfertigte die eigene Gegenwart und den eigenen
Zeitplan und Beitrag. Der Vater schaute sich um, über-
prüfte, ob der Fernseher auch nicht an gewesen war – er
legte die Hand auf den Apparat, um dessen Wärme zu
testen –, setzte sich dann nach draußen, zimmerte im

Unterhemd mit Flecken von Schweiß und toskanischer Zigarre Rahmen für seine Bienenstöcke und zitierte jede seiner Töchter zu sich, damit sie ihm von ihrem Tag berichtete. Violetta nahm ihre Rolle als Älteste sehr ernst, sie war fleißig und ein wenig herablassend gegenüber ihren Schwestern, was ihren Vater ärgerte. Und Gilda behielt er nicht lange bei sich, weil sie die Unansehnlichste war – aufgrund des leichten Flaums auf ihrem unteren Rücken nannte er sie Die Spinne (ich sprach eingangs von mildernden Umständen). Am Ende gebot er immer Mimi und Aïda zu bleiben. Er verwuschelte ihnen das Haar, legte ihnen eine Hand in den Nacken und bot ihnen nach einer Weile an, mit ihm Domino zu spielen. Für ihn der Gipfel der Zerstreuung.

Wenn es eines gab, was Salvatore Salvatore in Iazza nicht ertrug, war es *Carnevale*. Die Schausteller tauchten bereits Mitte Februar auf, bauten ihre Jahrmarktsstände auf dem großen Feld der Severini im Osten der Insel auf, dann stolzierten alle eine Woche lang durch die Stadt. Die Attraktionen hatten etwas Barockhaftes, und somit etwas Verdorbenes und Gefährliches für jemanden wie Salvatore Salvatore. Dazu gehörten unter anderem das sprechende Pferd, der Geist des toten Hundes, die Wolfsfrau, das Liliputanereinhorn, der Magier der tausend *Jettatura*, das Glaslabyrinth ... Salvatore sah im Karneval eine schleimige und infektiöse Umarmung, wimmelnd vor Bakterien und Getier, denn die Rituale drehten sich so explizit um Sex und Tod, dass er seiner Familie jedes Jahr drohte, sie eine Woche lang aufs Festland zu bringen, um diesem schändlichen Treiben zu entkommen. Was er nie tat. Was aber nie etwas an dem Eingesperrtsein änderte, das er den Seinen in dieser Zeit auferlegte. Im Unteren Haus konnte man die Gesänge und das Gelächter, die Explosionen und die Musik, die Trommeln und Schreie hören, die Glocken vom Kampanile der Kirche Maria Immaculata zur Prozession rufen, man konnte sehen, wie Rauch aufstieg und der Himmel sich rot färbte, wenn am siebten Tag der Strohteufel Vavamostro verbrannt wurde und der Vater so tat, als höre er nichts, als sähe er nichts, als röche er das Schwarzpulver und die Churros nicht, diesen widerlichen, anziehenden Duft, der die Mädchen vor Begierde beben ließ, mit geweiteten Pupillen und feuchten Händen, obwohl er sie einfach nur vor Ausschweifung und Chaos beschützen wollte, es war so schwer, an den Zügeln all der Wesen zu ziehen, die bei ihm lebten und auf ihn zählten. Daran gab es nichts zu rütteln: Um sie vor dem Fall zu bewahren, musste man ihre animalischen Instinkte ersticken, ihnen Zurückhaltung und Sittsamkeit auferlegen. Das war mit den Kleinen einfacher, die beiden Großen wurden schon beim Gedanken daran zappelig, er sah nur zu gut, wie sie überlegten auszuscheren, zwar noch ängstlich waren, ja, aber bereit auszubüxen. Das einzige Zugeständnis waren die Armen Ritter, die ihre Mutter ganz bewusst zu dieser Gelegenheit zubereitete. Die Küche roch eine Woche lang nach Zimt. Und erinnerte die Salvatore-Mädchen nur an ihren Abweichlerstatus. Von wegen Trost. Wenn sie nicht lockerließen, erzählte ihre Mutter ihnen vom Karneval, den sie als junge Frau besucht hatte. Aber um ihren Kindern nicht das Herz zu brechen, behauptete sie, dass es nun ganz anders sei, dass es damals fröhlich zugegangen sei (was in ihrem Fall nicht stimmte, sie war zu oft auf der Ersatzbank sitzen geblieben, aber was wollen Sie, die Erinnerung beschönigt und poliert, bis es glänzt), weil man damals noch gewusst habe, wie man sich amüsiert, aber nun sei es nicht mehr das Gleiche, die Touristen rückten an, und im Übrigen eher ungute Typen, und Violetta fragte: »Woher weißt du das?«, und die Mutter sagte, »Ich weiß es eben«, und die Mädchen seufzten und die Mutter, die sie trösten wollte, sagte, »Eines Tages nimmt eurer Vater euch dahin mit«, was eine wenig erfreuliche Aussicht war, wie sollte man sich auf dem Karneval amüsierten, wenn Salvatore Salvatore die Anstandsbegleitung war.

Ich glaube, im Grunde mochten die Mädchen ihre Mutter nicht. Sie stand auf der Seite der Verlierer. Ihre unerträgliche Neigung zum Verzicht und ihre Nachgiebigkeit machten sie abstoßend. Natürlich sahen sie, dass die Gandolfi ihr vertraute und in einem, für so ein altes Ekel wie sie, höchst respektvollem Ton mit ihr sprach. Aber vor allem sahen sie, was zuhause vor sich ging. Ihre Eltern waren in einer festen Paargeometrie gefangen – sie fürchtete, dass ihr Mann gewalttätig werden könnte, er, dass seine Frau dem Wahnsinn verfällt. Für die Mädchen war sie nur ihre Mutter, zugleich anwesend und nebulös.

Wenn seine Abneigung gegenüber der Welt und seine dumpfe Unzufriedenheit ihn überrollten, hörte der Alte seine Opernmusik noch lauter, die Wände des Unteren Hauses und manchmal auch die Eingeweide bebten, das Herz und die Nieren und die Lunge reagierten, es war die Kehle, Silvia schüttelte den Kopf, ging zu ihm, tätschelte seine Schulter, sagte: Ich mache leiser, warnte ihn immer vor, denn wenn sie leiser gemacht hätte, ohne ihn zu warnen, hätte es Schelte gehagelt, er schaute sie düster an, als begriffe sie nicht, begriffe nie etwas, aber was sollte er dieser Frau schon vorwerfen, er könnte sie höchstens für die Tatsache verantwortlich machen, dass er Iazza nie verlassen, nie die Fähre genommen hatte, sie und die Mädchen hatten ihn davon abgehalten, in der Weltgeschichte herumzufahren.

Silvia wusste hingegen genau, dass ihr Mann äußerst sesshaft war, wie ein Lavastein, und er, ob allein oder nicht, nie wieder gegangen wäre, und auch er wusste es, das ist das Schlimmste, oh mein Gott, all diese Männer, seit tausend Generationen, all diese trübsinnigen, unzufriedenen Männer, bitter und verärgert über die anderen und sich selbst. Seine Berge und seinen Vulkan zu verlassen und nach Iazza zu fahren, war das größte Abenteuer seines Lebens gewesen, aber er sprach dennoch, wenn er sprach, von Kriegen und Karrieren, die Teil seines Lebens gewesen wären, wenn man ihn nicht davon abgehalten hätte. Und was er nun wollte, wenn es nicht zu viel verlangt war, war, seine Töchter bei sich zu behalten, sie zu immunisieren, von allem fernzuhalten.

18

Der Karneval erzählt von Mut und Angst. Alle Ängste: In der Öffentlichkeit nackt sein, von einer Tarantel gestochen werden und immer weiter anschwellen, bis man nicht mehr atmen kann, dem Axtmörder mit den toten Augen die Tür öffnen, nicht der Held einer Geschichte sein, sondern nur ein anonymes Opfer auf dem Weg eines verrückten Killers, brutaler Ekelsex, an einem Stück Fleisch ersticken, einem Terroristen begegnen, der Ihnen ein Messer in die Halsschlagader rammt oder eine Bombe im Kino deponiert, nachdem man sich für das erste Rendezvous aufgehübscht hat, das Duo Alzheimer und Parkinson, eine Wespe verschlucken, mit einem Veilchen in die Schule gehen müssen, auf dem Schulhof ausgeschlossen und den spöttischen Blicken der Mitschüler ausgesetzt sein, im Klassenzimmer ohne Absicht laut furzen, aus dem sechsten Stock fallen, weil die Brüstung nicht gehalten hat, den nuklearen Winter erleben, ein Kind sterben sehen, spüren, wie am ersten Frühlingstag durch den Rock bis in die Sandalen das Blut am Bein hinunterläuft, keinen Freund haben, niemanden, mit dem man seine Gedanken teilen kann, nachts in einem unterirdischen Parkhaus schlafen müssen, ohne die Schuhe auszuziehen, weil man fürchtet, dass sie einem gestohlen werden, in Treibsand fallen und den Brustkorb eingezwängt bekommen, bis er zerbirst, sein Haus abbrennen sehen, das ist es, das Haus in Flammen. Alle Häuser stehen in Flammen. Also muss man fortgehen, um die Angst zu unterdrücken und die Angst vor der Angst, sich zurückziehen und niemanden mehr lieben, nur am Pool sitzen und den anderen zusehen, wie sie Synchronschwimmen betreiben oder ertrinken. Und warten, bis der richtige Moment gekommen ist.

19

Das Meer ist wie Sirup, dickflüssig und weich wie Fruchtwasser. Wasser, das einen trägt und den Schmerz abwäscht. Aïda ist seit fünfzehn Jahren nicht mehr geschwommen. Wie konnte sie nur ohne? Es ist der Tag nach der Beerdigung des Alten. Sieben Uhr morgens. Am Abend zuvor ist sie früh zu Bett gegangen, oder zumindest ist sie früh in ihr Zimmer hochgegangen, hat ihr Buch über Quantenphysik für Dummies gelesen, im Großen Haus war immer noch Besuch, Stimmen und ein wenig Gelächter, mit dem Geflüster und dem Mitleid war es vorbei, die letzte Phase der Trauerfeier. Sie war nach oben gegangen, weil sie sich am Ende wie ein Skarabäus in einem Sahneteller fühlte. Sie schlich sich davon. Zuerst, um am Ende des Gartens eine zu rauchen. Sie hörte die Leute reden und einen nach dem anderen das Anwesen verlassen, Silvia versichernd, dass es eine schöne Beerdigung gewesen sei, äußerst gelungen – manche besitzen in der Tat ein speziell für Bestattungen erstelltes Evaluationsraster –, und andere waren zu lange geblieben, es gibt immer ein paar, die nicht merken, dass sie stören, oder die es merken, sich aber einen Teufel drum scheren, sie unterhalten sich untereinander über Politik, sie vergessen, dass sie nicht auf einem offiziellen Empfang sind, einem Umtrunk im Rathaus, einer

Vernissage von irgendwelchen Kunstwerken im Gemeindesaal, sie sind bei Silvia Salvatore, geborene Petrucci,
wird sie eigentlich den Namen Salvatore ablegen, nun,
da sie Witwe ist, sie hat die Frage Leonardo gestellt,
weil Leonardo solche Dinge weiß, ganz unschuldig hat
sie geschaut, Muss ich auf den Notarpapieren jetzt mit
Petrucci unterschreiben? Und Leonardo hat ein bisschen
schockiert geschaut, dann bedauernd, dann nachsichtig, Aber nein, Mamma, du musst deine Gewohnheiten
nicht ändern. Du bist immer noch die Frau deines Mannes, auch wenn er nicht mehr ist. Diese Art, wie er sie
Mamma nennt und sagt: Er ist nicht mehr. Er spricht
mit ihr, als wäre sie eine Idiotin oder ein bisschen langsam, oder einfach alt oder auch arm. Er spricht deut-
licher als nötig.
Nach dem Aufwachen fährt Aïda mit dem Fahrrad bis
nach Cala Andrea, die Bucht ihrer Kindheit. Auf dem
Weg denkt sie, dass sie gern einen Verbündeten hätte.
Es wäre gut, einen Verbündeten zu haben. In der Nacht
hat sie von einem Mann geträumt, der ihr sagte, dass
er sie liebe und nie verlassen werde. Träume können so
grausam sein. Aïda ist nicht auf der Suche nach Wohl-
behagen, Vergnügen oder Glück, sie versucht nicht, ihre
Traurigkeit, den Kummer oder die Gewissensbisse aus-
zulöschen. Sie untersucht sie. Sie existieren nur, um
untersucht zu werden. Wie ein mathematisches Problem.
Oder ein spontan entstandenes und komplexes Objekt
aus der Natur, ein Kristall, eine Schneeflocke, eine Sand-
rose, ein Nautilus. Man kann es ein ganzes Leben lang

untersuchen. Man ist gezwungen, es das ganze verdammte Leben lang untersuchen.

Und dann hat sie noch vom blühenden Mandelbaum geträumt. Einer ihrer Orakelträume, könnte man denken, da er so oft wiederkehrt. Oder einfach ein Motiv, ein Punkt zwischen anderen. Könnte bitte alles weniger kryptisch sein?, fragt sie sich manchmal (wortwörtlich), wenn sie morgens erwacht.

Sie lehnt ihr Fahrrad gegen das Schild, das anzeigt, dass man hier Delfine, Schildkröten und sogar Papageientaucher und Pinguine sehen könne, wenn man still, respektvoll und freundlich sei. Sie geht runter zum Strand. Die Sandflöhe springen vor ihr hoch, als würde ihr eine unsichtbare Kreatur vorauslaufen, die winzige runde Spuren im Sand hinterlässt. Sie bleibt kurz stehen, um zuzusehen, wie der Himmel sich rötete und hell wurde, mit der ewig gleichen Dankbarkeit und Erstaunen – es ist also wieder alles in Ordnung. In der Ferne sind Quellwolken zu sehen. Wulstig wie barocke Kathedralen. Sie zieht sich aus und geht ins Wasser.

Sie lässt sich lange auf dem Rücken treiben, an der Oberfläche dieses likörhaften Meeres, so wie ihre Schwestern, denkt sie, an der Oberfläche der Dinge bleiben, seit sie zurück ist, und vorsichtig dort verharren werden, solange sie auf der Insel ist, und sie übrigens auch, machen wir uns nichts vor, jede beobachtet die anderen, vorgebend, sie nicht zu beobachten, Pippo hat ihr einen Kolibri geschenkt, und die Salvatore-Schwestern sind Hündinnen aus Steingut, Aïdas Ohren sind unter

Wasser, sie hört das Unterwasserklickern, das klingt wie sprechende Fische, das Meer prickelt an ihrer Haut und ihre Augen schauen in die Wolken, was gibt es Sanfteres als das Unterwasserklickern, während das Gesicht sachte von der aufgehenden Sonne gewärmt wird, kann mir das jemand sagen, Pippo hat ihr den Kolibri geschenkt, nicht wahr, Pippo hat ihr den Kolibri geschenkt, aber er wird nie sprechen können, nicht wahr, und ihre Schwestern werden so tun, als wäre nichts, als ob sie sie nie verbannt hätten. Wozu also diese Reise nach Iazza, Aïda? Was wolltest du? Dass sie dich um Verzeihung bitten?

Als sie an den Strand zurückkehrt, darauf achtend, nicht auf die Seeigel zu treten, sieht sie, wie jemand ihr von den Felsen aus zuwinkt, sie kneift die Augen zusammen, während sie nach ihrem Handtuch greift. Die Sonne blendet sie. Es ist Leonardo. Er kommt den Pfad herunter, auf sie zu.

»Ich habe Violettas altes Fahrrad da oben gesehen, da habe ich angehalten.«

»Ich habe es im Schuppen gefunden«, sagt Aïda, ohne recht zu wissen, warum sie sich rechtfertigt. Sie zieht schnell ihr Hemd und ihre Shorts über.

»Du bist noch ganz nass.«

Sie schüttelt den Kopf. Das macht ihr nichts aus. Halbnackt vor Leonardo zu stehen, in seinem perfekt gebügelten, zu seinen Augen passendem blauen Hemd, seiner Bundfaltenhose und seinen zweifarbigen Mokassins ohne Socken dagegen schon. Das Gefälle wäre zu groß. Aïda fröstelt und schaut auf Leonardos Knöchel. Braungebrannt und behaart und dünn. Sie findet die Knöchel von Männern rührend. Sie findet sie traurig, vage mitleiderregend. Leonardo folgt ihrem Blick und runzelt die Stirn.

»Ich mache morgens auch gern hier Halt, bevor ich mich im Büro einschließe«, sagt er.

»Gehst du schwimmen?«

»Nein. Ich versuche, einen Papageientaucher oder einen Bonelli-Adler zu überraschen. Sonst sind da immer noch die *Larus canus.*«

Sie wartet darauf, dass er übersetzt.

»Die Möwen.«

Er atmet tief ein.

»Es wäre gut, zusammen Mittag zu essen, bevor du fährst.«

Er zögert.

»Nur wir beide. Weit weg vom Gut und dem betreffenden Trubel.«

Entweder ist er wirklich ein anderer geworden (mein Gott, jemand, der auf einem verlassenen Strand »betreffend« sagt, jemand mit nackten, behaarten, herzzerreißenden Knöcheln – nimm dich in Acht, nimm dich vor der Nostalgie in Acht, Aïda. Mach, dass er nicht so einer geworden ist, der es poetisch findet, dass Sterne, die seit tausend Jahren erloschen sind, noch immer leuchten, und Schnee bei den Inuit achthundert verschiedene Bezeichnungen hat ...). Sie nickt unverbindlich.

Er fährt fort:

»Heute Mittag? Bei Yen?«

»Gibt es das immer noch?«

»Ja. Das ist meine Kantine. Keine Touristen. Und keine Typen von der Kommission für Umwelt und nachhaltige Entwicklung.«

Er gluckst – er ist also auch einer geworden, der bei seinen eigenen Bemerkungen gluckst. Sie lächelt freundlich. Die Vorstellung des Leonardos von heute in dem chinesischen Imbiss des alten Yen ist ein wenig bizarr.

»Der alte Yen ist tot«, fügt er hinzu, »aber seine Frau ist noch da. Sie ist bestimmt hundert Jahre alt.«

»Geh zurück auf Los. Geh direkt dorthin, zieh keine Prämie ein.«

Er versteht es nicht. Vielleicht bereut er seine Einladung bereits. Aber er ist schon immer sentimental gewesen. Was ihm manchmal einen Streich spielt. Er geht zurück zur Straße, mit den federnden Schritten desjenigen, der weiß, dass er beobachtet wird. Er winkt Aïda noch einmal zu. Sie hört seinen Lancia starten und sieht, wie die aufsteigende graue Wolke den hübschen neuen Morgen erstickt.

Märchen und Legenden der Familie Salvatore (4)

Silvia hatte sich zwischen den Augenbrauen rasiert, um weniger wie ein Habicht auszusehen.

An dem Morgen hatte ihre Mutter, die am Fenster auf einem Hocker saß, beim Verlesen der Linsen innegehalten, um ihr dabei zuzusehen, wie sie sich zurechtmachte. Silvia hatte ein blaues Jäckchen angezogen und band sich vor dem kleinen Spiegel über dem Kleiderhaken ein mit Veilchen gemustertes Halstuch um.

»Was machst du da?«, fragte ihre Mutter.

»Ich gehe zum Fräulein.«

»Was machst du da, habe ich gefragt.«

»Es ist an der Zeit, etwas anderes zu tragen als Schwarz. Der Vater ist seit über einem Jahr tot.«

In Silvias Blick lag etwas Herausforderndes, das ihre Mutter noch nie bei ihr gesehen hatte. Die Mutter zögerte, schüttelte den Kopf, sammelte weiter Steinchen auf dem Metalltablett und murmelte etwas.

»Ich habe nicht verstanden«, rief Silvia von der Türschwelle aus.

»Ich habe gesagt, dass du dich hinterher nicht beschweren sollst.«

Als Antwort schlug Silvia die Tür zu.

Er arbeitete im Garten, reparierte die Regenrinnen, verstärkte das Treppengeländer, brachte die Vorhangstangen wieder an und bastelte an der Elektrik rum, er hackte Holz und brachte alles auf Vordermann, was wackelte oder defekt war. Er baute einen etwas schiefen Schutzstand für die Pumpe und den Brunnen, eine neue wohlproportionierte Imkerei (nach und nach stellte sich heraus, dass er ein besserer Handwerker als Gärtner war) und er kümmerte sich um die Bienen. Er beobachtete sie, wurde Hunderte Male gestochen und durch die vielen Stiche immun. Er hatte den Einfall, die Bienenstöcke zu versetzen, um die Bienen vor dem Scirocco zu schützen und sie näher an den Teich sowie die Zitronenbaumplantage von Vater Falletta zu bringen. In Iazza hatten alle Bienen, man sah die Stöcke auf den Lichtungen oder von den Wegen aus, uralt und vernachlässigt. Die Gandolfi träumte seit langem davon, die Bienenstöcke des Guts instand zu setzen – ihr Großvater, Conte Fabrizio di Gandolfi, war ein erfolgreicher Hobby-Bienenzüchter gewesen, er hatte sogar eine nette Produktion von ein paar hundert Kilo Honig erreicht, die er selbst in Gläser mit klangvollen Etiketten füllte, »Honig von Sykomorer Schwarzbienen«, auf denen Blümchen und Bienchen die bereits schnörkeligen Buchstaben verschönerten. Er vertrieb ihn nicht, sondern verschenkte ihn an seine Gäste. Je älter er wurde, desto weniger Gäste hatte er – als der Pastor von Iazza starb, ein oft gesehener Gast am Tisch des Herrn Baron, fand man in seiner Waschküche hunderteinundzwanzig noch verschlossene Honiggläser.

In einem für sie unüblichen romantischen Anflug wünschte die Gandolfi also, die Bienenstöcke ihres Großvaters wieder instand zu setzen. Jeder auf Iazza hat einen Bienenzüchter zum Großvater, sagte sie. Meiner war weder der beste noch der schlechteste. Aber er war meiner.

Salvatore Salvatore nahm sich den Auftrag zu Herzen. Er war mürrisch und, wie zu erwarten, schweigsam, er erledigte seine Pflichten, übertrieb es nie und hielt sich von der Gandolfi fern, der er zu misstrauen schien – aber es ist möglich, dass er allen misstraute –, er blieb dem Meer fern und schien recht zufrieden, quasi der einzige Mann auf Iazza zu sein, der kein Fischer war. Er schlief im Schuppen. Die Gandolfi hatte ihm angeboten, ihn im Westflügel unter dem Dach unterzubringen, aber er hatte abgelehnt.

Eines Morgens sagte sie auf der Terrasse zu Silvia:

»Ruf den Stummen, das Becken muss geputzt werden.«

»Er ist nicht stumm«, antwortete Silvia.

»Das ist mir neu.«

Die Alte wedelte verärgert mit der Hand, um Silvia zu verscheuchen, und richtete ihre Aufmerksamkeit dann auf das Hundebellen in der Ferne, den automatischen Rasensprenger und ihre Zigarette im Mundwinkel, ein Auge geschlossen und mit schiefem Mund. Bevor Silvia die Stufen der Terrasse hinunterging, rief sie sie zurück:

»Er gefällt dir, oder?«

»Wer?« (Silvia errötete mit geweiteten Pupillen, mysteriöserweise wütend.)

»Na, na. Beruhige dich, umgarn ihn, aber bleib auf Distanz. Und in drei Monaten wirst du seine Frau sein.«
Silvia schaute ihm beim Arbeiten zu, während sie das Zimmer des Fräuleins putzte. Sie stellte sich ans Fenster, den Lederlappen in der Hand, und beobachtete ihn, wie er weiter unten gärtnerte oder eine Umzäunung reparierte. Für gewöhnlich trug er ein blaues Unterhemd, verdunkelt vom Schweiß, und auf dem Kopf ein Stofftaschentuch, das er an der Pumpe befeuchtete und an den vier Ecken verknotete, um sich vor der Sonne zu schützen, sie betrachtete seine Schultern und seine kraftvollen Bewegungen, seine Haut, zunächst hell wie bei denen, die drinnen bleiben, und nach und nach brauner, manchmal rieb er sich die Stirn mit dem unteren Teil seines Hemds ab und sie konnte seinen weißen Bauch sehen, der nie die Sonne zu sehen bekam, sie erahnte seine Hände, er lehnte seine Werkzeuge gegen die Marmorstatue von Sant'Alberto da Trapani und hängte sein Hemd an dessen ausgestreckten Finger (man hätte meinen können, dass der Heilige »Heureka« rief oder die Windrichtung testete), er machte große Schritte und blieb manchmal vollkommen regungslos stehen, auf seinen Spaten gestützt, witternd nach etwas Ausschau haltend, er schnupperte, kostete Iazzas Sonne, die salzige Meeresbrise, er schloss die Augen und fuhr dann mit seiner Arbeit fort. All das verschlug Silvia den Atem – wie nach dem Baden, wenn sie sich beim Abtrocknen Zeit ließ.
Sie ging auf die Terrasse, blieb kurz neben dem Fräulein stehen, die Hand auf die Lehne ihres Sessels gelegt,

und beobachtete mit ihr Salvatore, sie war im gleichen Alter wie das Fräulein, nun, nein, sie waren nicht gleichaltrig, aber sie waren dennoch im gleichen Alter. Das ewige Fräulein und die bereits alte Jungfer. Sehnsucht und Warten. Schließlich sagte die Gandolfi: »Bring ihm etwas zu essen.«

Also verließ Silvia die Terrasse und ging in die Küche, legte Mortadella zwischen zwei Scheiben Brot, ganz sorgfältig, so dass nichts hervorstand, nahm eine Tomate und aus dem Kühlschrank ein Bier. Dann ging sie unter den Augen des Fräuleins durch den Garten, sie spürte ihren Blick auf ihrer Gestalt, ihrem Hintern, ihren ausgelatschten Espadrilles und ihrem Pferdeschwanz, der nicht auf ihrem Rücken tanzte, ein schlaffer Pferdeschwanz ohne die geringste Keckheit, gehalten von einem Filzband, sie spürte die Verärgerung der alten Gandolfi, ihre enttäuschte Hoffnung, aber eine neue Frisur, auch nur die kleinste Veränderung wäre Effekthascherei gewesen, sich nicht mehr in Schwarz zu kleiden war bereits eine kleine Revolution, die Alte hatte sich eine Bemerkung nicht verkneifen können, doch wenn sie nichts gesagt hätte, wäre es schlimmer gewesen, Silvia hätte die Last ihrer leisen Verachtung und ihrer Erwartungen gespürt. Zurückhaltung und Hässlichkeit waren besser als eine gescheiterte Verführung. Salvatore hatte übrigens eines Tages, als sie ihm seinen Imbiss brachte und er aufschreckte, wie er jedes Mal aufschreckte, wenn sie sich zu leise näherte, zu ihr gesagt, während er seine Stirn abwischte: »Ich mochte deine Augenbrauen.«

Und ihre Augenbrauen, von Natur aus behaart wie Rau-
pen, die sie versucht hatte zu zähmen, kamen ihr da vollkommen kläglich vor. Sie weinte heimliche Tränen der
Enttäuschung.

Bald ging sie nicht wieder weg, wenn er verzehrte, was
sie ihm gebracht hatte. Sie setzte sich neben ihn auf die
Steinbank im Schatten der Zypresse. Die Gandolfi verließ die Terrasse. Wenn es eine Unterhaltung gab, hätte
sie sie dort oben ohnehin nicht hören können. Aber sie
sagte sich, dass ein wenig Intimität zwischen ihnen
ihrem Vorhaben nicht schaden würde, und so blieb sie
im kühlen Salon.

Sie sprachen wenig. Oder zumindest sprach Salvatore
wenig. Silvia stellte Überlegungen zur Jahreszeit an,
zu den Weinreben, dem zweihundert Kilo schweren
Schwertfisch, den der junge Matteo geangelt hatte, dem
Pastor, der vom Fahrrad gestürzt war und aufs Festland
gebracht werden musste, denn er hatte etwas am Kopf
abbekommen, sie sprach langsam, doch es war bereits zu
viel, sie ließ Pausen zwischen den Sätzen entstehen, aber
da Salvatore nicht das Wort ergriff, fuhr sie fort, insgeheim fühlte sie sich unwohl, da sie ihre eigenen Aufregung nicht im Griff hatte, sie war noch nie so lange
mit einem stillen Mann zusammen gewesen, dem sie
gefallen wollte, und man darf die Macht der Zuhören-
den nicht unterschätzen. Die Erinnerung an ihr verlieb-
tes Auf-der-Stelle-Trappelns sollte für Silvia auf immer

mit dem würzigen Duft der Zypressen und dem Salvatores, eine Mischung aus Seife, Tabak, Insektenmittel und Schweiß, verbunden bleiben.

Als sie eines Abends nach Hause gehen wollte und die Abkürzung einschlug, die ihr ersparte, die ganze Allee mit den Morgenländischen Platanen entlangzugehen, traf sie auf ihn, wie er an den Schuppen gelehnt auf sie wartete, eine Zigarette rauchend. Sie hatte den Nachmittag über den Abrechnungen des Guts verbracht, so war ihr Tagesablauf, sie putzte das Zimmer der Gandolfi, bereitete den Mittagsimbiss zu und prüfte die Zahlen. In einer Hand trug sie ihre zu große Tasche, sie war leer, verlieh ihr aber Würde, so dachte sie, und in der anderen ein Netz, in dem sie ihrer Mutter die Mahlzeit brachte, die die Gandolfi nicht angerührt hatte, an dem Abend war es windig, wegen des Tuchs auf ihrem Haar sah sie aus wie eine arme Bäuerin, auch wenn es mir anders lieber gewesen wäre, aber doch, ein bescheidenes Aussehen, das durch ihre großen ruhigen Augen noch verstärkt wurde.

»Ich bringe dich nach Hause.«

Und das war natürlich keine Frage. Wenn es eine gewesen wäre, hätte sie ohnehin zugestimmt. Man bringt den Silvias bei zu gehorchen und nicht unhöflich zu sein. Es bedurfte manchmal einiger Verrenkungen, seinen guten Ruf zu bewahren und gleichzeitig gehorsam zu sein. Aber bisher hatte sich Silvia ganz gut geschlagen. Sicher wegen fehlender Versuchungen.

Er begleitete sie. Und tat es einen Monat lang jeden Abend.

Es war nicht so, dass sie keine andere Wahl gehabt hätte –
auch wenn, das haben wir verstanden, sie nicht wirklich
eine hatte –, es ist eher so, dass sie dachte, ihre Begegnung unter dem Esel stehe irgendwo geschrieben, sie
fand Salvatore schön und sah in seinem schweigsamen
Wesen ein Zeichen für Ruhe und Besonnenheit.

Obwohl sie hätte ahnen können, dass er alles andere als
ein ruhiger Mann war. Sogar im Gegenteil ein besorg-
ter und insgeheim unzufriedener Mann. Ein paar Hin-
weise hätten sie auf die richtige Spur bringen können.
Da waren zunächst die Bemühungen des jungen Mannes, sich mit Opernmusik zu betäuben – die Gandolfi
hatte ihm einen Walkman gegeben und er hatte sich
einen Kopfhörer besorgt, um einsam und mit Musik zu
arbeiten. Zudem hatte Silvia ihn nie lächeln sehen. Und
er hasste es, wenn sie ihn überraschte und lautlos hinter
ihm auftauchte. Er zuckte zusammen und knurrte dann:
Warne mich gefälligst, wenn du kommst, als wäre er im
Krieg gewesen, als hätte er Angst vor einem Hinterhalt,
Angst, unvorbereitet zu sein, Angst abgelenkt zu werden,
Angst angegriffen zu werden und nicht schnell genug zu
reagieren. Um einem Überfall, dem Stolperdraht einer
Mine, einer Entführung zu entgehen. Obwohl es sich
vielleicht nur um seine Angst handelte, nie mehr aufs
Festland zurückzukehren, hier für immer festzusitzen,
umzingelt, gefangen. Gelähmt durch seine eigene Un-
fähigkeit.

Da hätten bei dir die Alarmglocken klingeln sollen,
hätte Silvias Mutter sagen können.

Aber wer noch nie den Falschen gewählt hat, möge den ersten Stein werfen.

20

Signora Yen hat Aïda nicht wiedererkannt.

Sie hat sie nach hinten neben die Toiletten gesetzt, obwohl der Saal leer ist. Aïda weiß, dass auf Iazza so Fremde behandelt werden. Es ist kühl im Imbiss, nichts hat sich verändert, solche Orte verändern sich nicht, hier wären reibungslose Zeitreisen möglich, die gleichen Vertäfelungen, gleichen Kerzen, gleichen Vorhänge aus Plastikkügelchen, gleichen Lampions. Als Leonardo auftaucht und die Türglocke das kupferne Signal gibt, eilt Yen gebückt herbei. Leonardo sagt, dass er seine Schwägerin zum Mittagessen einlade. Sofort komplimentiert sie Aïda an einen Tisch, der näher am Fenster steht, und ergeht sich in Entschuldigungen. Dann spricht sie begeistert über die Ähnlichkeit zwischen Aïda und Violetta. Über Leonardos Großzügigkeit. Über die Zeit, die vergeht oder nicht vergeht. Über die Regelmäßigkeit von Leonardos Besuchen. Über Aïdas Ohrringe. Warum auch immer.

Bevor Leonardo sich setzt, knöpft er seine Jacke auf, um es bequem zu haben.

Aïda mag diese Geste, eine männliche, versierte, automatische Geste, sie weiß nicht, warum sie das so berührt, vielleicht, weil sie etwas über den Mann verrät, der sie so mechanisch vollführt.

Leonardo bleibt wegen seines leichten Übergewichts nie nur im Hemd. Er behält immer die Jacke an, wie eine Frau, die an ihrem Pullover zieht, um ihren Bauch oder ihren Hintern zu verbergen.

Aïda lächelt ihn im spärlichen, staubigen Licht an.

Er sagt: »Ich freue mich, dich zu sehen.«

Und sie denkt daran, wie dieses Treffen enden könnte.

Sie erinnert sich an die Zeit, als sie mit ihm in Palermo geschlafen hat, das war vor tausend Jahren.

Was für ein parasitärer Gedanke.

Nachdem er bei Signora Yen bestellt, mit einem Glas Rosé angestoßen, Atem geschöpft hat, als bedeute der Moment mit Aïda in diesem kleinen dunklen Restaurant ein wenig Entspannung für ihn, beginnt er auf sicherem Terrain, wie er denkt:

»Ich mache mir Sorgen um Silvia.«

Aïda wartet, verwundert und freundlich.

»Eure Mutter«, fügt er hinzu.

Aïda lacht kopfschüttelnd.

»Ich finde, sie hält sich nicht so schlecht«, sagt sie.

»Sie spricht mit sich selbst.«

»Alte Leute sprechen oft mit sich selbst.«

»Ja, aber sie stellt sich selbst Fragen und antwortet darauf. So etwas wie: Wie geht es dir, Silvia? Ganz gut heute Morgen. Hattest du eine gute Nacht? Also, ja, sie war kurz, aber erholsam. Hast du Hunger? Ja, danke, ich hätte gern einen Krapfen.«

»Das Ganze ist doch recht charmant«, lautet Aïdas Antwort.

»Ja, aber es bereitet deinen Schwestern Sorgen. Besonders Violetta. Die immer ein wenig sensibel ist, wie du weißt.«

Nein. Das weiß Aïda nicht und sie ist sich nicht sicher, ob sie Violettas Launen kümmern.

Leonardo bemerkt es, wählt einen anderen Weg.

»Pippo hat gestern nach der Beerdigung bei seiner Mutter das Haus angezündet.«

»Was soll das heißen?«

»Das hat mir zumindest Violetta erzählt. Sie ist immer auf dem Laufenden, was solche Vorkommnisse betrifft.«

»Und wie geht es ihnen?«

»Ich weiß es nicht. Anscheinend wurde seine Mutter heute Nacht mit dem Hubschrauber nach Palermo gebracht. Er ist hier, bei seiner Tante. Die Carabinieri werden ihn verhören.«

»Lebt seine Familie immer noch auf der Straße der Flusskrebse?«

»Ja.«

»Also hätte man das Feuer vom Gut aus sehen und die Sirene der Feuerwehr hören müssen.«

»Das weiß ich auch nicht. Nun, Violetta hat mir das erzählt ...«

Er macht eine vielsagende Geste. Aïda ist dennoch erstaunt über die Richtung, die das Gespräch nimmt. Sie dachte, dass er sie zum Essen eingeladen hat, um sicherzugehen, dass sie über die paar Monate, die sie in Palermo zusammen waren vor so langer Zeit, Stillschweigen bewahrt. Sie hatte daraus, ein wenig voreilig, geschlossen, dass er Violetta nie davon erzählt hatte und sich Sorgen machte.

»Der Rotschwanz ist nicht mehr da.«

»Wie bitte?«

»Jeden Morgen sitzt er auf der Sendeantenne. Und heute war er nicht da.«

»Dann hat er den Aussitz gewechselt. Oder die Insel. Oder er wurde von einem Falken gefressen. Oder, wahrscheinlicher, er ist an Entkräftung gestorben. In Anbetracht dessen, dass es in dieser Gegend für Rotschwänze immer weniger zu fressen gibt, wenn ich das richtig verstanden habe.«

Aïda zuckt mit den Schultern. Sie will nicht, dass ihre Worte falsch interpretiert werden, aber sie findet Leonardos Leidenschaft für Vögel wirklich sonderbar und unangebracht. Das steht allem entgegen, wonach er strebt. Wie kann man so widersprüchlich sein? Wie ein Öl-Wasser-Gemisch, Arglosigkeit und Durchtriebenheit zusammen, ein Kind, das gern zusieht, wie die Bienen die Akazien bestäuben, sie dann fängt und versucht, ihnen mit der Pinzette die gelben Streifen vom Körper zu ziehen.

Leonardo ist sehr gutaussehend, oder zumindest ist er Aïdas Typ. Er leidet an diesem leichten Übergewicht, das ich vorhin erwähnt habe und das in Aïdas Augen seine Männlichkeit dämpft (sie konnte nie anders, als Männlichkeit als bedrohlich wahrzunehmen), er hat helle Haut, helle Augen, helles Haar und er ist groß – alles recht außergewöhnlich für einen Ort wie Iazza. Man erzählt sich, dass die Familie Azzopardi von einem dänischen Piraten abstamme, der vor ein paar Jahrhunderten nach Iazza geflohen sei, und dank seiner dominanten dänischen Piratengene ein paar Anomalien eingeführt habe, die bei dem ein oder anderen Exemplar in der Gegend auftauchen. Als er ein Kind war, nannte man ihn Leonardo, der Wikinger. Was kein Kompliment war.

»Der Bart steht dir gut«, sagt Aïda. »Er lässt dich wie einen römischen Gelehrten aussehen. Das muss deine Gesprächspartner beruhigen.«

Oder sie verärgern, denkt sie.

Seine ergrauenden Haare verleihen ihm eine Art vorzeitige Würde und Erhabenheit.

Signora Yen bringt ihnen ihr Essen – traditionelle scharfsüße Gerichte, wie Überbleibsel von einem Ort, der nicht mehr existiert –, Leonardo bestellt noch einen halben Liter Rosé. Er wirkt entspannt, als wäre dieser Imbiss eine Enklave, ein geschützter Raum am Ende eines Geheimgangs unter einer Burg. Wie ein CIA-Spion, der weiß, dass unter dem Tisch kein Mikro platziert ist.

Sie reden über das eine oder andere, umkreisen sich. Sobald einer ein Thema anschneidet, das der andere meiden will, kommt es zum Ausweichmanöver. Ein langsamer, vorsichtiger Tanz.

»Wie läuft es in der Stadt?«, fragt Aïda.

»Du meinst, mit dem Bürgermeister, den Herrschaften Severini und dem Rest der Bande?«

»Sie sind immer noch da?«

»Nichts hat sich verändert. Sie wenden immer noch mittelalterliche Räubermethoden an, aber sie fahren Range Rover und benutzten Smartphones.«

»Ich verstehe.«

»Wobei sie eigentlich keine Smartphones benutzen. Zu leicht zu orten. Sie bleiben ihren alten Nokias treu.«

»Aha.«

»Und im Vorbeigehen verteilen sie an alle.«

»Auch an dich?«

»Wie kommst du darauf? Nein.«

»Das war ein Scherz.«

Er hält inne, schaut aus dem Fenster, seine Augen sind vom beispielhaften Blau einer »blauäugigen Person«.

Dann spricht er über sein Projekt der Flugplatzerweiterung, endlich hat er ein gutartiges Thema gefunden, das er mit seiner Schwägerin diskutieren kann, denn hier, in Iazza, hat diese Flugplatzsache nichts Gutartiges und setzt ihm gehörig zu, er beginnt ein Exposé über den entscheidenden Punkt, der für ihn die Reizlosigkeit des Ortes für Vögel ist. Vor dem Hintergrund, dass 90 Prozent der Zusammenstöße mit Tieren in direkter Umgebung des Flugplatzes stattfänden (so drückt sich Leonardo aus), würden die Größe und Geschwindigkeit der Luftschiffe begrenzt sein. Er werde innovative sonore Alarmsysteme installieren lassen und den neuen Flugplatz mit Greifvogelstationen ausstatten, um die Vögel von den Start- und Landebahnen fernzuhalten, er sei im Übrigen bereits dabei, einen Falkner einzustellen, Leonardo ist wirklich ein Widerspruch auf zwei Beinen.

Aïda denkt, dass es ziemlich unbequem sein muss, ständig von einem Bein aufs andere zu wechseln und es allen rechtzumachen, Leonardo ist das geballte Unwohlsein, er schweift ab, verheddert sich und erzählt ihr schließlich von der Wut der Severini, plötzlich muss er sich alles von der Seele reden, vermutlich bringt ihn der Rosé oder die versunkene Atmosphäre des Restaurants Yen dazu. »Die Severini haben das Monopol auf den Fährbetrieb«, erläutert er ihr, »sie haben mit Unterstützung des ehemaligen Stadtregierung viel investiert, haben ohne Genehmigung einen neuen Landungssteg gebaut, und die Fähren dienen ihnen als Deckmantel für ihren Handel mit Marokko, das ist allseits bekannt«, Leonardo kommt in Fahrt, er lässt alles raus, vereinfacht, man kann nicht alles vereinfachen, aber in Ordnung, es tut so gut, alles abzuladen, es ist verrückt, magisch, dabei weiß jeder, dass man die Dinge nur aussprechen muss, sie thematisieren, sie nach außen tragen, damit sie viel harmloser werden, Parasiten ohne Wirt, den dunklen Gedanken geht dann die Luft aus, sie winden sich jämmerlich, können keinen Schaden mehr anrichten, das weiß jeder, die verdammten schwarzen Gedanken können dem Glanz eines neuen Morgen nicht standhalten, die Lage scheint nicht mehr so schrecklich, trotz der Einschüchterungen und Drohungen der Severini, und als Aïda sagt: »Das waren ja schon immer ihre Methoden, oder?«, wird die Sache banal, das ist Iazza-Folklore, man muss sich damit abfinden, und was normal ist, ist immer konjunkturbedingt, nicht wahr, meine Normalität wird andernorts als Seltsamkeit angesehen, das weiß jeder, und in Iazza sind Luftgewehre und aufgeplusterte Oberkörper, Großtuerei und finstere Machenschaften normal, Aïda fragt, »Hast du mit Violetta über die Lage gesprochen?«, und natürlich hat er nicht mit Violetta gesprochen, sie ahnt es, begnügt sich damit, ihn zu der Aussage zu bewegen, dass er nicht mit Violetta spreche, dass die modernen Paardebatten nicht ihre Sache seien, das ist nicht besonders loyal von Aïda, aber sie kann nicht anders, sie bereut sogleich, dieser verachtenswerten Eingebung nachgegeben zu haben, vor allem, da Leonardo plötzlich verstummt, sie anstarrt und sagt, »Ich bin froh, dass du zurückgekommen bist«.

Sie würde gern zurückrudern, weiß aber nicht, was sie darauf entgegnen soll. Etwas Belangloses, ja, ich auch, das freut mich, oder auch: Erzähl mir von all den Jahren, erzähl mir alles, was ich verpasst habe, vor allem, was den Alten betrifft, hat er sich in seinem Kummer verschanzt oder ist er am Ende aufgelebt?, ich kann nicht darauf vertrauen, dass meine Schwestern in diesem Punkt ehrlich mit mir sind, aber dir, dir, dir kann ich vertrauen, das weiß ich.

Leonardo seufzt. Er nimmt sich mit besonders akkuraten Bewegungen einen Nachschlag. Isst mit der Gabel.

»Ich glaube, dass Violetta mich geheiratet hat, weil ich vorzeigbar bin, wie ein gutes Schulzeugnis.«

»Du genauso. Du hast das Vorzeigbarste der Salvatore-Mädchen geheiratet«, versucht Aïda zu scherzen.

»Oder aber«, fährt er fort, »sie hat mich gewählt, weil ich

mit eurem Vater zwei Leidenschaften teilte: Vögel und Oper.«

»Oder aber, es mangelte auf Iazza an hübschen ernsthaften jungen Männern. Zu viele Mädchen, nicht genug Jungen und viele Kupplerinnen.«

Aber sie muss damit aufhören, Leonardo ist, so scheint es, zum Geständnis bereit, dabei gesteht man sich in Familien nichts, das ist oberstes Gebot, und die Männer noch weniger als die anderen Mitglieder der besagten Familie, Aïda lächelt ihn an, was soll sie sonst tun? Außer den Tisch zu verlassen, die Tür unter Glockengebimmel hinter sich zu schließen und ohne zu rennen die Straße hochzugehen, denn in Iazza ist man nie unbeobachtet, weshalb Leonardo ihr auch nicht folgen würde, die an den Fenstern postierten Geister würden sich erhitzen und die Klatschmäuler würden Schreckliches verbreiten, aber sie kann ihn nicht noch einmal im Stich lassen, also lächelt sie, sehen Sie, weil er schon immer so entwaffnend war, so empfindsam, viel verwundbarer als die schrecklichen Salvatore-Schwestern, sie erinnert sich, wie verliebt er in sie war, als sie in Palermo ein Paar waren, vor tausend Jahren, obwohl er offiziell Violettas Freund war, sie erinnert sich an die Blumen und die Schokolade, obwohl sie einfach wollte, oder zu wollen wünschte, dass sie tranken tranken tranken und fickten, er war ein paar Monate in dem Bauunternehmen eines entfernten Cousins seines Vaters tätig, um seine Lehre zu vollenden und gestärkt durch eine »maßgebliche Erfahrung« (so drückte sich Leonardo Azzopardis Vater aus) nach Iazza zurückzukehren, außer dass er, anstelle einer maßgeblichen Erfahrung, nur die böse Aïda traf und in verwahrlosten Vierteln, heruntergekommenen Vororten herumhing, sich einredend, dass dies alles schrecklich romantisch sei, obwohl die Leute in Aïdas Umkreis weder Dichter noch Gewerkschaftler waren, sondern Abhängige und verlorengegangene Kinder, ehemalige Straßenkids, immer noch auf der Straße, für immer auf der Straße, Rumänen, Moldawen, Typen ohne Papiere, mit Armen grau vor Tätowierungen, wie alte Reisekoffer voller Aufkleber, Typen, die manchmal einen Hauch von Talent für Scherze hatten oder Musik oder Revolte, aber viele hatten kaum mehr Gehirnzellen als Zähne übrig, was nicht viel ist, Typen ohne die geringste Chance darauf, auch nur einen Krümel vom globalen Kuchen zu bekommen, die mehr Zeit im Gefängnis als draußen verbrachten, und all das faszinierte und ängstigte den netten Leonardo, und er sagte zu Aïda, die die meiste Zeit sturzbetrunken war, komm, gehen wir weg von hier, nach London oder Paris oder Brüssel, lass uns Palermo verlassen, bleiben wir nicht hier und gehen auch nicht nach Iazza zurück, dort ist nichts für uns, dort ist nichts für junge Leute wie uns. Aber Aïda wollte nie aus ihrem Rausch erwachen. Armer, armer Leonardo, so voller Optimismus und Hoffnung, armer Leonardo, verliebt in die verrückte Aïda, armer Leonardo, mit seinem Helfersyndrom, Ich werde dich hier rausholen, Aïda, und sie, misstrauisch, Willst du, dass ich dir für immer zu Dank verpflichtet bin?

Sie wusste es genau: Der Alkoholiker besteht darauf, das Pferd, das ihm am Vortag fast das Genick gebrochen hat, wieder zu besteigen. Aber wusste es Leonardo? Verstand er, was in der Familie Salvatore nach Mimis Verschwinden vorgefallen war, und jeden Tag in den acht Jahren darauf, in denen der Vater nicht mehr mit ihr gesprochen hatte, untröstlich und bedrohlich, und ihre Schwestern sie gemieden hatten wie eine Aussätzige, weil sie die Familie Salvatore in Trauer gestürzt hatte und für das tragische Ereignis verantwortlich war, welches das Herz des Vaters endgültig vertrocknen ließ?

Konnte Leonardo begreifen, wie sehr Aïda das Verbüßen ihrer Strafe mit einem unaussprechlichen Kummer gleichsetzte? Die Schande ist ein langer Weg auf einer steilen Straße, die man einen scharfkantigen Felsbrocken hochrollt, und sie konnte bei einem Mann, der weder die Straße noch den Kummer noch den scharfkantigen Felsbrocken begreifen würde, nie zur Ruhe kommen. Das Ziel bestand darin, einen Tag ohne Reue und Gewissensbisse und ungelegene Erinnerungen und Sorgen zu verbringen. Gewisse Moleküle ermöglichen dies. Nur dass man am nächsten Morgen die Augen aufschlägt und denkt, Alles in Ordnung?, wie man ein verletztes Körperteil betastet, und nein, nichts ist in Ordnung. Wirklich nichts. Weil man für das Wunder vom Vortag bezahlen muss. Das Wunder des Alkohols. Es gibt also keine tausend Auswege. Man tut es erneut. Und noch einmal sind da weder Reue noch Gewissenbisse oder ungelegene Erinnerungen oder Sorgen.

Violetta rief Leonardo damals an, wann immer sie konnte (trotz des fehlenden Telefons im Unteren Haus – Aïda konnte ihre älteste Schwester vor sich sehen, wie sie sich vor dem Rathaus in die Telefonzelle zwängte: warmes Plastik, Ungeduld und saurer Schweiß), uns sie war besorgt über die Distanziertheit ihres Geliebten, sie sagte, dass sie ihn in Palermo abholen komme, Geh zu Violetta zurück, sagte Aïda, nachdem sie mit Leonardo geschlafen hatte, ich werde nie wieder zu dieser verdammten Familie zurückgehen, aber du hast hier nichts zu suchen, wie streben nicht das Gleiche an, Leonardo, und er kam nicht umhin, sie leicht herablassend zu finden, obwohl sie sich im Grunde nur zwischen Baum und Rinde gefangen fühlte. Und so fühlt sie sich auch fünfzehn Jahre später, zurück auf der Insel.

»Violetta ist die charmanteste Person, die es gibt«, sagt Aïda und trinkt ihren Espresso, den Madame Yen ihr zeremoniell überreicht hat – was nicht verhindert, dass es der schlechteste Kaffee der Welt ist.

»Ja, ja«, stimmt Leonardo zu. »Viel Glasur und wenig Kuchen.«

»Und eure Mädchen sind so süß.«

»Es geschah so unverhofft, weißt du. Violetta wurde einfach nicht schwanger. Und gerade, als wir aufgeben wollten, bumm, passierte ein Wunder.«

Leonardos Telefon klingelt, er sagt, dass die Geschäfte riefen, steht auf und geht Richtung Tür, bevor er abhebt. Aïda würde gern woanders hinsehen, aber sie kann nicht anders, als ihn zu beobachten – auf die zugleich nach-

lässige und gierige Weise, mit der man jemandem beobachtet, der telefoniert, um herauszufinden, was vor
sich geht, was zwischen unserem Gegenüber und dem
anderen unsichtbaren gesagt wird.

»Ich muss los«, sagt er beim Auflegen.

Er kommt zu ihr zurück, liebenswürdig, wichtig.

Auch Aïda muss los, sie muss nun zu Pippo.

21

Mit vierzehn Jahren war Leonardo spektakulär groß und blond. Zwei für Iazza ganz außergewöhnliche Eigenschaften. Damals war er noch nicht so füllig, aber schon rührend. Lustig, charmant. Angenehm anders. Der Beweis: Er joggte. Man begegnete ihm auf den Inselpfaden, zwischen den Mauern, in einer exzentrischen Aufmachung (Jogginghose und Turnschuhe, obwohl man hier, wenn man denn hinter etwas herrennt, eher in Flip-Flops und Shorts rennt). Fußball mochte er nicht, oder nein, es war nicht so, dass er es nicht mochte, er spielte es nur nicht. Auch wenn er mit seinen Brüdern die Spiele anschaute, war der Fußball nicht sein Ein und Alles. Was ein kleines Problem hätte sein können und aus ihm ein Weichei machen. Aber es gelang ihm, sich von den grobschlächtigen Kerlen abzuheben, ohne dass man sich zu sehr über ihn lustig gemacht hätte. Ein ungewöhnlicher Erfolg, wenn man so will. Eines Tages sagte sein Vater schließlich tatsächlich zu ihm, »Du hast Anhänger in beiden Lagern (er meinte Frauen und Männer, oder vielleicht Gangster und ehrliche Menschen), also solltest du in die Politik gehen.« Aber ich bin ein bisschen voreilig. Bislang hatten Sie, wenn Leonardo (immer noch vierzehn) im Pausenhof Ihren Vornamen nannte, ganz einfach das Gefühl, in der Tombola gewonnen zu haben. Und er war sich dieser Sache nicht ganz bewusst. Was sie (die Sache) noch aufregender, erfüllender, wundersamer machte. Leonardo war eine Art Naivling, durch Zufall an die Macht gelangt. Er respektierte Mädchen, als wären sie ein wenig mystische Wesen – was sicher mit seiner Mutter zu tun hatte, deren drei Töchter den frühen Kindstod gestorben waren, während die vier Söhne überlebt hatten, sie selbst war recht schattenhaft, tat den ganzen Tag lang nichts, außer am Fenster zu sitzen und aufs Meer zu schauen, in Gedanken bei ihren drei verstorbenen Engeln, die Craven rauchend, die ihr Mann ihr zuliebe aus England kommen ließ.

In dem Jahr, als Aïda zwölf wurde, im September, wurde mit dem Bau der Werkstatt von Leonardos ältestem Bruder auf dem Platz der Republik begonnen, neben dem Musikpavillon. So ein Gebäude in Iazza zu bauen, es zu renovieren oder zu errichten, sich in egal welches Maurerprojekt zu stürzen, bedeutet immer, sich für nicht wenige Jahre Ärger einzuhandeln. Alles geht langsam, bietet Stoff für Diskussionen, Schikane, Eifersucht, Vorwürfe, die Menschen von Iazza sind keine Erbauer, daher die Ruinen und die zugigen Gebäude ohne Rückwand oder Dach, doch man kann auch nicht behaupten, dass die Architektur von Iazza von unerreichbarer Raffinesse wäre, ein Rechteck, ein Terrassendach mit Brunnen, etwas Putz und Schießschartenfenster, so muss man also glauben, dass die Anstrengung, sich zu einigen und ein Bauwerk fertigzustellen, ohne sich zu prügeln, über ihre Kräfte geht, das einzige Anwesen, das diese Bezeichnung verdient, ist das der Gandolfi, darin sind sich alle einig, es wird erzählt, es sei von marokkanischen Sklaven erbaut worden, aus Steinen des Palais des Tuileries in Paris, aber man erzählt sich viel, auch das ist eine Besonderheit von Iazza.

Unter allen Umständen gingen die Mädchen von Iazza vor der Azzopardi-Baustelle auf und ab, untergehakt in Zweier- oder Dreiergrüppchen, nie allein, kicherten, mein Gott, werden sich diese Tänzchen je ändern? Die Jungen waren dort, die drei Brüder von Leonardo waren dort, der Älteste, der Zweitälteste, der Jüngste (die Namen erspare ich Ihnen, sie würden Sie nur belasten), sie schauten den Mädchen nach, was ihre Maurerarbeiten nicht gerade beschleunigte, und nach der Schule kam Leonardo vorbei, um ihnen zur Hand zu gehen. Leonardo war so alt wie Gilda (also zwei Jahre jünger als Violetta, wenn Sie mitgedacht haben, und zwei älter als Aïda) und Aïda war kurz zuvor in die Mittelschule gekommen, ein Gymnasium gab es in Iazza noch nicht, doch das würde nicht mehr lange dauern, aber damals war alles noch im Übergang und die moderne Welt braucht immer eine Weile, um scheue Insulaner zu verführen. Wer ein wenig extravagante schulische Anwandlungen hatte, musste einlenken, aufs Festland zu ziehen. Die Kinder gingen selten, lange Zeit neigten sie dazu, an Ort und Stelle zu bleiben und ihren Eltern nachzueifern (in Schwarz gehüllte Frauen, Männer auf mageren Mulis), abgesehen von ein paar Erleuchteten, die natürlich in die USA gingen, außer dass, man weiß nicht recht warum, die Mädchen dieser Generation das nicht mehr wollten, während die Jungen bereit waren, auf Iazza etwas aufzubauen und zu tun, womit ihre Väter sich seit Ewigkeiten abplagten, aber die Mädchen nicht, es genügte ihnen nicht mehr, was sich zunächst (und sogar fast ausschließlich) darin ausdrückte, dass sie sich mit einem jungen Mann verheiraten, der ihnen gefiel und der nicht nur ein Schwiegersohn war, der dazu diente, das steinige Gelände auf dem Kataster zu vergrößern, und erst in zweiter Linie, wenn es eine zweite Linie gab, darin, dass sie ein Mofa fuhren, und in dritter Linie, und da nähern wir uns einem Aufstand, darin, dass sie aufs Festland zogen, in die Stadt, und ein Kurzwarengeschäft oder einen Schuhladen eröffneten. Das trieb die Väter in den Wahnsinn – und auch die Mütter, die es nicht ausstehen konnten, wenn man die Väter reizte.

Der älteste Azzopardi würde, trotzdem ihm das schöne Schicksal als Fischer vorbestimmt war (Flottenführer, nicht wahr, kein Fischer in einem kleinen Boot, der Netze auswirft und sich die Haut versengt, bis sie sich in Leder verwandelt, man ist und bleibt Chef bei den Azzopardis), Automechaniker werden, er war sehr begabt mit seinen Händen und hatte schon immer Puzzles gelegt und Motoren auseinander genommen, Zweitältester und Jüngster würden natürlich zur See fahren, an der Spitze einer Flotte, und was Leonardo betraf, wusste man noch nicht so recht. Er war ein wenig weibisch. Sehr schön, sehr zart. Elegant. So sehr, dass Großvater Azzopardi ihn eines Abends zu sich an den Tisch im Esszimmer zitierte, alle anderen hatten das Weite gesucht, da es nach Abreibung roch, um ihn feierlich zu fragen, denn lange Vorreden waren nicht seine Sache, ob er Mädchen lieber mochte. Leonardo hatte große Augen bekommen und gefragt: »Lieber als was?«

»Was als was?«, donnerte der Großvater.

»Mädchen lieber als was?«

Noch während er dies fragte, begriff Leonardo, was der Alte meinte. Er errötete und versicherte, dass er nur Mädchen im Sinn habe. Der Großvater stand auf, sichtlich zufrieden, gab ihm einen Klaps auf den Hinterkopf, »Konzentrier dich also, sonst findet sich immer eine Schlampe, die behauptet, dass ihr Baby deine Augen hat«, und ging auf die Vortreppe, um eine gelbe Zigarette zu rauchen.

Wie dem auch sei.

An der Baustelle der Azzopardi-Werkstatt kam man nicht vorbei, da sie sich auf dem Platz befand, den man auf dem Weg zum Markt, zur Mittelschule, zur Kirche Maria Immaculata, zum Friseur oder zur Knochenklempnerin überqueren musste.

Aïda machte es wie die anderen, sie schaute zu, wie die Azzopardi-Brüder gemächlich werkelten, vor allem der schöne, so große und so blonde Leonardo. Der alte Azzopardi bestand darauf, dass alle seine Söhne auf der Baustelle mitwirkten: Nichts darf euch aufs Brot geschmiert werden, arbeitet, strengt euch an und tutti quanti. Auf dem Platz angelangt, setzte sie sich auf die Steinbank und beobachtete das Hin und Her. Und sie betrachtete

Leonardo. Er wurde zu ihrer neuen Obsession. Ihr täglicher Quell der Freude. Er schien sich so wohl in seiner Haut zu fühlen, dass man wissen wollte, wie er das anstellte, man wollte seine Art zu gehen imitieren, seine Gesten oder seine Mimik imitieren, dann würde man, auch wenn man ein Geschöpf ohne jede Lässigkeit war, einen Hauch von Entspanntheit ausstrahlen. Oder aber man musste ihn haben. Seine Schönheit musste für einen selbst gedacht sein.

Damals, als sie sich so grässlich fand – und man konnte nicht darauf zählen, dass sie ein bisschen ehrlich war, denn sie sagte nur immer wieder: Ich bin so hässlich oder Ich hasse mich –, hatte Aïda lediglich ein besonderes Aussehen. Einen runden Kopf, eine spitze Nase, eine Wüstenfuchsschnauze, schöne traurige Augen unter einer riesigen schwarzen Augenbraue, alles in diesem Gesicht war noch im Werden, wir befanden uns am Rand von etwas, einer großen Schönheit oder gewaltigen Hässlichkeit, noch war alles möglich.

Leonardo hatte die ausdrucksstarke junge Person bemerkt, die ihn von der Steinbank aus unverhohlen beobachtete. Er kannte, alle kannten die Geschichte von Mimis Verschwinden, eine solche Tragödie war etwas ganz Feines für die Abende der alten Frauen, und davon gab es in jeder Familie von Iazza so einige, pfiffige Klatschweiber, man untersuchte, stellt Vermutungen an, und zog todsichere Schlüsse. Die Kinder hörten zu und bekamen eine klarere Vorstellung von der Welt. Auch kannte Leonardo den alten Salvatore, der zwar nie seinen Kartoffelkäferstatus verloren hatte, aber die Grantigkeit der Insulaner übernommen hatte und, nachdem er jedem sein Leid geklagt hatte, inzwischen überhaupt nichts mehr sagte, stumm geworden war wie ein Tiefseefisch. Er kannte Violetta, hochgewachsen, massiv, pferdeähnlich, so groß, dass man sie sich seit langem zusammen vorstellte, ihn und sie – Eine wird dir schon das Wasser reichen, mein Leonardo, sie ist schließlich die älteste dieser verrückten Salvatore-Mädchen, ihr werdet uns Riesen schenken. Er kannte Gilda, verschlagen und reizlos – der alte Salvatore hatte ihr den fehlenden Charme übrigens immer übelgenommen, den ach so unverzeihlichen Fehler, überhaupt nicht hübsch zu sein. Die Mutter hingegen kannte er nicht recht, sie war quasi unsichtbar. Natürlich wirkte diese tragödien- und geheimnisumwobene Familie (es fehlte auf Iazza nicht an Tragödien, aber Kinder, die sich in Luft auflösten, das nein, das war noch nie im Angebot gewesen) ebenso faszinierend wie abstoßend auf einen empfindsamen Jungen wie Leonardo.

Das wütende Mädchen auf der Steinbank, das sich in Mathematikbücher vertiefte, fleißig und starr, während es ihn aus den Augenwinkeln beobachte, war zweifellos diejenige, die ihn am stärksten anzog.

Was sah er in ihr? Das vor Wut schäumende Mädchen oder die Frau, die sie einmal werden würde? Dass ihn weder der Ruf abstieß, der ihr anhaftete, seit sie an einem Karnevalsabend ihre Schwester verloren hatte, noch ihre jugendliche Transformation störte – die selten ein erfreulicher Anblick ist, die aber bei ihr noch enttäuschender war, da sie mit der Angst und der Wut einer Aïda lebte –, das sagt viel darüber aus, welche Art von Junge Leonardo war.

Leider blieb Aïda nicht lange fleißig und starr, ich komme darauf zurück. Sie hatte es zu eilig, um abzuwarten, bis Leonardo über den Platz kam und mit ihr sprach. Eines Tages kehrte sie nicht mehr zur Steinbank zurück. Was erwarten Sie denn, sie lebte nun schon seit Jahren mit der Erinnerung an die Karnevalsnacht und spulte sie vergeblich immer wieder zurück, wie man im Geist eine Unterhaltung, in der man nicht geglänzt hat, noch einmal durchspielt, um sie zu seinem Vorteil zu wenden. Nur dass es hier immer gleich endete. Mimi blieb unauffindbar.

22

Im Februar war Iazza in Nebel gehüllt. Er stieg ganz früh am Nachmittag auf und verschwand erst am folgenden Tag, als der Vormittag zur Neige ging. Nur zur Mittagsstunde drang ein wenig Licht durch. Aber meistens war alles grau und man konnte den ganzen Tag lang keine zehn Meter weit sehen, und nachts nicht einmal drei. Was die Boote im Hafen festhielt, aber die Einwohner von Iazza nicht davon abhielt, anständig *Carnevale* zu feiern. Der Nebel war dem Exzess zuträglich. Die weißen Schwaden aus den Weihrauchfässern mit ihrem einlullenden Klicken mischten sich mit dem Nebel und den Grilldämpfen. Eine stinkende und lautstarke Prozession folgte auf die andere. Es roch nach Bier, Zimt und gegrillter Makrele. Man konnte dank des Mandarana-Krauts vier Tage und drei Nächte lang wach bleiben. Niemand blieb zuhause. Selbst die ältesten Frauen nahmen an den Festivitäten teil, man schminkte und kostümierte sie und setzte sie auf Stühle, die dann von jungen Burschen auf den Schultern getragen wurden, so aufwändig gestaltete Stühle, dass man sie für Schreine hätte halten können, kleine goldene Kathedralen. Es war die einzige Zeit des Jahres, in der sich alle in den Armen lagen.

Wie sollte man da widerstehen?

Die zwei Mädchen hielten sich an den Händen.

Diese Welt existierte nicht wirklich.

Die nächtlichen Welten existieren nie wirklich.

Es war die letzte Nacht des Karnevals, man zog an der Kirche Maria Immaculata vorbei und alles war so schön, so verrückt und so kategorisch, dass die bigotten Alten an den Fenstern sich bekreuzigten, die Straßen waren mit Girlanden geschmückt, man trug die Schutzheilige, Santa Lucia, die Schutzheilige mit dem zu tiefen Ausschnitt, bis zur Kirche Maria Immaculata, und die Kirche trug ihr Festtagsgewand, auch wenn sie den Rest des Jahres der Gnade des Vatikans zu entgehen schien, ohne Almosen, ohne Unterstützung und ohne Schmuck dastand, aber an diesem Abend strahlte sie, und dann würde in dieser Nacht auch der Strohteufel Vavamostro angezündet.

Die Menschen sind unter ihren Kostümen nackt, das hat etwas Monströses, wenn man darüber nachdenkt, für gewöhnlich denkt man nicht darüber nach, aber in diesem Fall kann man nicht anders, sie sehen alle nackt aus, schau, eine Frau hat sich als Papagei verkleidet, sie trägt weiße Federn auf dem Kopf und zitronengelbe Federn an ihrem Hinterteil und sie singt, ein Typ geht als Ampel, schrecklich, er ändert ständig seine Farbe, das sind Touristen, Leute aus Iazza machen so etwas nicht, eine Frau geht als Nachttischlampe mit einem Lampenschirm auf dem Kopf, und viele Tiere sind zu sehen, Katzen natürlich, Mäuse, es ist leicht, sich als Maus zu verkleiden, das tut nicht weh, zwei Ohren, ein an den Einteiler genähter

Schwanz und aufgemalte Schnurrbarthaare, die alten Frauen tragen Rouge und mottenzerfressene schäbige Hüte, aber sie sind zum Schreien komisch, viele kommen für den Karneval auf Iazza, Aïda hat noch nie so viele Menschen gesehen, überall rote Teufel, Oger, Vampire selbstverständlich, eine ganze Schar Vampire in Weiß, die Vampire von Iazza sind Tageslichtvampire, sie verstecken sich nicht, sehen aus wie Jedermann, ein fauleres Kostüm gibt es nicht, sie haben einfach nur lange blutige Zähne, wenn sie den Mund aufmachen, doch manche haben Lust auf mehr, unter ihrem weißen Umhang ist ihr Oberkörper nackt und sie haben sich ihre inneren Organe auf die Haut gemalt, man sieht die Rippen und das Herz und ein gewundenes Etwas, das den Darm darstellen soll, das sind die abgebalgten Vampire von Iazza, da ist die Königin der Eidechsen (mit echten, ganz platten, ganz trockenen Eidechsen am Kopf, sie muss sie von der Straße geschält haben), und dann sind da natürlich die Einfallslosen, Männer als Frauen, Frauen als Männer, Mädchen als Bohemiennes, Jungen als Piraten, die Kinder sind konservativ, manche von ihnen haben sogar gar kein Kostüm, was Aïda nur recht ist, so fallen Mimi und sie nicht auf, sie begegnet sogar Pippo an der Hand seiner Mutter, den Kopf gesenkt, weil der ganze Radau ihn bestimmt wahnsinnig macht, wie immer in seiner Gegenwart fühlt sie einen Hauch Mitleid, sie fühlt Erbarmen, das tut sie gern, und dann vergisst sie Pippo, sie will *Stigghiuole* mit Salz und Zitrone, aber die Mädchen haben kein Geld, Salvatore gibt seinen Töchtern nie welches, zum Glück kümmert sich der Karneval auf Iazza nicht darum, den beiden Schwestern werden Süßigkeiten geschenkt, Mimi möchte Würstchen und Aïda *Stigghiuole*, aber sie bekommen Süßigkeiten, der vergiftete Trank, wie ihr Vater sagt, Zucker ist Gift, er sei überall und man müsse aufpassen, aber ihr Vater sagt immer, dass man aufpassen muss, Iazza sieht nicht mehr aus wie Iazza, ist unkenntlich geworden, Aïda sieht, dass Mimi ein wenig Angst hat, die kühne Mimi fürchtet sich ein bisschen, bereut bereits, Aïda gefolgt zu sein, diese gibt ihr keine zehn Minuten, bis sie sie bitten würde, sie wieder nach Hause zu bringen, aber nein, nicht jetzt, sie müsste sich gedulden, sie würde sich in einen Winkel stellen, wo Aïda sie wieder abholen würde, auch Aïda hat ein bisschen Angst, aber es ist wichtig, hier zu sein, es ist wichtig wichtig wichtig, und da eine Frau ihnen Kekse gibt, ist Mimi beruhigt, sie drückt die Hand ihrer Schwester und lächelt,

Aïda sagt zu Mimi: Wenn wir uns verlieren, treffen wir uns wieder hier, und die Kleine nickt, und die Große ist beruhigt, und da ist so viel Lärm, es wummert in ihrem Brustkorb, sie sind Jungvögel, Spatzen, die auf Akaziennadeln festsitzen, niemand sieht sie, man reicht ihnen die Hand, nimmt sie in den Kreis der Tanzenden auf und lässt sie wieder los, vergisst sie,

die Kleine stolpert, fällt beinahe hin, Mimi ist so ein Kind, das oft stürzt, sie ist mit blauen Flecken und Schnitten übersät, Sie schont sich nicht, sagt ihre Mutter oft, Aïda fängt sie ab, schüttelt ein wenig heftig ihre Hand, Pass auf, sagt sie. Die Kleine schmollt beleidigt und lässt die Hand ihrer großen Schwester los. Oder eher: Sie reißt sich unzufrieden los, Dann bleib eben hier, sagt Aïda und geht davon, aber die Kleine rennt hinter ihr her, von der Menge angerempelt, schließt zu ihr auf. Hast du Schiss?, fragt Aïda und drückt wieder sehr fest ihre Hand,

wenn wir uns verlieren, treffen wir uns wieder hier,

sie laufen winzig und unsichtbar inmitten des Lärms, der Schreie, des Gelächters und der Monster, durch den so berauschenden Geruch von Schweiß und Zucker, alle vorstellbaren Arten von Zucker, sie dringen durch Haut, Gehirn und Augen, man will immer mehr, wenn die Welt wieder einigermaßen normal würde, würde einem der Zucker fehlen, alles würde einem trocken, bitter und kleinkariert vorkommen, der Zucker bietet so viele Möglichkeiten, er ist ein Spiegelpalast, Reflektion und Schwindel, eine Ahnung von der Unendlichkeit, die einem die sich gegenüberstehenden Spiegel zuflüstern, der Saum der Unendlichkeit, und die roten Teufel tanzen, ihre maskierten Satelliten drehen sich, alles Geordnete neigt zur Unordnung, ist das nicht ein grundlegendes Gesetz des Universums, das Einfachste war, das Chaos zu verschreiben oder die Illusion zu schaffen, und es über die kurze Dauer des Karnevals zu tun, die Nächte hießen Big Bang, denn wie soll man glauben, dass der Big Bang nur der Vergangenheit angehört, wir sind immer noch mitten im Big Bang, aber wer hatte bitte diesen Quantenkarneval nach Iazza gebracht, viele hier hatten noch nie etwas vom Urknall gehört, viele glaubten, dass Gott einen weißen Bart und eine gut gebügelte Leinentunika trägt und alles in sechs Tagen erschaffen hat, ohne sich weiter um Ersatzteile zu sorgen, viele glaubten im Übrigen überhaupt nichts, sie glaubten nur an das, was sie auf dem Teller hatten, und das war mehr als genug, wen interessierte es schon, dass der Big Bang der Zustand der Welt ist, im Karneval gab es kein Gestern, kein Heute und kein Morgen, und dort ist Mimi, dort wird Mimi bleiben. Die Mädchen sehen rote Teufel und verrückte Frauen und die wilden Pfauen, ihre langen Schwänze, die Augen an der Spitze ihrer Federn, und dann den Strohteufel auf dem Dorfplatz, der auf seinen Moment, seine Strafe, seine Ehre wartet,

wenn wir uns verlieren, treffen wir uns hier wieder,

die Männer kommen mit Fackeln und zünden den Vavamostro an und es ist schön und beängstigend wie ein Blitz,

und auf einmal ist Mimi nicht mehr da,

Aïda dreht sich um und Mimi ist nicht mehr da,

was nicht schlimm ist, denn

wenn wir uns verlieren, treffen wir uns wieder hier

und Aïda wartet am vereinbarten Ort, die Welt dreht sich weiter und lädt sie zum Tanz ein, aber sie fühlt tiefe Kälte im ganzen Körper, eisige Starre, Mimi wird kommen, Mimi wird auftauchen, sie sieht sie überall, entdeckt sie überall, sie würde gern eines der anderen Kinder, die an ihr vorbeigehen, mit nach Hause nehmen, sie würde es in Mimis Bett legen und die Welt würde nicht aus den Angeln gehoben,

meine kleine Schwester ist an einem unauffindbaren
Ort,
beim Karneval verschwinden Kinder und tauchen wieder
auf, alle wissen das, sie tun, was Karnevalskinder eben
tun, und wenn Ruhe eingekehrt ist, der Rausch ver-
flogen, werden sie ausgeschimpft und geschüttelt, man
passt wieder auf sie auf, die Zeit nach dem Karneval ist
ein gewaltiger Kater, ein mit Sand befülltes, schweres,
so schweres Tier, ein Sandsacktier, ein Sandmannkater,
Sand, der zwischen den Zähnen knirscht, Dünen in den
Ohren bildet und sich in den Augenwinkeln auftürmt,
der Kopf ist schwer und nach und nach fliegt der Sand
davon, rieselt aus den Körperöffnungen, und alle werden
wieder wie zuvor, die Männer mürrisch und die Frauen
hitzköpfig,
wenn wir uns verlieren, treffen wir uns wieder hier
aber Mimi kam nicht, also dachte Aïda, Sie muss nach
Hause gegangen sein, und ging den Weg zurück zum
Unteren Haus, die Dämmerung lugte hervor, aus den
verkohlten Resten des Vavamostros stieg ein beißender,
stinkender Rauch, Mimi muss nach Hause gegangen
sein, sie würde in ihrem Bett liegen, wenn ich den Mond
über dem Nebel sehe, dann wird Mimi in ihrem Bett
liegen, uff, ich sehe den Mond, aber Mimi war nicht in
ihrem Bett, und das war nicht so schlimm, man musste
sich nur hinlegen und einschlafen und Mimi wäre wieder da, nur dass Mimi in Wahrheit verlorengegangen war,
und die Welt, in der Mimi verlorengegangen war, so aussah: zwielichtige Straßen, Sexshops und Neonschilder,

ein viktorianische Szenerie, eine Jack-the-Ripper-Szenerie, geschärfte Messer und blinkende Lichter, Rauch steigt aus den Kaminen, alle sind auf den Dächern, was für eine sonderbare Idee, das Erdgeschoss brennt, aber die Flammen steigen nicht bis nach oben, das Feuer fließt, das Feuer fließt, wo hatte sie gelesen, dass im Weltraum, Tausende Lichtjahre von der Erde entfernt, in einer Weltraumstation ohne Schwerkraft das Feuer fließt, Aïda wachte auf und Mimi lag nicht in ihrem Bett, sie war *immer noch nicht mehr* in ihrem Bett, es gab nichts Leereres und nichts Traurigeres als dieses kleine Bett, manchmal gerät die Welt aus den Fugen, weil man einen Zug verpasst hat, weil man ausgerutscht ist, als man bei einem entscheidenden Spiel gerade den Ball erobert hat, oder sie gerät aus den Fugen, weil eine Rakete im Hof explodiert, was auch immer der Grund für das Aus-den-Fugen-Geraten ist, das Resultat ist Zusammenbruch, das Resultat ist Schrecken, und der Schrecken währt lange, er löscht alles aus.

23

Nach dem Mittagessen mit Leonardo steigt Aïda auf ihr
Fahrrad und fährt zur Straße der Flusskrebse, die keine
Straße, sondern ein Erdweg ist. An der ersten Biegung
steht das Haus von Pippos Tante. Und Pippo ist da. Sie
sieht ihn schon von weitem. Er sitzt im Schatten, auf
einer Bank an der Mauer, an der Knoblauchzöpfe und
Tomatenrispen hängen, er hat seinen Kopfhörer aufgesetzt, strickt. Er trägt weder Krawatte noch Jacke, weil er
nicht arbeitet, nicht das Laub vor dem Rathaus zusam-
menfegt. Aïda lehnt ihr Fahrrad gegen den Zaun, lächelt
ihn an, schnappt sich einen Gartenstuhl, der mit den
Beinen nach oben unter der Weide liegt, und nimmt ihm
gegenüber Platz. Die Luft ist so trocken, dass sie sich brö-
selig anfühlt. Pippo schaut sie nicht an. Er strickt. Pippo
ist ein Mann mit Händen, die stricken, die mit einem
Taschenmesser kleine grobe Tiere oder nutzlose Vogel-
pfeifen schnitzen, er hat Ohren, die zuhören können und
Augen, die weit über jeden von uns hinaussehen.
»Es tut mir leid um das Haus deiner Mamma, Pippo.
Man hat mir erzählt, dass es einen Brand gab.«
Sie spricht mit ihm, obwohl er sie mit seinem riesigen
Kopfhörer wahrscheinlich nicht hört.
Aïda glaubt nicht, dass er das Feuer im Haus gelegt hat:
Sonst wäre er jetzt bei den Carabinieri und nicht dabei,

auf einer kleinen Steinbank einen grünen Schal in Moos-Masche zu stricken. Hier beschuldigen die Leute einen rasch der Leichtfertigkeit, nur weil man einen Topf mit Milch auf dem Herd vergessen hat. Üble Nachrede hält beschäftigt und gibt das Gefühl, etwas von den anderen zu verstehen. Wenn die Carabinieri auch nur den kleinsten Zweifel an Pippos Unschuld hätten, säße er bereits hinter Gittern.

»Es ist schön hier«, sagt Aïda.

Sie nimmt einen tiefen Atemzug.

Da ist zunächst der Geruch des Geißblattes und das Zwitschern der Meisen, dann die Bienenbomber, die brummend zwischen ihnen hindurchfliegen, hier war ihr Weg, da ist ihr Weg, sie werden wegen ein paar Unruhestiftern nicht ihre Route ändern, sie können nichts anfangen mit Unruhestiftern, die zu vergänglich sind, um wirklich unangenehm zu sein, während die Straße der Bienen uralt ist, man sieht, wie sie zum Kamin der Scheune fliegen, sie wirken überarbeitet von ihrem komplizierten Tanz um ihr Nest herum, gern würde man lernen, ihre Choreographie zu deuten, das Dach der Scheune ist eingesunken und die Balken sind marode, mit winzigen, kreisrunden Löchern übersät, der Boden ist mit verspachteltem Holz bedeckt, die Dinge brechen hier lautlos zusammen, ein ganz langsamer Verfall, da ist die Meeresbrise, da sind die Pinien, die scheinbar reglos rauschen, die so speziellen Ausdünstungen des Sandes im Hof, gleich nach der wärmsten Stunde des Tages, und da ist der gelbe Staub, den die Mimosen verstreut haben, der kryptische Flug der Schwalben, die stets unsichtbaren Säulen auszuweichen scheinen, das dumpfe Klopfen von Aïdas Herz, das in ihren Ohren pocht, und dann sitzt da vor allem dieser Junge vor ihr, den sie schon immer kennt, sie denkt, dass er sich schon eine Meinung bilden wird, diese aber für sich behält. Das ist so, wie sich vorzustellen, wovon ein Neugeborenes träumt. Pippo hätte seine Zeit auch damit verbringen können, Beleidigungen oder Unsinn herauszuschreien, niemand hätte dagegen etwas sagen können, aber er ist ein poetisches Wesen, friedliebend, das seine Schnürsenkel nicht binden kann und sich auf die Aufgaben, die ihm obliegen – ob es das Stricken, die Tierschnitzereien, das Putzen der Bohnen oder das Fegen des Rinnsteins ist – mit Geduld und deutlichem Mangel an Talent fokussiert. Er verfehlt alles knapp. Das ist sehr beruhigend.

Er hat mit dem Stricken aufgehört. Er schaut in die Luft. Und strickt weiter.

»Pippo, Pippo.«

Er dreht sich zu ihr. Er hört vielleicht nichts, muss aber die Luftvibration gespürt haben, wir sind uns einig, dass Menschen wie Pippo eine andere Wahrnehmungsgabe besitzen als Normalsterbliche. Aïda hofft, dass seine Mutter es schafft, gesund aus Palermo zurückzukommen, denn was soll mit ihm geschehen, wenn seine Tante ihn nicht bei sich behalten will, was geschieht mit Jungen wie Pippo?

»Du weißt, dass Mimi der Kolibri genannt wurde?«

Sie nimmt den kleinen Vogel aus ihrer Tasche, den er gestern auf dem Brunnenrand hinterlassen hat. Sie legt ihn auf ihre Handfläche. Er hat die gleiche Farbe wie ihre Haut.

»Das ist sehr hübsch, Pippo.«

Er dreht sich um, schaut weder sie noch den Kolibri an, ist wieder ganz allein.

»Wolltest du mir etwas über Mimi sagen?«

Sie lächelt ihn weiter an. Es ist kein gezwungenes Lächeln. Ich glaube, sie mag Pippo wirklich. Sie erinnert sich an sein Kindergesicht, ein Gesicht ganz wie das der anderen Kinder, das mit dem Älterwerden jedoch besonders wurde, nicht so beweglich ist wie Erwachsenengesichter, ohne Kunstgriffe, rein und hässlich zugleich, ein wenig verstörend. Es könnte zu jemandem gehören, der nach einem Attentat nur noch einen Ausdruck beherrscht.

Pippo ist nicht bereit, irgendetwas zu sagen oder zu machen. Er ist vollkommen regungslos. Er hat sogar aufgehört zu atmen. Also sagt Aïda:

»Ich behalte ihn, er erinnert mich an meine kleine Schwester.«

Vielleicht versucht sie, ihn mit diesen Worten zu erweichen. Weil sie überzeugt ist, dass er etwas weiß. Dass sich in Pippos geheimer Erinnerung die Lichtung befindet, auf der alles einen Sinn ergibt. Sie muss nur aus dem dunklen Wald heraus und ein Baum mit jahrhundertealtem Blattwerk würde in seiner Mitte prangen. Der Gedanke, dass sein Wissen für sie unerreichbar ist, schmerzt. Sie ist seit ihrem Eintreffen nicht weitergekommen, werden Sie mir entgegenhalten. Doch das ist sie. Denn wie alle anderen hatte sie vergessen, dass Pippo der unsichtbare Wächter war. Und daran musste man sich erst erinnern.

24

Vor langer Zeit hat Pippo Mimi vor dem Ertrinken gerettet.

Mimi war eine Sammlerin, was niemanden verwundert. Sie sammelte Muscheln, Schmetterlingsflügel,
Kokons, Rindenstücke, Bierflaschendeckel, blaue Bunt-
stifte, Radierer, Federn, Wassereisstäbchen, getrocknete
Eukalyptusblätter. Sie legte sie in Streichholzschächtel-
chen, große und kleine, oder in Briefumschläge. Dann
suchte sie nach Verstecken für sie. Und vergaß sie. Wichtig war nicht, sie wiederzufinden, wichtig war, dass die
Dinge irgendwo gesammelt existierten. Noch lange
nach ihrem Verschwinden fanden sie Schatzkisten in
den Mauerritzen hinter dem Haus, in den Grabstätten
auf dem Friedhof und in den Bäumen – so hoch war sie
also geklettert?, wunderte sich Aïda, die noch jahrelang
nach Hinweisen suchte, mit dem flüchtigen Eindruck,
dass daran etwas bedeutsam war. Wie wenn einem
etwas auf der Zunge liegt. Oder man das Gedächtnis
bemüht, wenn man müde ist. So hoch auf die Bäume
war sie also geklettert? Eine hartnäckige Selbstbefra-
gung. Hartnäckig und schwammig zugleich. Und wegen
ihrer Schwammigkeit vollkommen nutzlos.

Was Mimi schließlich besonders gern auflas, waren die
Augen der Santa Lucia.

Es ranken sich viele Legenden um Santa Lucia, aber auf Iazza war die vorherrschende, dass Lucia eine junge Netzflickerin war, deren Vater auf See umkam, die ganz und gar redlich, bescheiden und christlich war, trotz ihrer kleinlauten Bedeutungslosigkeit (oder wegen) aber einem jungen hämophilen Herren der Insel ins Auge fiel, der versuchte, sie zu verführen, was sie (freundlich) ablehnte, woraufhin der Gekränkte sie entführte und schändete, und sie ihn dabei pausenlos ansah, wo doch Geschändete die Augen schließen sollten, was fiel ihr ein, und zurück bei seinen Schafen war er ganz verliebt, sah in seinen schlaflosen Nächten die Augen des Mädchens vor sich, so deutlich, dass er den Befehl gab, sie erneut zu entführen. In seiner Großzügigkeit ließ er sie nicht aufhängen, er begnügte sich damit, ihr die Augen ausreißen zu lassen, die von einem etwas ungenierten Henker ins Wasser geworfen wurden. Trotz dem offensichtlichen Wunsch des jungen Herren nach Versöhnung – Enukleation des Auges statt Exekution –, hörte Lucia nie auf, ihn in seinen Träumen zu verfolgen. Sie hatte sich (auf bescheidene Weise) empört, war ins Kloster gegangen und trug ihre leeren Augenhöhlen einer Standarte gleich vor sich her. Ich bin mir nicht sicher, ob sie sich gewünscht hatte, eine Standartenträgerin zu sein, aber manchmal entgeht uns der Sinn der Geschichte. Die Legende verriet nicht, was der junge Herr mit seinem Schuldgefühl anfing, aber man vermutet, dass es übel endete.

Das alles, um zu sagen, dass das Operculum der Kreiselschnecke, ein winziges einheimisches Schalentier mit einer hübschen Spiralzeichnung, zum Auge der Santa Lucia geworden war. Der Meeresgrund um Iazza war mit *Occhi di Santa Lucia* übersät. Um sie einzusammeln, musste man bis zum Grund tauchen, eine beliebte Aufgabe der kleinen Tunichtgute der Insel, um sich und jedem zu beweisen, dass sie echte Helden waren. Nach dem Kunststück wussten sie nicht recht, was sie mit ihrem Fund anfangen sollten, die Sentimentalsten brachten sie ihren Müttern – der Tag war noch nicht gekommen, wo die eindrucksvollen Exemplare an die Ladenbesitzer in der Fußgängerzone verkauft werden würden, um daraus Touristenschmuck zu machen –, die meisten ließen ihren Fang am Strand liegen. Also sammelten die ganz kleinen Kinder sie ein. Mimi machte da keine Ausnahme.

Eines Morgens im September, zur Zeit der Stürme und der höchsten Flutstände, war Mimi wie gewöhnlich mit ihrer Plastiktüte nach Cala Andrea gelaufen, zwei Nachbarsfrauen hatten sich angeboten, sie hinzubringen, da sie zwischen den Felsen Seeigel sammeln wollten. Ihre Mutter musste auf dem Gut beschäftigt sein, ihr Vater am Hafen, wo er lustlos um Balkenholz feilschte, und ihre Schwestern waren in der Schule. Also trottete meine Mimi vor den beiden Frauen den Weg entlang, geschüttelt vom Scirocco, der über die Macchia fegte. Sie gelangten zur Bucht und, Erstaunen und Enttäuschung, das Meer war in der Nacht so gestiegen, dass es alles vom Strand mitgenommen und dort stattdessen eine substanzielle Anzahl verschiedenartigster Abfälle hinterlassen hatte.

Die beiden Klatschbasen beschwerten sich, teilten gegen die Araber aus, die wegen der Strömung und ihrer atavistischen Ungeniertheit ihre Insel verschmutzten, begannen, den Müll aufzusammeln, um ihn an den Weg zu legen und übertrugen dann, um sich in Ruhe ihrer eigenen Lese zwischen den Felsen zu widmen, das Einsammeln und Säubern Mimi. Das sollte sie beschäftigen. Und wäre eine gute Tat.

Nur, dass Mimi nicht gekommen war, um ihren Dienst an der Gemeinschaft zu leisten.

Sie zog ihre kurzen Hosen und ihre Bluse aus, faltete sie und legte sie unter einen Stein, damit der Wind sie nicht davontrug, ging in Unterhose zum Wasser, die Plastiktüte in der Hand, schmollend und unzufrieden, die ganze Plackerei durchkreuzte ihre Pläne, und ging hinein. Mimi konnte schwimmen wie jede auf der Insel aufgewachsene Sechsjährige. Sie war vorsichtig und blieb stehen, als ihr das Wasser bis zur Taille reichte. Sie tauchte. Die Sicht war sehr schlecht, das Wasser zu unruhig, der Sand war noch aufgewirbelt, also tastete die Kleine blind den Boden ab, stieg wieder an die Oberfläche, öffnete ihre Hände und schaute nach, wie ein Goldsucher mit seinem Sieb. Wenn sie das Gesuchte gefunden hatte, schob sie es in ihre Tüte und knotete sie wieder zu. Eine ermüdende und recht unproduktive Methode. Aber sie gab nicht auf. Bis eine heftige Welle sie umwarf und mitriss. Sie versuchte, auf die Füße zu kommen, aber sie wusste nicht mehr, wo der Grund und wo die Oberfläche war. Sie dachte, dass sie bestimmt Ärger bekäme, dass man ihr Ungeschick an dem Sand in ihren Haaren erkennen würde, sie hatte Angst, ihre magere Ausbeute loszulassen, all das nur hierfür, na, vielen Dank, man denkt komischerweise so einiges in solchen Momenten, als würde die Maschine schneller arbeiten, sie wurde heftiger durchgeschüttelt, verlor ihre Unterhose, sie musste nur einen tiefen Atemzug nehmen, aber da sie noch nicht gelernt hatte, unter Wasser zu atmen, schluckte sie es und verstand, dass die Lage kritisch wurde, sie wollte schreien, aber das machte es nur schlimmer, da merkte sie, dass jemand an ihr zog, gern würde ich schreiben, dass zwei starke Arme sie umfingen, aber das geschah nicht, sie fühlte nur, wie jemand an ihr zog und mehr schlecht als recht versuchte, sie in die Überwasserwelt zurückzubringen, sie spuckte Wasser, sie tauchte auf und verlor, anstatt zu spucken oder sich zu übergeben, einfach nur das Bewusstsein.

Inmitten der Schreie kam sie zu sich. Die beiden Nachbarsfrauen brüllten, schüttelten sie, Mund-zu-Mund, Haareraufen, Klagen, Flüche, sie öffnete die Augen, war beinahe am Ersticken, schaute hoch, Himmelblau und Möwen, schaute sich um, gelber Sand und Möwen, und im Sand ein paar Meter weiter Pippo. Eine der Nachbarsfrauen warf Steine nach ihm, so wie man einen räudigen bettelnden Hund vertreiben will. Oder einen bedrohlichen. Sie hörte die Beleidigungen: Mörder! Perverser!

Sie kam wieder zu sich. Sah, dass sie splitternackt war.
Ein kleines Mädchen nackt am Strand. Sie tastete weiter.
Ihre Plastiktüte hing immer noch an ihrem Handgelenk.
Wenn der Knoten enger gewesen wäre, hätte sie bei dem
Abenteuer ihre Hand verloren. Ein kurzes, benommenes
Betasten. Die Tüte war voller Sand. Ich schlafe besser
wieder ein, sagte sie sich. Aber die beiden Frauen schüt-
telten sie so sehr, dass sie das Vorhaben aufgab. Ist ja gut,
ich kehre ins Leben zurück.

Die beiden Frauen einigten sich darauf, nichts zu sagen,
denn das hätte bedeutet zugeben zu müssen, dass sie
die Kleine eine Weile aus den Augen verloren hatten und
ihre Achtsamkeit bei weitem nicht der entsprach, die sie
versprochen hatten.

Wenn deine Mutter das erfährt, wirst du bestraft. Dann
ist es vorbei mit dem Schwimmengehen. Schluss, aus,
vorbei.

Und Pippo würden sie es heimzahlen. Er war äußerst
und außergewöhnlich verdächtig. Was machte er hier,
ganz allein, in Cala Andrea am frühen Morgen? War er
ihnen gefolgt? Hatte er sie ausspioniert? So ein leicht
bescheuertes Kind lässt man nicht einfach frei herum-
laufen. Und wenn es zum Ausreißen neigt, bindet man
es an.

Sie hatten Steine nach ihm geworfen. Und würden es
weiter tun. Da diesem Beispiel leicht zu folgen und es
zudem ziemlich unterhaltsam war, musste man nicht
lange warten, bis Pippo regelmäßig mit Steinen bewor-
fen wurde.

Nur Aïda erfuhr die Wahrheit: Pippo ist ein Retter, lautete Mimis Fazit. Aïda bewahrte das Geheimnis wie man eine Flamme in seiner Handfläche hält. Mimis Geheimnisse waren exklusive Privilegien.

25

Aïda lässt ihr Fahrrad unter der Bougainvillea stehen. Sie ist zum Gut zurückgefahren, nachdem sie den Rest des Nachmittags durch Iazza gefahren war. Sie hat die Neubauten gesehen, den Tauchclub, die Mobilfunkantenne, das Betonhäuschen mit dem Strandcafé von Santa Maria de Stella und den Campingplatz – die Gandolfi dreht sich bestimmt in ihrer alten Familiengrabstätte um. Vor der Santa-Lucia-Kapelle stieg ein bärtiger Kerl mit einer Weste über blauem Hemd, Bundfaltenhose und Seniorenturnschuhen auf eine Leiter. Er nagelte einen Schriftzug an den Sims, *Gott liebt euch*. Aïda kam der Gedanke, dass sie gern dieser Mann wäre.
Sie ist einen Umweg über das Untere Haus gefahren. Das Haus wirkt ein wenig eingesackt, als ob es enttäuscht wäre oder sich nicht wohl fühlte. Niemand kümmert sich mehr darum, das hochstehende gelbe Gras bildet einen Streifen trockenes Haar, es sieht aus wie ein verbrannter Garten, ein Garten nach dem Krieg, sie hat zwei Katzenjunge von der Schaukel springen sehen, Mäuse müssen in der Kissenfüllung geworfen haben, die Fensterläden mit der abgeblätterten grünen Farbe sind geschlossen, die kleine schwarze Glocke, mit der die Mutter ihre Töchter zum Essen rief oder sie vor der Ankunft des Vaters zu warnen – die Mutter hatte ein so

feines Gehör entwickelt, dass sie hörte, wie der Motor des Kleinlasters oben am Hang runtergeschaltet wurde – ist immer noch da, die Schwalben haben ihre Matschnester unter den Giebel gebaut, der Wein hat alles überwuchert, im Sommer muss es hier vor Hornissen wimmeln, wenn die Menschheit untergeht, hat Aïda gedacht, bleibt nach fünfzehn Jahren keine Spur mehr von ihrer Anwesenheit zurück, im Grunde ein beruhigender Gedanke. Und doch, trotz seines Zustands wirkt das Haus ewig. Wenn nur eines übrig bliebe, dann wäre ich dieses Haus: tot und ruiniert, aber noch da. Warum ähneln verlassene Häuser Skeletten? Es ist kein Leben mehr in ihnen, kein Fleisch, kein Pulsieren. Sie stehen kurz davor, zu Staub zu zerfallen. Wie kann ein Haus eigentlich den Weggang oder Tod seiner Bewohner überdauern? In der Ferne hört sie Iazzas Soundtrack – das ständige Gehämmer. Renovierung und Kampf gegen den Verfall.

Aïda hat schon so lange das Gefühl, die Last dessen, was sie in diesem Haus erlitten hat – ewige Schande und Gewissensbisse –, vor sich herzutragen, sie hochzuhalten, so vorsichtig, als wäre sie der Leichnam Achilles oder ein Kanister mit Nitroglycerin. Sie hat versucht hineinzugehen, aber alles war verriegelt. Ihr Vater war niemand, der ein Eindringen toleriert hätte, sei es durch einen Waschbären oder zwei, drei junge Kiffer. Aïda fragt sich, ob Iazza wirklich ihr Ithaka sein könnte. Im Grunde hat sie sich immer glücklich geschätzt, ein mögliches Ithaka zu besitzen. Und diese Möglichkeit wirkt seit ein paar Tagen besänftigend. Vor ihrer Rückkehr hätte sie

das nie eingestanden, aber da war immer dieses undeutliche Gefühl, das ihr ein paar Gramm Gelassenheit mehr
gab, angesichts derer, die sich nie aus dem Dreck würden
ziehen können und ihre geschundenen Leiber von einer
möblierten Wohnung zur nächsten schleppen, bis sie auf
freiem Gelände Konserven sammeln. Das ist sicher ungerecht. Aber sagen Sie mir doch noch einmal, was auf
diesem Planeten gerecht ist.

Sie ist durch Iazza gefahren, nachdem sie bei Pippo gewesen war. Er war stumm geblieben. Er hatte aufgehört
zu stricken, aber hatte nur zum Himmel geschaut, leicht
die Augen zugekniffen, wie um die Wolken zu erkennen. Kumulus? Windrichtung? Kann ich mit ein bisschen Regen für meine Blumentöpfe rechnen? Aïda hatte
ebenfalls in den Himmel gestarrt. Etwas anderes konnte
sie nicht tun. Es würde sich keine Tür mehr auftun. Sie
hatte geglaubt, dass er sie mit dem kleinen Kolibri gebeten hatte, ihn zu besuchen. Aber es war nicht der richtige Zeitpunkt gewesen. Pippo ist eine Trutzburg. Nein,
keine Trutzburg. Da schwingt zu viel gewollte Abwehr
mit. Pippo ist eine verschlossene Truhe. Sorgfältig verschlossen. Sie erinnert sich daran, so etwas während
eines Prozesses gedacht zu haben, der Sizilien in Auf-
ruhr versetzte – der Mann, der seine Wirtin und seine
Nachbarin getötet, sie in Stücke geschnitten, sie im Garten vergraben hatte und nie verriet, wo er ihre Köpfe
gelassen hatte.

Die Wahrheit, oder etwas Annäherndes, liegt also im
Inneren dieses lebendigen Wesens verborgen, dieses

pulsierenden Gehirns, und man kann nichts tun, um sie heraufzubefördern, nichts, was man sich erlauben könnte, und selbst mit ein wenig radikaleren Methoden wäre es gut möglich, dass die Wahrheit im Dunkeln bliebe, in einer schlecht beleuchteten Ecke, sich womöglich zersetzen würde wie zerbröselnder Gummi, sie wäre verschwunden, unwiederbringlich verloren. Auflösung der Wahrheit. Diese Vorstellung erinnert Aïda – so springen die Gedanken manchmal, nicht wahr – an das Wunder der Sauerampferforelle: Der Sauerampfer löst beim Kochen die Gräten auf. Wo sind also die Gräten hin? In welche Moleküle haben sie sich verwandelt?

Ihre Mutter ist auf der Terrasse, spricht mit sich selbst, »Willst du dir nicht einen kleinen Toast schmieren, Silvia? (sie sagt To-ast), na, das ist doch mal eine gute Idee. Ich nehm' auch gern einen.« Sie steht auf, um in die Küche zu tippeln und zwei Scheiben Brot in den Toaster zu schieben, ihr alter Hund folgt ihr, dann kommt sie zurück und setzt sich wieder, immer noch gefolgt von dem Hund, und widmet sich erneut ihrem Tun. Sie schneidet noch grüne Orangen in Scheiben, die so dünn sind wie die feinen Gitterflügel der Libelle. Sie wird sie trocknen und abends mit Rosmarin einen Tee daraus kochen. Eine wohlriechende Millimeterarbeit. Sie trägt einen Badeanzug. Ein auberginefarbenes Teil mit Körbchen, das sie schon trug, als Aïda noch ein Kind war. Manchmal ging Silvia ins Wasser, wenn sie ihre Töchter in die Bucht begleitete. Silvia konnte nicht schwimmen, sie ging ins Meer und imitierte Brustschwimmbewe-gungen mit den Schultern über Wasser, das Kinn hoch erhoben, während sie über den sandigen Grund hüpfte. Täuschend echt. Aber ihre Töchter ließen sich nicht täuschen. Sie nannten sie schließlich »Aufrechtschwimmerin«.

Nun sind ihre Beine dürr, ihre Haut scheint um ihre Knochen zu schwimmen. Eine Krepphaut, weich und fleckig. Da sie bemerkt, wie Aïdas Blick an ihrem Aufzug hängenbleibt, rückt sie mit dem Stuhl vom Tisch weg, legt die Hände auf ihre Knie, bedeckt sie und bewegt sie, als würden sie nicht zu ihrem Körper gehören, als würde sie kleine Melonen wiegen. Schau dir diese schrecklichen Beine an, sagt sie. Ich werde nicht jünger. Das hat nichts mehr mit meinen Beinen zu tun, die ich hatte, als ich Akrobatin in Monte-Carlo war, fügt sie hinzu. Sie lächelt angesichts von Aïdas erstaunter Miene. Das war ein Scherz, deine Schwestern haben dir bestimmt gesagt, dass ich ein bisschen balla-balla geworden bin, nicht wahr?

Aïda setzt sich zu ihrer Mutter. Es scheint so, als fühle sich das Älterwerden an wie ein Wackelkontakt im eigenen Körper. Da – nicht da – da – nicht da. Sie stellt ihre Füße auf einen Hocker. Silvia macht sich wieder ans Werk. Sie wirkt entspannt in ihrem alterslosen Badeanzug. Während sie sie beobachtet, überlegt Aïda, was das wahre Mysterium ist: Warum altern wir? Warum zersetzen wir uns Stück für Stück? Warum fliegen wir in Fetzen?

Sie hätten sich eigentlich viel zu sagen. Aber da ist eine Engstelle.

»Es ist schön hier auf der Terrasse«, setzt Aïda vorsichtig an.

Silvia schaut auf und sich um, als hätte sie noch nie darüber nachgedacht.

»Ach, ja. Mir war das Untere Haus lieber.«

»Mir nicht.«

»Mir gefiel es besser. Also werde ich wieder dort einziehen.«

»Du ziehst wieder dort ein?«

»Kannst du dir vorstellen, wie ich allein in diesem riesigen Kasten bleibe?«

»Aber bisher wart ihr auch nur zu zweit. Das ändert nicht viel.«

Als sie es ausspricht, merkt Aïda, doch, das ändert alles. Die Anwesenheit des Vaters war immer ein dunkler Schacht gewesen, der sich zwischen vier Wänden bewegte, bedrohlich und von ungeheuren Ausmaßen.

»Wir werden diesen Riesenkasten verkaufen. Das wird euch guttun.«

Sie meint das Geld.

»Wie du willst, Mamma«, sagt Aïda nur.

Sie würde gern das Thema wechseln. Sie hüstelt.

»Ich habe mit Leonardo zu Mittag gegessen und bin bei Pippo vorbeigefahren, um zu sehen, wie es ihm geht.«

»Ach, das.«

»Ich hoffe, dass seine Mutter zurückkommt.«

»Mach dir keine Sorgen. Sie kommt immer zurück.«

Die alte Frau seufzt.

»Sie hat nicht zum ersten Mal ihr Haus angezündet. Sie verliert langsam den Verstand. Irgendwann kommen sie da nicht mehr raus. Sie wird eines Abends vergessen, den Kaminofen zuzumachen und zack, kein Pippo und keine Signora Serra mehr.«

Sie hält inne.

»Das würde so einiges lösen.«

Wieder hält sie inne.

»Solange sie nicht die ganze Macchia in Brand steckt.«

Sie hört mit dem Schneiden auf, setzt eine träumerische Miene auf, sie ähnelt der Gandolfi immer mehr, es ist erstaunlich, die Gesetze, die für menschliche Beziehungen gelten, schreiben eigentlich vor, dass Silvia immer mehr ihrem Mann ähnelt, wir alle haben diese alten Paare schon gesehen, die eher wie Geschwister aussehen oder wie ein einziges Wesen, ihr Gesicht, ihre Haltung, ihre Betonung, ihre Grammatik, sie haben eine Sprache erfunden, und wenn das Paar nicht mehr da ist, wenn ein Teil wegbricht, wird die Sprache eine tote Sprache, niemand spricht sie mehr, die Hydra beginnt zu hinken und verstummt. Aber in diesem Fall nicht, Aïda sieht, wie sich ihre Mutter in die alte Gandolfi verwandelt, mit dieser Haut, die geknittert ist wie ein japanischer Stoff, der distanzierte Blick auf alles – auch wenn sich das Gebaren von Silvia Salvatore geborene Petrucci deutlich von dem der furchterregenden Contessa unterscheidet, da es frei von jeder Ironie ist.

Mit leerem Blick sagt Silvia:
»Mimi hätte einmal beinahe die Macchia angezündet.«
Aïda schaut ihre Mutter an. Plötzlich fällt ihr wieder ein, wie konnte sie das vergessen, wie oft Mimi dem Tod ins Auge gesehen hat.
Aber über den Brand in der Macchia wusste Aïda nicht Bescheid.

(Ich mache hier eine Klammer, um von den vier Malen zu berichten, an denen der Tod sein Interesse an der Kleinen zum Ausdruck brachte, ein verhängnisvolles Ende aber aus einem unbekannten Grund, den wir uns aber alle bedeutsam denken, aufschob.
Das erste Mal geschah zu der Zeit, als der Vater beschlossen hatte, nach Mimis Geburt das Haus zu vergrößern. Sein Vorhaben bestand darin, zwei Räume übereinander anzubauen, mit der Hilfe von Piero Sparacci, dem Maurer von Iazza, der kam, wenn er Zeit hatte und weniger als vier Promille intus hatte, für den unwahrscheinlichen Fall also, dass die Sterne richtig standen, was die Arbeiten erheblich in die Länge zog. Ihre Unternehmungen hatte eine Art wild zusammengewürfelten, leicht schiefwinkligen Auswuchs hervorgebracht, der sich erschöpft an das alte Steinhaus anzulehnen schien. (Die Mädchen sollten den Versuch ein paar Jahre später »das Furunkel« nennen). Es war so heiß in jenem Sommer, dass Silvia Mimis Körbchen in den neuen oberen Raum gestellt hatte, der noch nicht fertig war, nie fertig werden würde, und der über dem liegen würde, was

immer als Atelier bezeichnet werden würde, auch wenn es ein Schuppen, Trödellager, Krimskramsmuseum und Sperrmüllspeicher der Gandolfi war, mit Rattansesseln, wackelnden Servierwägen, Kühlboxen aus Styropor, einer Axt, unbekannten Werkzeugen und einem verrosteten Fahrrad. Der obere Raum, der das neue Elternschlafzimmer werden sollte, war nach Norden ausgerichtet, und die Fenster waren noch nicht eingebaut, er war also bestmöglich belüftet. An jenem Hitzetag dachte Silvia also, als es Zeit für den Mittagsschlaf war, dass Mimi es im Obergeschoss kühler haben würde. Sie brachte das Baby in seinem Körbchen nach oben, stellte dieses an die hintere Wand, so weit wie möglich von den leeren Fensterrahmen ohne Geländer entfernt. Und ging wieder hinunter. Alles war so ruhig, dass sie in der Küche deutlich hörte, wie Mimi stürzte. Ein dumpfes Geräusch, wie eine große Frucht, die vom Baum fällt. Mimi war bis dahin noch nie gekrochen, nie gekrabbelt, sie hatte sich nie mehr als ein paar Zentimeter fortbewegt, aber hatte unter allen Tagen diesen ausgewählt, um mit dem Krabbeln anzufangen.

Als Silvia nach draußen eilte, waren Violetta und Gilda schon dort. Sie hatten ein wenig weiter unten im Hof Quartett gespielt, wobei Gilda von ihrer Schwester ständig angepflaumt wurde, weil es ihr nicht gelang, alle ihre Karten auf der Hand zu halten, als das merkwürdige Geräusch sie unterbrach (Wassermelonenplatschen). Neugierig schauten sie nach und fanden ihre kleine Schwester brüllend auf der Erde vor, nahmen sie auf den Arm, stritten sich darum, wer sie trösten durfte. Da erschien die zerzauste Silvia auf der Bildfläche und nahm ihnen das Baby ab. Sie drehte sich um sich selbst und sagte unter Tränen immer wieder: Es ist ein Wunder es ist ein Wunder es ist ein Wunder.

Ihrer Lordschaft wurde natürlich nichts von alledem berichtet. Obwohl es reizte, davon zu erzählen, würde das Ereignis eines der Geheimnisse der Salvatore-Frauen bleiben.

Beim zweiten Mal war Mimi vier Jahre alt und hatte sich am Knöchel verletzt. Man erfuhr nicht genau, wie und vor allem womit. Die Salvatore-Mädchen stürzten, stießen sich, wurden gestochen, fingen sich Zecken ein, waren mit blauen Flecken und Kratzern übersät, das Los von Kindern, die nicht in einer Etagenwohnung aufwachsen, da wurde kein Aufhebens gemacht. Nur dass Mimis Knöchel anschwoll und rot wurde. Aïda berührte ihn und sagte zu ihrer kleinen Schwester, Er ist sehr heiß und fest, er ist glatt wie Plastik, es ist, als würde etwas Brennendes darin feststecken, Mimi zuckte mit den Schultern, hinkte, aber interessiert sich überhaupt nicht dafür, was an dieser Stelle ihres Körpers geschah, doch als Vater Salvatore das Bein der Kleinen bemerkte, das, es muss gesagt werden, allmählich blau wurde und weiter anschwoll, bekam er einen Wutausbruch, schüttelte seine Frau, sie sei dumm wie ein Muli, der Eiter müsse raus, beschloss er, sie legten die Kleine auf ihr Bett, heiße Handtücher, neunzigprozentiger Alkohol, Skalpell und

Nadeln, der Vater machte den Schnitt ins Fleisch, Mimi brüllte und sagte dann gar nichts mehr, da sie in Ohnmacht fiel, während ihr weiter die Tränen herabliefen. Angesichts des angerichteten Schadens, schlug die Mutter vor, Doktor Serretta zu holen, der Vater sagte: Er wird ihr wieder nur Hustensaft verabreichen, dieser Dummkopf, aber die Mutter schickte Violetta zur Gandolfi, um den Arzt anzurufen, das Mädchen malte ein so grässliches Bild von dem chirurgischen Eingriff des Vaters, dass der alte Arzt in seinem antiken Renault 4L angerast kam, ans Bett der Kleinen eilte, die dort von ihrer Familie umringt lag (während der Vater an der Rückwand lehnte, verstimmt, schrecklich schuldig), und sprach von Tetanus und Wundbrand, sprach von Notfall und Festland, sprach amputiertes Bein und wahrscheinlicher Tod. Er legte einen Kampferverband um den Knöchel (eines seiner Universalheilmittel, das er abwechselnd mit Aspirin und einem schmerzlindernden Elixier auf einem Zuckerstück einsetzte), kehrte in seine Praxis zurück und organisierte Mimis Verlegung. Aber zwei Stunden später klingelte Violetta (die Älteste und damit oberste Berichterstatterin) bei ihm und teilte ihm mit, dass der Knöchel der Kleinen abgeschwollen sei, eine fast normale Farbe angenommen habe und nicht mehr so heiß wie eine Feuerschale sei. Doktor Serretta, der glaubte, dass Salvatore die Überfahrt zum Festland nicht zahlen wollte, hatte Zweifel und kehrte in das Untere Haus zurück. Wo er die Behauptung bestätigt fand. Er sagte die Ausfuhroperation schweren Herzens ab (manchmal gefiel es ihm, wenn es ein wenig heiß herging). Der Vater ging davon aus, dass sein chirurgischer Eingriff die Infektion beseitigt hatte, und Doktor Serretta glaubte, dass nur seine Behandlung die Kleine retten konnte. Silvia Salvatore hingegen sah darin erneut ein Wunder, behielt es aber vorsichtshalber für sich.

Beim dritten Mal hatte Mimi eine Wespe verschluckt. Sie war fünf Jahre alt, brachte alle zwei Tage Meerwasser in Eimern mit, das sie in eine große Plastikwanne schüttete, die eine beachtliche Anzahl Kopffüßer enthielt, Strandschnecken, Tintenfischbabys, Sand und ein paar Steine, damit es echt wirkte und niemand sich drinnen fremd fühlte, dann hockte sie sich hin, zog die Maske und den Schnorchel von Violetta an und schaute vornübergebeugt, mit rundem Rücken und auf dem Wasser treibenden Haaren an, was auf dem Grund ihres kleinen Meeres vor sich ging.

Eine Wespe, ich denke oft an diese erschöpfte Wespe, die einen trockenen Sitz fand, eine Wespe also setzte sich auf den Rand des Schnorchels und wurde entweder von Mimi angesaugt oder beschloss, einen Blick in den Tunnel zu werfen, auf jeden Fall geriet sie in den Schnorchel und in den Mund der Kleinen, die aus der Wanne emporschoss wie vom Teufel gestochen, Maske und Schnorchel herunterriss und unter den Augen ihrer Mutter und Aïda den Mund öffnete, um das Insekt herauszulassen, das davonflog. Silvia stürzte brüllend auf sie zu (Es ist ein Wunder!) und dabei beließ man es.

Das vierte Mal war das knapp von Pippo verhinderte Ertrinken.)

Kehren wir zu dem Gespräch zwischen Silvia und Aïda am Tag nach der Beerdigung des Alten zurück. Beide sitzen auf der Terrasse, unterhalten sich mit Bedacht, Aïda hat eben herausgefunden, dass es ein fünftes fast fatales Ereignis in Mimis Leben gegeben hat, fürchtet aber, dass es stimmt, dass ihre Mutter ein wenig spinnt.

»Was ist passiert?«

»Oh, sie wollte einfach nur ein Experiment machen, denke ich. Sie war sieben oder acht ...«

»Das kann nicht sein, Mamma.«

»Und warum nicht?«

»Sie war sechs in der Nacht des Karnevals.«

»Ach so.«

Trotz der Unterbrechung und trotz des leichten Stirnrunzelns (wer kümmert sich schon um solche Details), fährt Silvia fort.

»Nun, wenn du es sagst. Auf jeden Fall hatte das Fräulein ihr Spiegel gegeben, hübsche Handspiegel, sie zogen Mimi immer an, wenn sie mit mir auf dem Anwesen war, sie spielte damit, nahm sie heraus und legte sie auf den Teppich im russischen Salon, das Fräulein mochte Mimi sehr, also sagte sie eines Tages zu mir, ich soll sie in Seidenpapier wickeln und Mimi von ihr schenken, wenn wir zuhause wären, das Fräulein mochte keine Gefühlsduselei, Küsse und Getue, als wir also wieder zuhause waren, gab ich Mimi die Spiegel, eine komische Idee, dachte ich, denn Mimi konnte schließlich so oft sie wollte zum Fräulein, die Spiegel hervorholen und im russischen Salon spielen, während sie bei uns, mit euch vieren, ständig am Zanken, und eurem Vater zerbrechen konnten, gut, ich weiß auch nicht, das Fräulein wollte nett sein, das Seidenpapier war blau, sehr hübsch, daran erinnere ich mich, und Mimi war ganz begeistert, es waren viele, bestimmt zwanzig.«

»Zwanzig?«

»Vielleicht auch nicht. Ich weiß es nicht mehr. Sie glänzten, sie waren aus Gold.«

»Aus Gold?«

»Oder Kupfer. Oder Zinn oder was weiß ich. Lass mich damit in Ruhe. Auf jeden Fall glänzten sie. Und Mimi war entzückt, sie hüpfte umher wie immer, ich sagte zu ihr, sie solle aufpassen, sie hat sie in ein Geschirrhandtuch und dann in einen Korb gelegt und ist hinausgegangen. Dann habe ich es vergessen. Ich hatte viel im Haus zu tun. Und wenn euer Vater nicht da war, ließ ich euch in Ruhe. Ich passte nicht genug auf euch auf, wie er sagte. Aber so bin ich eben. Gut. Ich habe euch zum Mittagessen gerufen. Und am Nachmittag hat mich der Geruch aufgeschreckt. Ich schaute hinterm Haus nach. Mimi hatte alle Spiegel in der Sonne verteilt, zwischen die Blätter und Rindenstückchen vom Eukalyptus, und sie saß auf dem Mäuerchen und sah zu, wie ihre kleine Anordnung sich entzündete, der Olivenbaum darüber stand schon in Flammen.«

»Ist das wahr?«

Aïda erscheint es unmöglich, dass sie nie etwas davon gehört hat. War sie nicht die Vertraute ihrer kleinen Schwester? Mit einem Mal klingt das alles nach Altweibergewäsch. Die Grenze zwischen dem, was war, und dem, was hätte sein können, ist bei ihrer Mutter besonders porös geworden.

»Ja, ja, hohe Flammen, um zwei Uhr nachmittags kann bei uns alles Feuer fangen, das weißt du genau. Ich habe gerufen: Was hast du da angestellt? und habe sie am Arm gepackt und bin Eimer mit Wasser und Decken holen gegangen, habe deine Schwestern gerufen, damit sie mir helfen, du warst ich weiß nicht wo, wir haben die verbrannten Zweige abgehackt, damit euer Vater nichts bemerkt, ich habe alles heimlich, still und leise geharkt und gereinigt. Das war das einzige Mal, dass ich Mimi eine Ohrfeige verpasst habe.«

Silvia schaut auf und verstummt wie ein Radio, das kein Signal mehr empfängt.

»Verrückt, das alles«, sagt sie plötzlich. »Hat Mimi dir das nie erzählt?«

Dann fährt sie mit ihrer Arbeit fort, legt die dünnen Orangenscheiben auf einem Holzbrett aus, um sie trocknen zu lassen, lässt immer den gleichen Abstand zwischen ihnen und bessert kaum merklich nach, wenn etwas nicht stimmt.

»Siehst du, Mimi kann nichts geschehen. Es gibt solche Menschen, sie haben einen Schutzengel.«

Aïda nickt. Man muss der Wahrheit ins Gesicht sehen:

Wie soll man unter diesen Umständen an Mimis end-
gültiges Verschwinden glauben?
Mimi ging Risiken ein. Sie hatte tatsächlich eine ganz
eigene Art, das Leben, ihre eigene Sterblichkeit auf die
Probe zu stellen. Vertrauensvoll und stur. Aïda dagegen
hatte ihre Kindheit über am Rand gestanden und auf
Mimi aufgepasst. Sie war bestenfalls ein braves und ein-
sichtiges Mädchen, schlimmstenfalls ein verschüchterter
Angsthase. Im Grunde wich sie nur einmal von ihrer Vor-
sicht ab: am Tag des Karnevals.
Silvia schnaubt, sammelt ihre Utensilien ein und sagt,
Aïdas Zweifel verstärkend:
»Vielleicht ist es auch nach deiner Abreise nach Palermo
geschehen.«
Dann fügt sie nachdenklich hinzu:
»Nur dieses eine Mal habe ich eine von euch geohrfeigt...
Ich war nicht wie euer Vater, den seine Launen beherrsch-
ten.«
Dann wendet sie sich dem Haus zu, um hineinzugehen
und jedem Bestreben, die Unterhaltung fortzusetzen,
einen Riegel vorzuschieben.
Aber Aïda will das nicht auf sich beruhen lassen, sie
macht einen letzten Versuch:
»Ich habe die Postkarten bekommen, die du jedes Jahr
geschickt hast.«
Silvia lächelt. Sie wirkt äußerst zufrieden. Endlich eine
gute Nachricht: Der *Poste Italiane* ist zu trauen.
»Aber ich konnte einfach nicht antworten.«
Silvia winkt ab.

Sie hebt den Kopf und beobachtet den Tanz der Mauersegler. Er scheint, dass ihr kleiner Kopf auf Abwegen
kurzzeitig neue Signale empfängt.

»Weißt du, ich habe dich letztens nicht wirklich für
Mimi gehalten. Ich habe nur nicht damit gerechnet, dich
da kommen zu sehen.«

»Hättest du es normaler gefunden, Mimi in deiner Küche
auftauchen zu sehen?«

»Vielleicht. Es kommt mir so vor, als sei sie hier, nicht
weit weg, und sie spricht mit mir und unterstützt mich
und sagt mir nicht, dass ich verrückt bin. Oder alt.«

Silvia entzieht sich, könnte man meinen, der weitver-
breiteten Annahme, dass wir eher Frieden finden, wenn
diejenigen, die wir verloren haben, tot sind, anstatt nur
verschwunden. Es gibt also keine feste Regel. Silvia ist
so glücklicher. Geduldig auf Mimis Rückkehr wartend.
Sie war schon immer besonders geduldbegabt gewesen.
Letztendlich handelt es sich nicht um Verdrängung,
Himmel. Es ist ihre Art, Perlen aufzufädeln und mit dem
Vergehen der Zeit umzugehen.

Sie steht auf und lässt Aïda allein auf der Terrasse
zurück, aus der Küche ruft sie ihr noch zu:

»Zum Abendessen gibt es Reste von gestern. Unglaublich,
was die Leute so zu einer Beerdigung mitbringen. Selbst
zur Beerdigung deines Vaters.«

Aïda fragt sich, warum ihre Mutter von »eurem Vater« zu
»deinem Vater« wechselt, ob darin ein verborgener Sinn
liegt, dann denkt sie, dass sie aufhören muss, in allem
einen Sinn zu suchen, Überinterpretation ist eine Falle,

das ständige innere Kommentieren ihres Gehirns, parasitär und parteiisch, muss aufhören. Sie seufzt. Sie hat nicht die leiseste Idee, wie sie es anstellen soll, die kleine Stimme zum Schweigen zu bringen, wenn sie will. Außer Bücher über Stringtheorie oder Schrödingers Katze zu lesen. Außer der Routine zu folgen, die sie in der Via Brunaccini 22 festgelegt hat. Meditation, Yoga, Achtsamkeit, usw. Das weiß sie. Sie seufzt noch einmal.

»Ich gehe hoch, ich habe keinen Hunger und bin ein bisschen müde«, ruft ihre Mutter.

Ihre neue Freiheit erlaubt Silvia Salvatore, das Abendessen auszulassen und um sieben Uhr oben in ihrem Schlafzimmer Kreuzworträtsel zu lösen oder in ihrem I Ging nachzuschlagen. Ein kleiner Schritt nach dem anderen.

Aïda zündet sich lächelnd eine Zigarette an und begreift, dass sich bisher niemand getraut hat zu fragen, wie lange sie bleiben wird.

Sie wärmt sich *Caponata* auf, deckt den Tisch draußen mit dem Werbetischset, das schon vor zwanzig Jahren im Unteren Haus existierte (ein fröhliches Kaffeepäckchen, das mit einer flehentlich bittenden Tasse tanzt – als Kind tat ihr die Tasse ein bisschen leid). Sie muss sich zum Essen hinsetzen. Sie hat nicht wenige Jahre an der Küchenzeile im Stehen gegessen, gegen drei Uhr morgens und direkt aus dem Topf, eine Hand in die Hüfte gestemmt, um das Gleichgewicht zu halten. Daraus ist damals nie etwas Gutes entstanden.

Es gelingt ihr recht gut, ungelegene Gedanken einzudämmen. Auf dem Tisch sind Ameisen, sie folgt ihnen mit den Augen und stellt ihnen ein paar Hindernisse in den Weg, Pfeffermühle und Wasserkaraffe, neben ihren Teller hat sie das kleine batteriebetriebene Radio gestellt, ein wenig fettig wie alle Küchentransistoren, und hört eine Sendung über Muschelzucht, es brummt im Ohr, sie bekommt nicht alles mit, nur mit Unterbrechungen, ein nettes Aufblinken von Aufmerksamkeit und Unaufmerksamkeit. Sie denkt, dass sie erst einunddreißig ist und gern wieder mit Leonardo schlafen würde. Nein, sie will vor allem, dass er sich wieder in sie verliebt. Und nackt an ihn geschmiegt einschlafen. Sie verzieht das Gesicht. Ein unangebrachter Gedanke. Sie konzentriert sich auf die flachen Austern im Lago Fusaro und auf die Ameisen. Sie räumt den Tisch ab, füllt ihre Lungen mit dem Duft der Myrte, und sagt sich, dass sie alles in allem um diese Zeit genauso gut in dem großen Schlafzimmer sein könnte, das man ihr zugeteilt hat, mit seinen alten Vorhängen und den Wespenpanzern auf dem Dielenboden. Also geht sie nach oben, zieht sich aus und legt sich auf das Bett mit der zu weichen Matratze, die sie jeden Moment zu verschlingen droht. Sie wird versuchen zu lesen und akzeptieren, sich verschlingen zu lassen.

Gegen zwei Uhr morgens wird sie von einem leisen Geräusch geweckt, eine Art Klicken. Sie denkt dabei zunächst an ein Insekt, einen Skarabäus, einen Nachtfalter, der gegen das Fensterglas prallt. Dann begreift sie, dass jemand Kiesel an die Läden wirft. Sie steht auf. Die Nacht ist hell. Der Mond war hier schon immer größer als in Palermo. Sie lehnt sich aus dem Fenster. Unten steht Pippo, eine gewaltige Gestalt im Garten, den Kopfhörer über den Ohren. Er wartet. Als er sie sieht, hebt er den Topf mit der Yuccapalme hoch und schiebt einen Zettel darunter. Dann geht er davon, verschwindet in der Dunkelheit hinter der Bougainvillea. Aïda verlässt ihr Zimmer und rennt barfuß die Treppe runter. Sie würde ihn gern einholen, nach ihm rufen und ihn einholen, aber sie will nicht Gefahr laufen, ihre Mutter aufzuwecken. Als sie in den Garten kommt, ist er nicht mehr da. Sie versucht dennoch ihn zu rufen – aber beinahe im Flüsterton, das nützt nicht viel. Nur der Schwarm nächtlicher Insekten antwortet ihr stimmgewaltig. Sie versucht, den Topf mit der Yucca hochzuheben. Der wiegt bestimmt zwanzig Kilo, grummelt sie. Diese Schnitzeljagd könnte auch einfacher sein. Aïda ist nicht besonders kräftig. Nicht so wie Pippo. Sie schiebt die Pflanze weg, flucht, sie wird noch den Zettel zerreißen, Asseln kommen unter dem Topf hervor, es sind Hunderte, verdammter Mist, endlich gelingt es ihr, das Briefchen hervorzuziehen. Sie faltet es auseinander. Ungelenke Schrift auf kariertem Papier. Sie ist überrascht. Sie wusste nicht, dass Pippo schreiben kann.

Auf dem sorgfältig doppelt gefalteten Papier steht im Dialekt: *Pippo weiß.*

Dann hört sie ihn neben der Bougainvillea. Er summt sehr falsch. Er wartet auf sie. Sie stöhnt leise. Pippo will ihr etwas zeigen. Und er wartet auf sie.

26

Der Vater trug Aïda so oft und so gekonnt auf den Schultern, dass sie in ihren ersten Kindheitsjahre nur die Perspektive von oben kannte. Eine ganze Lebensphase, in der sie die Blätter der Bäume streicheln und Orangen ernten konnte, indem sie einfach nur die Hand ausstreckte. Sie erinnert sich an den schnelleren Atem ihres Vaters, wenn er den Hügel hochlief, an die Lähmung, die sie bei Einbruch der Nacht verspürte, wenn sie so befördert wurde, dass kein nächtliches Geräusch sie wirklich erreichen konnte, da sie in Sicherheit war, und kein nachtaktives Tier ihr etwas anhaben konnte, sie legte das Kinn auf den Kopf ihres Vaters und schlief manchmal ein, durchgerüttelt und glücklich.

Eines Tages hörte er auf, sie auf den Schultern zu tragen und ersetzte sie durch Mimi. Zierlicher, leichter. Die Liebe, die sie für ihre kleine Schwester empfand, war viel stärker als ihre Verzweiflung darüber, ausgetauscht worden zu sein. Diese Liebe teilte sie mit ihrem Vater wie ein gemeinsames Unglück. Was macht man mit so einer belastenden Liebe?

Und im Grunde war der Preis nicht hoch: Die Schultern des Vaters im Tausch gegen die Freude, die Wächterin der zartesten Orchidee der Welt zu sein. Sie nahm diese Aufgabe sehr ernst. Sicherzustellen, dass Mimi nicht in

Gefahr geriet, war keine leichte Sache, wo diese doch, wie ich vorhin beschrieb, ein nicht zu unterdrückendes Bedürfnis entwickelt zu haben schien, ihre eigene vergängliche Natur zu prüfen. Zwei waren nicht zu viele, um auf sie aufzupassen. Ihre Hingabe war eine Berufung. Und da Mimi so gelöst war wie eine Pusteblume und so wuselig wie ein Wurf Katzenjungen in einem Kissenbezug, war das Tragen auf den Schultern die ideale Lösung für ihren Vater, um sie in Griffweite zu haben. Mimi hielt sich sehr gerade, hockte auf den Schultern des Vaters wie eine kleine Königin, die an eine jubelnde Menge gewöhnt ist, und drehte dessen Kopf mit beiden Händen, wenn sie ihm etwas zeigen oder ihn die Richtung wechseln lassen wollte.

Aïda hatte ihren neuen Platz neben Vater und Schwester gern eingenommen, begleitete sie jeden Abend auf die kleine Runde hinter dem Haus zwischen den Myrtebüschen und den Kröten, achtete ebenso auf die beiden, wie der Vater auf seine Töchter achtete, leichtfüßig neben ihren beiden großen Lieben trottend, ihrer kleinen Schwester und diesem Mann, der, da war sie sicher, eines Tages ihr Ehemann sein würde, ihre Mutter würde nichts sagen, ihre Mutter sagte nie etwas, bis zu dem Moment, der uns interessiert, da die Unnachgiebigkeit des Vaters sie zu belasten begann: Der Preis – ihre Knechtschaft – war doch recht hoch. Und Aïdas Ärger sollte sich nicht verflüchtigen, das muss ich ihnen nicht sagen, wo doch die Pubertät ist wie sie ist.

Als Mimi verschwand, begriff der Vater gleich, dass es sich nicht um ein kurzes Ausbüxen handelte. Violetta, Gilda und Aïda waren an jenem Morgen aufgestanden, um zu frühstücken, Brot und Milchkaffee. Es fand keine Schule statt – nach der letzten Karnevalsnacht und dem Abbrennen des Vavamostros waren immer zwei Tage nötig, um alles wieder in die richtigen Bahnen zu lenken und Iazza in den gewohnten Zustand der Lähmung zurückzuversetzen – aber bei den Salvatore blieb man nicht faul im Bett liegen. Weder Violetta noch Gilda, nicht einmal ihre Mutter hatten etwas zu Mimis Abwesenheit gesagt. Für Aïda eine offensichtliche Verschwörung. Solange niemand über den leeren Stuhl am Tischende sprach, war Mimi immer noch da. Ihr Verschwinden durfte nicht in Stein gemeißelt werden.

Aber als der Vater, der im Hof gewesen war, wieder hereinkam, fragte er:

»Wo ist die Kleine?«

Und da wunderten sich alle. Oh, ja, stimmt, wo war eigentlich Mimi? (Das ist dennoch sonderbar, wenn man darüber nachdenkt, denn es ist eine Sache, dass Aïda sich etwas vormacht, aber dass ihre Schwestern und ihre Mutter so taten, als wäre alles normal, erstaunt mich zutiefst.)

Aïda kehrte in ihr Zimmer zurück, hob die Bettdecke der Kleinen hoch, hier nicht, das tat sie mehrmals, ich ziehe die Decke übers Bett, dann schlage ich sie schnell zurück, sie versucht irgendetwas zu überraschen, vielleicht ist Mimi winzig oder ganz flach geworden, oder vielleicht sehe ich sie nur nicht, und zack wird sie unter ihren geblümten Laken wieder auftauchen, aber nein, nichts, sie hört ihre Schwestern im Hof nach der Kleinen rufen und ihre Mutter, die das Ausmaß des Ganzen nicht erfasst hat, es nie wird, das ist nicht ihre Art, ihre Mutter, die ins Bad geht, in den Korb mit der Schmutzwäsche schaut, Mimi?, die Kleine liebt Verstecke, die Mutter öffnet den Krimskramsschrank auf dem Treppenabsatz, Mimi?, all das, um ein bisschen Wirbel zu machen und guten Willen zu zeigen, ihr Beitrag zur allgemeinen Anstrengung, sie neigt dazu, nicht richtig nach Verlegtem zu suchen, ihr Mann kritisiert das regelmäßig, für gewöhnlich bleibt sie mit hängenden Armen mitten im Raum stehen, mit nachdenklicher Miene, sich um sich selbst drehend, und er sagt dann zu ihr: Erwartest du, dass die Schlüssel von allein angelaufen kommen?, bei der Gandolfi ist die Mutter nicht die gleiche Person wie zuhause, bei der Gandolfi ist sie pragmatisch, präzise, effizient, zuhause ist sie fahrig, ein wenig instabil, wie ein vorsichtiges, schnell abgelenktes Mädchen. Auf jeden Fall gerät der Vater allmählich in Rage, man hört, wie er sie anschreit, Wann bist du aufgestanden? Hast du sie nicht gesehen? Was hast du getrieben?, und man errät, dass ihm rasch der Gedanke kommt, dass einer der Albaner vom Karneval sie sich geschnappt haben muss, und gleich darauf, dass Guido Severini sie gekidnappt haben muss, und das würde man ihm nicht so schnell wieder ausreden, warum hat der Vater so schnell und so heftig reagiert an jenem Morgen, Mimi war ohnehin kaum greifbar, sie hätte auch eine kleine Runde durch die Macchia drehen können, ihre geliebten Bäume begrüßen, irgendwo hocken und mit einem Stock einen Nashornkäfer kitzeln, also warum hat sich der Vater so schnell aufgeregt, sicher beunruhigt ihn der nahegelegene Karneval, wie jedes Jahr, oder aber er hat irgendwelchen Ärger mit den Severini, sie zanken sich wegen jeder Nichtigkeit, man weiß nie, wie der Streit begonnen hat, oft ist es nur eine Kleinigkeit, eine dumme Sache, ein falsch geparktes Auto in der Stadt, eine falsch gedeutete Geste, wie auch immer, es artet schnell aus, und da muss es wieder um die Olivenhaine gegangen sein (Salvatore weigert sich, den Severini die Parzelle auf dem Hügel zu verkaufen, die ihnen erlauben würde, die gesamte Westküste ihr Eigen zu nennen), also denkt Salvatore gleich Entführung, Lösegeldforderung, Ohrmuschel in einem Stück Watte in einem Päckchen, ja, ja, das denkt er, er spinnt ja schon ein bisschen, aber gut, er hat schon lange begriffen, wie auf Iazza der Hase läuft, alle machen auf Scarface, sind bewaffnet, spielen sich auf, Salvatore hasst sie, nachdem er sie lächerlich fand, Reichtum dämpft bekanntlich die Lächerlichkeit, und sie werden allmählich reich, die Severini, es ist nicht offensichtlich, sie sind immer noch ungehobelte Flegel, aber ihre Frauen tragen lederne Handtaschen und fahren Alfa Romeo, Salvatore kann sie nicht ausstehen, manchmal haben sie spektakuläre Methoden und manchmal nicht, zum Beispiel ist allseits bekannt, was der alten

Maria Bartolomeo zugestoßen ist, sie hat sich mit ihrer Bougainvillea vergiftet, tja, da hat sie sich vertan, was ist ihr nur durch den Kopf gefahren, heute Abend werde ich mir einen netten Tee aus den Blüten der Bougainvillea machen statt mit Passionsblume, als ob sie nicht gewusst hätte, dass die Blüten der Bougainvillea giftig sind, und dann hat sich gleich danach ihr Neffe erhängt, und zack gingen die Grundstücke bei der Auktion an die Severini, alle wissen das, und Salvatore, der auf der Schwelle des Hauses steht und mit seiner Baritonstimme ruft, Mimi, denkt, Mimi, meine Sonne, ist ein leichtes Opfer für Lösegeldforderungen, der Vater Salvatore schlägt die Meisen in die Flucht, die Grillen verstummen, gibt es Grillen im Februar? Aïda wundert sich, was haben die Grillen hier zu suchen?, die Welt ist aus den Fugen, der Planet schwankt auf seiner Achse, sie fühlt ein großes Loch in ihrer Brust, einen Käfig, eine Kathedrale, sie könnte sich krümmen vor Schmerz, sich zusammen-kauern, kein Quäntchen Luft mehr, meine Haut hef-tet sich an meine Knochen, ich bin vakuumverpackter Filterkaffee, Mimi, brüllt der Vater, und die Schwestern tun es ihm gleich, Mimi, Mimi. Aïda setzt sich auf das Bett ihrer kleinen Schwester. Manchmal fühlt man sich wie ein überfahrenes Tier am Straßenrand. Sie weiß, sie ahnt, sie hatte sicher schon immer einen erhöhten Sinn für das Tragische, und ist sich in dem Moment sicher, dass Mimi nicht wiederkommen wird, ihre Mutter ist unten, muss zur Gandolfi, ist zerrissen zwischen ihren beruflichen Verpflichtungen, wenn man so will, und der

Gewissheit, dass ihr Mann sie anbrüllen wird, wenn sie geht, sie steht zwischen zwei Stühlen, das kommt oft vor, sie tritt auf der Stelle, muss auf der Stelle treten, denn sie weiß, dass die Kleine zurückkommen wird, das ist offensichtlich, Mimi hat sich wie immer irgendwo versteckt, aber ihr Mann hat alle Schotten dichtgemacht, sie kann ihn nicht beruhigen, besänftigen, das Gefühl nährt sich selbst, Mädchen, sucht bei den Mandelbäumen, ich gehe in die Stadt, und er startet das Auto, Aïda tritt ans Fenster, sie hat ihn einsteigen und die Tür zuschlagen sehen, er hatte nicht die gleichen Augen, die ganze Iris war von der Pupille verschluckt, was wie wahnsinnig aussieht, die Panik des Vaters steckt sie an, sie ist verzweifelt, sagt sich, dass sie sich umbringen wird, wenn Mimi nicht gefunden wird, ja, das ist gut, das ist die Lösung, dann denkt sie, Nein, das kann sie dem Vater nicht antun, erst Mimi und dann sie, und dann blieben nur noch Violetta und Gilda und die Mutter übrig, der Vater würde sie zuerst in den Keller sperren, sie nicht mehr versorgen, sie hungern lassen, sie würden ihn anflehen, sie hört schon ihre Mutter und ihre Schwestern hinter der Kellertür betteln, auf den Treppenstufen kauernd, zwischen Spinnen und Mäusen, und dann würde er sie aufschlitzen, also denk nicht einmal daran dich umzubringen, das wäre wirklich zu einfach, los, los, denk endlich nach, Schlampe (manchmal bezeichnet sich Aïda in ihrem Köpfchen als dumme Gans und vor allem als Schlampe, natürlich ein streng verbotenes Wort, ein magisches Giftwort), ich habe die Tür offen gelassen und Mimi ist hindurch gegangen, vielleicht kann ich sie wiederfinden, aber bis dahin musst zu zahlen, Schlampe, du musst zahlen, das ist der Lauf der Dinge.

Schwierig, zweimal »Retter« zu heißen und niemanden zu retten.

Salvatore Salvatore alarmierte die ganze Insel. Er hämmerte bei den Severini an die Tür, schrie im Hof, man solle ihm seine Tochter wiedergeben, woraufhin ihm Antonella, die Schwiegertochter, vom Fenster im ersten Stock aus zurief, dass die Männer nicht da seien, seit einer Woche für Geschäfte in Palermo seien und hier niemand die Kleine gesehen habe. Er verständigte die Carabinieri, ging zum Hafen, um herumzufragen, ob nicht jemand Mimi auf der Fähre mit einem verdächtigen Typen gesehen habe, der sie sich unter den Arm geklemmt hatte, auch wenn er im Grund nicht daran glaubte, er sagte: Sie ist hier, ich fühle, dass sie hier ist, er verlangte, dass die Fahrzeuge der Karnevalsbesucher, die die Insel verließen, durchsucht würden, was ihm aber verwehrt wurde, Silvia ging zur Gandolfi hoch, um ihr die Lage zu erklären und sie zu informieren, dass sie nicht wiederkomme, bevor man Mimi nicht gefunden habe, was die Gandolfi davon überzeugte, ihre Leute zu mobilisieren, sodass noch am Abend eine Treibjagd in der Macchia stattfand, erinnert euch, Karneval = Februar und Februar = Nebel, man kam sich vor wie im schottischen Hochland, Conan Doyle, der mit entsprechendem Akzent singt und wettert, Laternen,

Taschenlampen, Schreie, und alle machen mit, Silvia
sagte, Ich bleibe zuhause, falls sie zurückkommt, und
der Vater schaute sie nicht einmal an, grummelte nur,
und sie, Was hast du gesagt? Er ging hinaus, ohne sich
umzudrehen, er wusste, dass es keine dumme Idee war,
dass jemand zuhause blieb, um die Kleine in Empfang
zu nehmen, wenn der Zufall es so wollte, dass sie sich
wirklich verirrt hatte oder in einer der Grabstätten eingesperrt war, aber Silvias Ruhe regte ihn auf, er dachte,
dass sie wirklich dumm war oder gleichgültig, oder aber
keinen Sinn für die Realität hatte, am liebsten hätte er
sie geschüttelt, aber es war nicht der richtige Moment,
noch zählte jeder Handgriff, also ging er und es fiel ihm
schwer, wie es ihm jahrelang schwerfallen würde, seine
Schläge zurückzuhalten, denn Schläge zurückhalten
macht rasend und irre, das weiß jeder. Aïda nimmt an
der Treibjagd teil, auch wenn sie weiß, dass Mimi nicht
da ist, nicht fassbar, und dass sie besser daran täte, nach
Hause zu gehen, sich in der Wäschekammer zu verstecken, um einen Beutel zu nähen, ihn mit Perlen zu
verzieren und ihr Herz hineinzustecken, damit niemand
je sieht, wie finster es ist, nachdem sie ihre kleine Schwester neben der offenen Tür zurückgelassen hat, ihre so
neugierige kleine Schwester, sechsjährige Mädchen sind
so neugierig, und ihre kleine Schwester ist durch die Tür
gegangen, welches kleine Mädchen würde reglos auf der
Schwelle stehen bleiben, vor allem, wenn es fühlt oder
ahnt, was auf der anderen Seite bebt, vielleicht liegt hinter dieser Tür ja ein anderer Raum, eine Folge von Räu-

men, vielleicht gib es dort große Sonnen und eine Steppe, vielleicht aber auch nur Himmel und einen gewaltigen Abgrund unter den Füßen, als würde Mimi ganz oben auf einem Hochhaus stehen oder direkt am Rand eines Abgrunds, weil ein Riss sich aufgetan hat und ein Erdbeben alles um sie herum hat einstürzen lassen, ganz nah und ringsumher, so etwas kommt vor, und die Tür öffnet sich nur noch zu diesem tiefen wirbelnden Abgrund hin, schwindelerregend schön. Aber die Tür ist wieder zugefallen, Aïda, und Aïdas Herz ist dunkel, es wird überall Ruß verteilen, sie muss es herausnehmen und in den Perlenbeutel legen, niemand darf erfahren, was Aïda getan hat, niemand darf erfahren, dass sie die Tür hinter ihrer kleinen Schwester hat zufallen lassen. Nur dass Salvatore Salvatore es am Ende begriff. Und seine Wut seinem Kummer in nichts nachstand.

Knochen, die aussehen wie Muscheln, da ist der ganz
kleine Schädel, aus den Augenhöhlen wachsen Blumen,
ein Blumenkranz, überall Blumen, ein Schienbein, eine
Klematis, Bougainvilleablüten, sie bilden eine winzige
gepunktete Silhouette, wie soll das Mimis Lächeln sein,
Mimis Strahlen, ihre Biegsamkeit eines Pantherbabys,
ihre so blauen und schalkhaften Augen. Wo sind sie
hin? Wo hat sich Mimis Leben versteckt? Sie hat diese
Erde schon vor so langer Zeit verlassen. Es war und ist
also nicht mehr? Es bleiben, und ihre Langlebigkeit ist
unerträglich, Mimis ganz grau gewordene Pantoffeln,
die Shorts und das Oberteil und das Jäckchen, und alles
ist grau und sieht nach nicht mehr viel aus, aber es sind
keine Fetzen, jemand kümmert sich darum, so wie man
gewöhnliche leblose Dinge pflegen kann, Dinge, die nicht
dazu gedacht sind, dreiundzwanzig Jahre in einem Grab
zu bleiben, sie zu pflegen bedeutet, sie nicht zu berühren,
sonst würden sie zu Staub zerfallen wie antike Sticke-
reien, sie zu pflegen bedeutet, sie nicht zu berühren und
sie weiter zu bewundern, oh, die tote Asche all dieser
Jahre, nur das Haar ist weder verblasst noch verändert,
überlebt man gar nur darin?
Pippo, Pippo, was hast du nur getan?

»Hast du Neuigkeiten von Aïda?«

»Nein. Mamma hat gesagt, dass sie seit drei Tagen nicht aus ihrem Zimmer gekommen ist.«

»Das müssen die Nachwirkungen des Schocks sein«, überlegt Violetta, ohne selbst genau zu wissen, von welchem Schock sie spricht. Der Tod des Alten? Nein. Die Rückkehr auf Iazzas kahle Hänge? Vielleicht.

»Na ja, wenn Mamma drei Tage sagt, kann das auch bedeuten, dass sie sie soeben auf der Treppe gesehen hat«, beschwichtigt Gilda.

»Ihre Rückkehr wühlt bestimmt so einiges auf.«

»Bei uns wühlt ihre Rückkehr auch so einiges auf, Violetta.«

Die beiden sehen sich nicht oft, aber sie rufen sich jeden Tag an. Und seit kurzem sprechen sie nur übers Aïdas Zeitplan. Aïda, die also seit drei Tagen niemand gesehen hat. Was alles in allem recht sonderbar ist.

»Wie lange, glaubst du, wird sie bleiben?«, fragt Gilda.

»Keine Ahnung.«

»Am Freitag haben wir den Termin beim Notar.«

»Vielleicht reist sie danach ab«, sagt Violetta.

»Ich bin mir da nicht sicher.«

»Du bist immer pessimistisch, Gilda.«

Und wenn Gilda schlechte Laune hat, trinkt sie. Das

weiß Violetta nur zu gut. Sie hat sie oft genug in einem beklagenswerten Zustand vorgefunden. In Iazza verkauft ihr niemand mehr Alkohol, aber sie hat immer noch die Möglichkeit, weiter weg zu fahren, in ein Dorf der Umgebung, nach Santa Chiarra oder Portobello, und außerdem ist sie imstande, alles Mögliche zu trinken, Hustensaft, Mundwasser, Eau de Cologne. Es ist dennoch erstaunlich, dass Gilda sich nun solche Sorgen macht, wo sie es doch eher schulterzuckend hingenommen hat, dass Violetta Aïda über den Tod des Alten in Kenntnis setzt. Auch sie bekommt die Nachwirkungen zu spüren. Der Gedanke lässt Violetta das Gesicht verziehen.

»In Iazza wissen nun alle, dass sie zurück ist«, sagt Gilda. »Gestern wurde ich wieder zweimal gefragt, ob sie bleiben will. Ich würde darauf liebend gern eine eindeutige Antwort parat haben. Aber sie weicht ständig aus ...«

»Ich werde im Großen Haus vorbeischauen«, seufzt Violetta. »Mich erkundigen, wie es allen geht.«

Sie legt auf, bevor Gilda ihr sagen kann, dass das eine gute Idee sei, dass sie Giacomo zum Zahnarzt oder zu seiner Klavierstunde oder zum Fußball bringen müsse. Gilda ist immer verhindert. Eine praktisch alleinerziehende Mutter zu sein, befreit sie von so manchem.

Violetta macht sich zurecht. Draußen ist es grau und heiß. Weil der Mond in seinem letzten Viertel steht, würde ihre Mutter sagen. Die Mädchen schauen auf dem Sofa einen Zeichentrickfilm, essen Cornflakes und trinken Kakao. Jedes hat ein Geschirrtuch auf dem Schoß, was sie nicht daran hindert, sich und ihre Umgebung zu bekleckern. Bald sind die Osterferien vorbei.

»Los, wir gehen«, sagt Violetta.

Da die Mädchen nicht reagieren, stellt sie sich vor den Bildschirm und sagt laut, »Wir gehen«, die beiden Kleinen neigen sich zu jeweils einer Seite, um den Zeichentrickfilm nicht zu verpassen, der hinter ihrer Mutter weiterläuft. Violetta nimmt die Fernbedienung und schaltet aus. Eichhörnchen wäre imstande loszubrüllen, sie neigt eher dazu, aber sie ist auch schneller von Begriff, also versteht sie, dass ihre Mutter

ich will meine Töchter nicht vergleichen

nicht in der Stimmung ist, auch nur den kleinsten Protest zu tolerieren. Eichhörnchen gibt Kaninchen also ein Zeichen, sich in Bewegung zu setzen, Mamma ist schlechtgelaunt.

Meine Töchter heißen Eichhörnchen und Kaninchen. Ich spreche mit beiden auf die gleiche Weise.

Violetta wollte beide Mädchen Grazia nennen, aber Leonardo war dagegen. Er hatte es für einen Scherz gehalten. Wie wenn man für das Ungeborene die bescheuertsten Vornamen vorschlägt, die man sich vorstellen kann. Zwillingen den gleichen Vornamen zu geben ist absurd – fast böswillig. Als sie anfing zu toben, wurde ihm zum ersten Mal bewusst, dass seine Frau vielleicht nicht die stoische Person war, die er glaubte, geheiratet zu haben. Sie hatten sich auf Grazia Silvia und Grazia Milena geeinigt (der Vorname von Leonardos Mutter). Aber niemand nannte sie so. Vor allem nicht Violetta.

»Anschnallen«, sagt ihre Mutter, als sie alle drei im Wagen sitzen.

Kaninchen beugt sich vor, wie jedes Mal, wenn sie etwas will. Eichhörnchen berührt ihren Arm und starrt sie an. Es hat jetzt keinen Zweck, einen Zeichentrickfilm auf den Bildschirmen an den Kopfstützen einzufordern. Eichhörnchen spürt diese Dinge.

Violetta erhascht im Rückspiegel den Blick, den Eichhörnchen ihrer Schwester zuwirft. Kaninchen versteht nichts von Tretminen und bemerkt die Spannung in der Luft nicht. Das bekümmert Violetta. Wie soll man feststellen, dass Eichhörnchen clever ist, ohne anzudeuten, dass Kaninchen es weniger ist, wie soll man von Kaninchens Anmut sprechen, ohne zu verstehen zu geben, dass sie Eichhörnchen fehlt?

Wie soll ich meine Töchter unterscheiden, ohne sie zu vergleichen?

Sie kommen am Großen Haus an. Silvia sitzt auf der Terrasse vor ihrem Kalender, hört sie nicht. Sie notiert darin jeden Tag das Wetter (Temperatur, Wind, allgemeiner Eindruck: *tristes Wetter* oder *der Frühling ist da*). Und sie hält die Todesdaten von Berühmtheiten und Leuten aus Iazza fest. Silvia liebt schreckliche oder absurde Todesursachen. Manchmal erinnert sie sich nur an den einzigartigen Epilog eines Lebens. Was ihr nicht nur Freude bereitet. Es stimmt sie auch traurig. Sie spricht über Sterbende und Kranke und aalt sich dabei in Ergebenheit. Sie sieht darin eine Wiederherstellung von Gleichheit und Harmonie. Gene Tierney ist tot. Die Mutter Jansuchi ist tot. Die Toten der anderen gleichen schrecklichen Schät-

zen. Ach, könnte sie zum Beispiel sagen, heute ist der
2. Juni, Garibaldis Todestag, dem armen Mann muss so
warm gewesen sein? Sie fühlt sich persönlich betroffen.
Wenn sie übrigens berichtet, was sie im Radio gehört hat,
klingt das so: Heute Morgen haben sie mir gesagt, dass
die Krise andauern wird. Oh, meine armen Schätzchen,
ihr habt es nicht leicht in eurer Zeit. Für gewöhnlich fügt
sie hinzu: Da muss man durch.
Die Kleinen begrüßen ihre Großmutter, Violetta macht
sich in der Küche einen Kaffee und geht zurück auf die
Terrasse. Ihre Mutter schüttelt beim Anblick der Mädchen lächelnd den Kopf.
»Wenn man alt wird, ist man nur noch jemandes Oma
oder jemandes erster Toter.«
Hilfe, denkt Violetta und fragt sie, wo Aïda sei.
»Sie ist heute Morgen mit dem Fahrrad losgefahren. Ich
dachte, dass sie zu euch fährt.«
Violetta setzt sich neben ihre Mutter.
»Ich habe sie nicht gesehen.«
»Sie wollte mit Leonardo sprechen. Ich dachte, es geht
um die Unterlagen (sie senkt die Stimme) und den Ter-
min beim Notar am Freitag.«
»Ach.«
Violetta hebt die Augenbrauen, sie kann sich nur schwer
vorstellen, dass Aïda bei ihnen oder im Rathaus auftaucht, um mit Leonardo eine Erbschaftsangelegenheit
zu besprechen.
Sie hat recht. Sie sind ganz und gar nicht dabei, eine Erbschaftsangelegenheit zu besprechen.

Silvia bietet ihrer Tochter ein Glas Wasser an.

»Kaffee ist nicht gut fürs Herz, mein Schatz.«

Aber das Wasser im Großen Haus schmeckt komisch. Weil Silvia Filter in die Karaffen setzt, um Ödemen, Bluthochdruck, Magenkrebs und Alpträumen zu entgehen. Sie kauft sie auf dem Markt, bei dem Mann, der auch Melonen verkauft, er fabriziert einen Haufen Zeug aus Macchia-Kräutern und Lavasteinen und verkauft alles zu horrenden Preisen.

Und während Leonardo und Aïda irgendwo zusammen sind, weil das Teil von Aïdas Rückeroberungsvorhaben ist, so zumindest sieht sie die Dinge, seit sie vor drei Tagen etwas verstanden hat, während die beiden sich also neu kennenlernen, redet Silvia Unsinn. Sie erzählt zum zigsten Mal, als wäre es eine Errungenschaft, dass sie den Anzug ihres Vaters gleich ins Krankenhaus gebracht habe, als er nach seinem Infarkt dort eingeliefert wurde. So habe sie sich unnötige Fahrten erspart. Sie wusste, dass er sterben würde. Ihre Wahrsagetätigkeit (sie durchblättert die Bibel, schlägt eine Seite auf und deutet mit geschlossenen Augen auf ein Wort – und seit kurzem setzt sie das I Ging ein) hatte ihr Gewissheit gegeben. Beispielhafte Eindeutigkeit an diesem Tag: *Endgültig* war das Wort, auf das sie gezeigt hatte.

Nachdenklich fügt sie hinzu, »Und doch habe ich fast gehofft, dass er dem entgeht. Dem Tod zu entgehen, stimmt meist nachsichtig.«

Violetta denkt, dass Aïda gut daran getan hat, sich aus dem Staub zu machen. Die Monologe ihrer Mutter sind deprimierend. Wobei Violetta im Moment alles deprimiert.

»Ich werde mich erkundigen, ob Aïda Leonardo im Rathaus besucht hat.«

Sie steht auf, um zu telefonieren, geht die Stufen zum Garten hinunter. Der Hund ihrer Mutter kommt, um ihr die Hand zu lecken und schlägt mit seinem Schwanz gegen ihre Waden.

Da sie Aïda mangels eines Handys nicht erreichen kann und Leonardo nicht stören will, falls er in einer Sitzung ist, ruft sie Pernilla, die Sekretärin ihres Mannes an, die ihr mitteilt, dass dieser ausgegangen sei. Es ist ja auch fast Mittagszeit, nicht wahr.

Sie legt auf, fühlt sich allein in Gegenwart ihrer Mutter, die weiter in ihrem Kalender blättert und ihre Toten zählt, und ihrer Töchter, die auf dem Teppich des kleinen Salons einen Turm aus Lego bauen, und des einäugigen Hundes.

Wenn sie ihre eigene Mutter wäre, hätte sie eine Ahnung, aber Violetta gibt sich pragmatisch und lehnt den Austausch mit dem Unsichtbaren ab. Dennoch streift sie eine leichte Sorge, aber ganz schwach, wie eine undeutliche Frage, die einen an einem faulen Nachmittag nicht loslässt. Man weiß nicht, warum man sich mit einem Mal komisch fühlt – oder beinahe glücklich, das ist der gleiche Prozess. Man muss den gedanklichen Weg zurückgehen, der dieses Jucken versursacht hat, dieses Unwohlsein oder diese flüchtige Zufriedenheit. Man geht den Weg zurück und denkt, Ach ja, das ist es also, und sobald man den Auslöser kennt, das Geheimnis um den Stimmungswechsel gelüftet ist, kann das Leben weitergehen. Violetta muss auf der Stelle mit ihrem Mann sprechen. Also ruft sie ihn auf seinem Handy an. Er geht nicht ran. Es klingelt nicht einmal.

Weil Leonardo überhaupt keine Lust hat, angerufen zu werden. Er denkt gerade, Ich habe mir diesen Augenblick verdient, ich glaube sogar, dass er überhaupt nichts denkt, er lässt sich von den Ereignissen tragen, was nicht seinen Gewohnheiten entspricht, aber in diesem Moment kommt es zu so etwas wie Kontrollverlust, Vergnügen am Kontrollverlust, manchmal muss man loslassen, komme was wolle, und Leonardo weiß genau, dass es nicht ohne Folgen bleiben wird, dass er mit Aïda mitten in der Woche nach Cala Andrea fährt, auch wenn es unter dem Vorwand eines Mittagessens geschieht, na los, lass uns Luft schnappen, die Schuhe in der Hand, die Socken in den Schuhen und die Füße im Sand, er ist nicht dumm, wenn Pernilla oder Violetta ihn sähen, würden sie ihn nicht wiedererkennen, nichts rechtfertigt seine Anwesenheit an Aïdas Seite, er spürt Druck auf seinem Solarplexus, verscheucht ihn, macht sich etwas vor, ich gehe einfach nur spazieren und plaudere mit meiner Schwägerin, die bald abreisen wird, sie hatte das Bedürfnis zu reden oder mir zuzuhören, sie hat mich angerufen und ich bin gekommen, alles ganz normal, und dann brauche ich auch mal eine Pause, ich arbeite und unterstütze die Familie Salvatore und erhalte Drohschreiben und bin allein allein allein, es ist heiß, die Felsen sind schwarz, wirken wie mit Kugeleinschlagstellen übersät, doch es ist nur das Gekräusel des Vulkangesteins, in dem die Vögel nisten, und der Himmel ist grau, alles ist sehr ruhig, und wenn mir schon mal jemand zuhört (ich weiß, dass es nicht ehrlich ist, die Dinge so zurechtzubiegen, aber er muss sich autorisiert fühlen). Cala Andrea ist einer der wenigen Orte der Insel, die der Scirocco nicht erreicht, die Wellen sind wie kleine Haustiere, die ihnen an den Zehen lecken, wie soll man Dinge, die nicht einfach sind, einfach beschreiben, also spricht er über ein Thema, das ihm keine Ruhe lässt, eine Art letzte Parade, bevor er sich gehen lässt, er fängt an zu beklagen, dass unsere Art sich zum Überfluss berechtigt fühle (ich habe ja gesagt, dass er gern Debatten anstößt), geht über zur menschlichen Gier, dann traut er sich. Nun, es habe letztens Komplikationen mit den Severini gegeben, das gehe schon seit Ewigkeiten so, aber jetzt werde es haarig. Obwohl Leonardo immer alles getan hat, um Ärger aus dem Weg zu gehen, er ist diplomatisch, zuvorkommend und nicht käuflich, was ihn politisch zu einer engelhaften Ausnahme macht, werden Sie anmerken und hätten Recht damit, aber die Lage war, wie ich sagte, haarig geworden,

tatsächlich ist einer von Leonardos Brüdern, der zweitälteste, verärgert über die Regeln, die Gesetze, das Festland und die Touristen, nie über die vorgeschriebene Fahrrinne aufs Meer hinausgefahren. Ein Jahr zuvor hat er irgendeinen Typen, einen Holländer, der auf der Unterwasserjagd brav an der Stelle schwamm, die man ihm zugewiesen hatte, glatt enthauptet, was für eine Riesenaufregung gesorgt hat, damit musste man rechnen, zum Glück konnte bewiesen werden, dass der unkluge Holländer ohne Oberflächenboje geschwommen war, also selbst für die erfahrenen und aufmerksamen Augen vom Zweitältesten unsichtbar war, und dass ihm nichts Besseres eingefallen war, als abzutreiben und die Gabelmakrele in der Fahrrinne für die Schleppnetze zu jagen, diese Urlauber sind derart unwissend und/oder arrogant, unfassbar (die Grenzen der Fahrrinne liegen in Wirklichkeit hundert Meter von der Stelle entfernt, wo der Unglückliche skalpiert wurde, man hatte die Details ein wenig zurechtgebogen, aber manchmal ist das eben nötig), soll heißen, dass der Zweitälteste davonkam, es aber entgegenkommende Zeugen brauchte und Bargeld den Besitzer wechselte, die Severini hätten Wind von der Sache bekommen und bedienten sich ihr nun, um Druck auszuüben, denn was diese Typen über alles liebten, sei Druck, und das müsse man alles erstmal verkraften, mit dem Kleinkrieg um den Flugplatz, usw.,

na also, Leonardo ist losgeworden, was ihn belastet, sie laufen Seite an Seite über den Sand, es gibt nichts Leichteres, als mit jemandem im Gehen oder beim Fahren zu reden, verrückt, wie viele wichtige Gespräche im Auto oder bei einem Spaziergang stattfinden, Leonardo spürt, dass es mit ihm durchgehen könnte, aber noch hat er eine ungefähre Kontrolle über das, was er sagt, Man kann nicht alles vereinfachen, Aïda, sagt Leonardo, dieser Satz gibt ihm Sicherheit, er sagt nicht viel aus, aber gibt ihm Sicherheit, Nein, nein, natürlich nicht, aber trotzdem, antwortet Aïda, dieser nebulöse Wortwechsel ist ein letztes Aufbegehren, denn er ist dabei, sich wieder in sie zu verlieben, alle Anzeichen dafür sind da: der verschwommene Blick – dieser frappierende Glanz des Begehrens –, die geweiteten Pupillen, die tiefe Stimme, der Reiz der Beichte, der Ansatz von Schuldgefühl, das Wiedererlangen von Kontrolle durch eine bodenständige Unterhaltung, Aufgabe und Erleichterung, so schematisch, so automatisch, die Beständigkeit des Begehrens ist so tröstlich, Aïda hatte seine Wirkung auf sie vergessen, sie hatte Leonardo vergessen, oh nein nein nein, alles Lüge, Leonardos Abreise hat sie an einem wüsten, trockenen Ort zurückgelassen, an dem sie sich dann einfach fünfzehn Jahre lang eingerichtet, und die ganze Zeit einfach nur an der Decke ihres Kummers gekratzt hatte, um etwas freizulegen oder sich hindurchzuzwängen, also Schluss mit dem großspurigen Gehabe, Aïda, und ihn nun wiederzusehen, mit seinen ergrauten Schläfen, dem Körper eines ehemaligen Sportlers, eine sexy Leibesfülle übrigens, einladend, die Leibesfülle desjenigen, der sich nicht mit einem begrenzten Raum in der Welt zufriedengibt, dabei aber freundlich bleibt (wir alle neigen dazu, großen, kräftigen, gutmütigen Männern Glauben zu schenken), und seine so sanften Augen, sie hätte sich verbieten können, ihn rührend zu finden, beim dem Guten läuft nämlich nicht alles rund, er hat immer noch diesen Tick, verlorenen jungen Frauen und älteren Damen, die den Verstand verlieren, zur Rettung zu eilen, es ist wie ein Juckreiz, er muss einfach kratzen, in Palermo hat sie einmal zu ihm gesagt (an dem Tag war sie einigermaßen klar im Kopf), sie sagte, Du bist so großzügig, er glaube an ein Loblied, ein Kompliment, aber sie fügte hinzu, jede Gabe verursache eine Schuld, und er verstand, dass sie widerstehen würde, sie wollte ihn nicht wollen, sie wollte seinen Schutz nicht, aber wie wahnsinnig reizvoll es in diesem Augenblick ist, eine Wange auf seine Schulter zu legen, oder ihn an die Brust zu ziehen und ihre Arme um ihn zu schlingen wie ein Wams, und dann dieser verschwommene Blick, mit dem er sie bedenkt, als sähe er sie nicht in ihrer gegenwärtigen Form, als würde er sie tausend Tage von hier entfernt betrachten, vor so langer Zeit, in Palermo, in ihrem gemeinsam verbrachten Hitzesommer, oder er denkt an seine Lust, überlegt, was er mit ihr machen könnte, wenn sie nackt vor ihm stünde, ich will, dass er mich begehrt, und dieser Blick kann niemanden täuschen, anscheinend gibt es Dinge, auf die man sich verlassen kann, ohnehin hat Aïda vor nichts mehr Angst, sie empfindet keine Schuld mehr,

sie war drei Tage in ihrem Schlafzimmer eingeschlossen, nachdem sie entdeckt hatte, dass es in Iazza keinen Riss in der Zeit gibt, drei Tage im Rhythmus winziger Ohnmachtsanfälle, in denen sie trank, was sie aus dem großen Schrank im Wohnzimmer heraufbefördern konnte, Flaschen, die noch von der Gandolfi stammten, mit Ablagerungen aus Essig, ihr Vater hatte sie da stehen lassen, er trank fast nicht, solche Männer müssen nicht trinken, um gemein zu sein, und sie entdeckte die balsamische Kraft des Alkohols wieder, was sollte sie auch anfangen, mein Gott, mit dem, was sie entdeckt hatte, sie schluchzte, war benommen, sprach mit sich selbst, wie in einem kindlichen Fieber, die Wände rückten näher und entfernten sich beliebig, als sie klein war, sagte ihre Mutter, dass Fieber etwas sehr Gutes sei, das Böse trete durch alle Poren aus, der Kummer trete durch alle Poren aus, Ausscheidung und Ausschleudern, das Fieber habe ein Ende und einen Anfang, ihre Mutter sagte, Na, siehst du, du hattest nach deinem Fieber einen Wachstumsschub, Fieber ist also vielleicht nur die Qual der Verwandlung, glaubt ihr wirklich, dass der Gecko seine alte Haut ohne Mühen und ohne Risiko und ohne Fieber abwirft? Aïda verließ ihr Zimmer nur nachts, um die Flaschen der Gandolfi zu holen, gefühllose Pausen, ihre Mutter kratzte morgens an der Tür (ihre Mutter klopft nie, sie kratzt wie ein bettelnder Hund), Alles in Ordnung?, und Aïda hinter der Tür, Ja, ja, ich bin nur müde, darauf konzentriert, ihre Worte sicher genug auszusprechen, damit ihre Mutter nicht nachhakt, aber Silvia ist ohnehin nicht besonders beharrlich, sie hat nun keine Lust mehr, sich um irgendjemanden zu kümmern, sie tippelte zurück in ihr Zimmer, um ihre Kreuzworträtsel zu machen und mit ihrem alten blinden Hund zu reden, dessen Krallen auf dem Parkett klackerten, oder auch mit sich selbst: Und wenn du heute ein paar kleine *Cassatelle* machst? Oh, was für eine gute Idee, Silvia, aber mach langsam mit dem Zimt, Oh, ja, du hast recht, bei zu viel Würze schmerzt nur das Hinterteil. Aïda blieb unter mehreren Decken im Bett liegen, das schwerstmöglichste Bettzeug, das sie in den großen Schränken finden konnte, sonst saß sie mit dem Rücken zum Fenster, auf dem Schoß ein dann zwei dann drei Telefonbücher, die seit Ewigkeiten im Flur herumlagen, ganz Sizilien, alle Jahre, all diese Leute, all diese Nummern, all diese Adressen, sie brauchte ihr aller Gewicht auf sich. Sie fragte sich, warum sie nach Iazza zurückgekommen war, warum sie nicht ruhig in Palermo abgewartet hatte, manchmal einen Mann an der Hotelrezeption getroffen, an der sie nachts arbeitet, wo sie sich anschauen und als potenzielle Sexualpartner taxieren, warum hatte sie nicht weiter gewartet, sich so wenig wie möglich bewegt, das Gleichgewicht bewahrend, das so schwer zu finden und zu halten ist.

Es gibt keinen Riss in der Zeit, Aïda, es gibt nur Pippo, der sich um Mimis Reliquien kümmert, Pippo, der Mimis Überreste nur bewacht und verehrt hat,

wie soll man sich auch fühlen, nachdem man die Knochen seiner so perfekten kleinen Schwester in ihrem Schrein gesehen hat, arrangiert mit erschreckender und wundervoller Sorgfalt, erschreckend wie ein Komet, der direkt auf die Erde zurast, und wundervoll, weil von düsterer, unschuldiger Schönheit?

ich weiß nicht recht und ich bin mir nicht sicher, es wissen zu wollen,

aber man muss es so sehen: Was Aïda entdeckt hat, wird ihr erlauben, ihre Haut abzustreifen, eine dunkle und

faltige und schmutzige und feste und an den Rändern
so starre Haut, eine Haut, die sich von ihr ablösen wird
und die sie auf einen Kleiderbügel in den Schrank hängen kann, und darunter wird ihre neue Haut, ihre echte
Haut leuchtend zum Vorschein kommen, voller bläu-
licher Schatten, wie entrahmte Milch, weich und ver-
narbt, so glatt wie ein Achat.

29

Der König hörte nicht mehr auf zu toben.
Wenn auf der Insel ein Kind verschwindet, dann ist es ertrunken. Man versuchte, ihm begreiflich zu machen, dass man eher in diese Richtung suchen sollte. Aber er hörte nicht. Sie sei vielleicht in eine der zahlreichen Schluchten am Rand des alten Vulkans gestürzt, brüllte er, er brüllte wegen all der Idioten, die sich nicht darum scherten, sie wiederzufinden, wegen ihrer Unfähigkeit, ihrer Faulheit, man sehe ja, wie sie ihre Kinder aufzögen, sie verlören unterwegs zwei oder drei und das jucke sie nicht weiter, aber die Kinder gingen da nicht hin, sagte man ihm wieder, so ruhig wie möglich, das Meer ziehe sie an, und basta, und die Vulkanhänge seien ohnehin viel zu weit weg und unerreichbar für ein kleines Mädchen. Dann ist sie also entführt worden. Auf der Insel ist ein Verrückter unterwegs und er hat sie entführt. Wenn es nicht die Severini sind, ist es ein Verrückter, und ich werde ihn finden, er wird sie mir wiedergeben, und danach werde ich ihm die Eier abschneiden und sie ihm in den Hals stecken, ich werde ihm die Eingeweide raus-reißen und den Raben zum Fraß vorwerfen.
Dann sagte der junge Maurizio, der seiner Mutter half, auf dem Markt Krapfen zu verkaufen, dass er am letzten Abend auf dem Jahrmarkt gesehen habe, wie die beiden

jüngsten Töchter von Salvatore über den Platz der Republik spaziert seien. An seinem Stand habe er der Kleinen sogar ein *Cannolo* mit Ricotta gegeben. Die Große habe abgelehnt. Es sei nicht sehr spät gewesen, vielleicht dreiundzwanzig Uhr. Oder Mitternacht. Schwer zu sagen.

Und das ist dir nicht komisch vorgekommen?, donnerte Salvatore, als Maurizios Mutter ihren Sohn zu den Carabinieri begleitete, damit er berichtete, was er gesehen hatte.

Doch, es sei Maurizio komisch vorgekommen, die beiden kleinen Töchter von Salvatore auf dem *Carnevale* zu sehen. In Anbetracht von Salvatores Ruf. In Anbetracht der Tatsache, dass er niemanden möge, dass er nicht wolle, dass seine Töchter mit anderen Kindern spielten und die Leute von Iazza nie gut genug für ihn gewesen seien.

Der junge Maurizio fing sich von seiner Mutter eine Backpfeife ein, Sag das nicht, du Lump. Salvatore Salvatore leidet. Dann fragte sie, ob ihr Sohn eine Belohnung bekomme. Die Carabinieri schickte sie mit ihren Krapfen weg. Und Aïda wurde einbestellt. Sie hat keine genaue Erinnerung an das tagelange Verhör. Bestimmt hat man sie gefragt, was sie an dem Abend gemacht hätten, wem sie begegnet seien, was nur in sie gefahren sei, Himmelherrgott, als sie die Kleine zum Jahrmarkt mitgenommen habe, aber alles bleibt verschwommen, im Schaum der Träume gefangen. Aïda schwankte ein wenig, dann flüchtete sie sich in einen entlegenen Winkel ihres Kopfes. Um den zu erreichen, hätte man den Weg finden müssen, aber der Weg änderte sich ständig, und die Schlösser entzogen sich den Schlüsseln, alles war unbeständig, die Gänge führten nirgendwohin, hinter den Türen stieß man auf Ziegelmauern, Aïda war sehr weit weg, auch sie unauffindbar.

Ich werde jemanden umbringen, sagte der Vater, das Gewehr in der Hand.

Man nahm es ihm ab, schaffte es aber, ihn zu beruhigen, einmal ist keinmal.

Man durchkämmte die Insel, aber nichts kam dabei heraus. Auch wenn Salvatore Salvatore nicht besonders beliebt war, hatte man doch Mitleid mit seiner Frau und seinen Töchtern. Man hofft immer, dass der Blitz im Nachbarhaus einschlägt. Aber man ergötzt sich dennoch nicht am Leid der anderen. Man besitzt ein Mindestmaß an Anstand.

Aïda, große Schwester Hütehund, hatte ihre Pflicht nicht erfüllt. Und dafür wurde sie bestraft.

Auch wenn sie erst acht Jahre alt war. Und ihr das jemand hätte sagen müssen, jemand hätte es auf sich nehmen können, sie freizusprechen.

Die größte Enttäuschung war vielleicht, nie wieder ihre Hand in der des Vaters zu spüren, die sie allein zurückließ. Das ist natürlich ein Detail, angesichts der Härte, mit der er sie behandelte. Aber Aïda hätte alles dafür gegeben, zwanzig Jahre ihres Lebens zum Beispiel, um ein paar Tage in der Zeit zurückkreisen zu können, zurückzuspulen und noch einmal da ansetzen zu können, wo sie gefahrlos hätte weitermachen können. Aber sie konnte versprechen, was sie wollte, in Iazza wurde kein Zeitsprung festgestellt. Die Welt drehte sich gleichgültig weiter.

Nachdem der Vater sie Tausende Male zu den Vorkommnissen jener Nacht befragt und sie immer wieder die gleichen Sätze wiederholt hatte, bis sie in keinem Bezug zu irgendeiner Realität mehr standen, hörte er gänzlich auf, mit ihr zu sprechen. War Mimi also das Einzige gewesen, das sie und ihn verband?

Oh, Herr im Himmel, wenn nur sie selbst nicht zurückgekommen wäre!

Man suchte noch mehrere Wochen nach Mimi, berichtete, sie auf der Straße von Cala Andrea in Begleitung einer blonden Frau gesehen zu haben, die barfuß ein paar Zentimeter über dem Boden geschwebt habe, man hörte sie tief im Brunnen der Macagnina singen oder jammern, je nachdem, kam darin überein, dass sie die Fähre genommen hatte, um ihrer wahnsinnigen Familie zu entkommen, man sah sie zwischen zwei Gewässern in der Nähe der Höhle von Santa Lucia. Und schüttelte am Ende fassungslos und resigniert den Kopf. Auf Iazza war man, wie an nicht wenigen Orten dieser Welt, an vererbten Schmerz gewöhnt, an die Wiederkehr des Finsteren, an die Sturheit des Teufels, es gibt Familien, die nicht vom Glück gesegnet sind, nicht wahr, und es gibt keinen Weg, dem Unglück zu entgehen, man muss sich damit abfinden und sein Joch mit Würde tragen.

30

Aïda sitzt bei Violetta am Pool. Diese ist in die Küche
gegangen, um ihr eine Limonade zu machen. Es ist vielleicht halb zwölf oder zwölf Uhr mittags. Ein Mittwoch.
Der Termin beim Notar ist zwei Tage später angesetzt.
Niemand hat Aïdas mögliche Abreise nach Abschluss der
Formalitäten erwähnt. Alle tun so, als mache sie Urlaub
auf Iazza, ein Urlaub, der so lange dauert, wie er dauert.
Aïda ist zu ihrer Schwester gefahren. Eine komische
Idee, nachdem sie am Vortag deren Ehemann am Strand
geküsst hat. Aber es scheint, als sei Aïda nun für Schuld-
gefühle unerreichbar. Wenn sie also mit dem Fahrrad bei
ihrer Schwester vorbeifährt, dann hält sie an, um bei ihr
reinzuschauen.

Das Licht blendet. Die beiden Mädchen tauchen auf, verstecken sich hinter Aïdas Liegestuhl, tippen ihr auf die
Schulter und tauchen wieder ab, nähern sich ihr, flüch-
ten kichernd und sich anstoßend ins Haus, sie haben die
spitzen Eckzähne von Wolfjungen, sie bleiben im schat-
tigen Wohnzimmer hinter den Vorhängen der Fenster-
front verborgen, jagen sich selbst Angst ein, Aïda spielt
mit, Wo sind Kaninchen und Eichhörnchen?, fragt sie.
Ich habe so einen Hunger.

»Hört auf, eure Zia zu nerven«, sagt Violetta, als sie mit
einem Tablett auf die Terrasse tritt – zwei Gläser, Papier-

schirmchen, Rührstäbe und Zitronenscheibe, eine Schale mit Eiswürfeln.

Violetta trägt eines ihrer bunten Hauskleider, die wirken, als wollte sie sagen: Ich habe wegen dir kein Aufhebens gemacht, ich bin, wie ich bin, die aber genau das Gegenteil verkünden. Sie richtet den Sonnenschirm neu aus und setzt sich seufzend neben ihre Schwester.

»Manchmal sind sie ein wenig anstrengend«, sagt sie.

»Ich finde sie reizend.« (Aïda hält inne.) »Und so brünett.« Hauchzart entgleist Violettas Bewegung, als sie ihr perfektes Glas an den Mund führt.

»Ja, ja, sie ähneln Leonardos Großmutter sehr.« (Ein kurzes Räuspern). »Nicht die auf der Wikinger-Seite selbstverständlich.«

»Selbstverständlich.«

Aïda denkt an Leonardos Mund, an den Geschmack von Leonardos Mund. Er schmeckt ganz anders als vor fünfzehn Jahren. Er schmeckt nun nach Sonne und Reife. Der Klang von Leonardos Namen erscheint ihr nicht einmal unpassend. Er klingt wie ein ganz neuer Name. Und der Gedanke an seinen Mund tut gut. Gestern hat er sie in Cala Andrea, geschützt vor dem Scirocco, in die Arme genommen, in der Nähe der von Salzluft zerfressenen Höhlen. Du bedauerst, dass ich zurückgekommen bin, hat sie gesagt, als sie ihn so durcheinander sah. Er hat nicht geantwortet, nur den Kopf geschüttelt. In dem Moment hat sie sich gefragt, wie sein Mund nun schmecken mag und hat ihn geküsst. Und ihn zu küssen hat ihr eine so intensive Freude bereitet, einen so vollkommenen Trost, dass man sich fragen kann, was sie sich all die Jahre dabei gedacht hat, sie nicht in den Armen dieses Mannes zu verbringen.

Aïda schaut auf und sieht zu, wie die Mauersegler hoch oben am Himmel Schnörkel ziehen.

Sie denkt daran, mit welchem Eifer sie seit dreiundzwanzig Jahren versucht, sich mit ihrem Kummer abzufinden. Daran, wie ihr Leben selbst zerstört wurde.

Die Kleinen schwirren wieder um sie herum, sie wissen nicht, wie man geht, sie können nur hüpfen und springen, sie bringen ihr Kuscheltiere und dann Blumen, deren halb ausgerissene Blätter sie auf die Armstützen des Liegestuhls legen, eine gibt ihr eine Zeichnung, die ein Spinnennetz zeigt, oder vielleicht ist es ein rudimentärer Traumfänger, Aïda beginnt, mit den Kuscheltieren zu plaudern, die Kleinen lachen und pressen sich die Hände auf den Mund, sie ist den Umgang mit Kindern nicht gewöhnt, fürchtet einen Moment, dass ihr Verhalten aufgesetzt wirkt, zu angestrengt, es ist, als schaue sie sich dabei zu, wie sie eine Super-Zia spielt, ein bisschen durchgeknallt, aber aufmerksam. Violetta schließt währenddessen die Augen und atmet tief durch, entspanntes Dösen, sie tut, als wäre es ein idealer Ruhetag mit ihrer jüngsten Schwester, die ein paar Tage bei der Familie verbringt. Aber Eichhörnchen klettert zu ihrer Mutter auf den Schoß:

»Zia Aïda könnte hier in das kleine Zimmer ziehen, sie passt dann auf uns auf, wenn du einkaufen gehst, dann müssen wir nicht mitgehen.«

»Bitte bitte bitte«, sagt Kaninchen.

»Sie ist es auf dem Gut besser aufgehoben, da ist mehr Platz, und da ist auch Nonna, sie haben sich viel zu erzählen, sie haben sich so lange nicht gesehen«, sagt Violetta.

»Aber wir haben ihr auch viel zu erzählen!« Und die Kleinen rennen davon.

»Mamma hat mir gesagt, dass du drei Tage nicht aus deinem Zimmer gekommen bist«, beginnt Violetta. »Sie hat gesagt, du seist *benommen* gewesen.«

»Ich war müde.«

»Du warst müde.«

»Ich habe in letzter Zeit recht viel gearbeitet. Ich hatte seit Ewigkeiten keinen Urlaub.«

»Aha.«

Violetta hält die Augen geschlossen, in der Hand ihr Limonadenglas. Sie glaubt ihr nicht. Und sie hat recht. Ich war vorhin ungerecht: Manchmal hat auch Violetta einen Hauch Intuition.

»Hat sich in all den Jahren nie jemand gefragt, ob ich tot bin?«, fragt Aïda dann.

Violetta ist überrumpelt.

»Doch, vielleicht.«

»Und niemand hat das überprüft?«

In dem Moment hören sie die Kleinen rufen, »Papa, Papa, Papa«, und sehen Leonardo auf der Terrasse auftauchen. Aus einem Grund, der schwer zu erklären ist, haben sie das ankommende Auto nicht gehört. Er zögert kaum merklich beim Anblick seiner Frau und Aïda unter dem Sonnenschirm. Violetta ist tief erleichtert.

»Hast du etwas vergessen, Schatz?«

Tatsächlich hat er nichts vergessen. Er ist nur beunruhigt. Es hat ihn in seinem Büro im Rathaus einfach so gepackt, er war am Telefon mit einem der stellvertretenden Bürgermeister und hatte die Vision von Violetta und den zwei Mädchen, wie sie leblos im Pool treiben, er sagte sich, dass er zu viele Mafia-Filme schaut, aber er hat dennoch seine Jacke angezogen, sein Büro verlassen, ein Post-it auf dem Schreibtisch seiner Sekretärin Pernilla hinterlassen, um sie zu bitten, seine Verabredung zum Mittagessen abzusagen, sie war am Telefon und diktierte ihrer Schwiegermutter ein Kochrezept (manchmal empfindet Leonardo sogar eine Art heimischen Stolz auf Ungeniertheit und Ineffizienz – in Iazza hängen die Busfahrzeiten weniger vom Verkehr ab, als von der Blase des Fahrers, und die der Fähre weniger vom Seegang als vom Kater des Kapitäns), und er bedeutete ihr mit einem kreisenden Zeigefinger, dass er unverzüglich zurückkomme. Sie antwortete, indem sie mit Daumen und Zeigefinger einen Kreis formt, die anderen Finger abgespreizt, um ihm zu versichern, dass das in Ordnung gehe.

»Nein, nein, meine kleinen Schätzchen haben mir gefehlt, ich wollte sie überraschen«, sagte er und beugt sich zu den Mädchen hinunter.

Sie umklammern jeweils einen Oberschenkel ihres Vaters, er lacht, bewegungsunfähig gemacht, tut so, als wären seine Beine in Beton gegossen, was demnächst geschehen könnte. »Mein Mittagstermin wurde abgesagt, also wollte ich mit euch zuhause essen.« Er schaut Aïda an. »Schön, dass du da bist, das trifft sich gut.«

»Du hättest Bescheid sagen sollen«, sagt Violetta und erhebt sich. Sie ist nun leicht verärgert. Sie geht aufs Haus zu.

»Es ist doch eine Überraschung, Mamma«, sagt Eichhörnchen.

»Ja, aber ich weiß nicht, was ich zum Essen dahabe, und Maria ist mittwochs nicht hier.«

»Ich bleibe nicht. Ich habe Mamma gesagt, dass ich nach Hause komme«, schaltet sich Aïda ein.

Aïda und Leonardo wechseln einen Blick. Sie lächelt ihn an. Er wirkt ein bisschen verloren. Etwas in seinem Inneren zerreißt und das Geräusch wird allmählich ohrenbetäubend.

Auf dem Weg ins Haus streift sie ihn. Es scheint so, als wolle sie seine Hand berühren, aber nein. Sie nimmt ihre Tasche und geht in die Küche, um ihre Schwester zu umarmen, die Kleinen sagen immer wieder, »Bleib, Zia Aïda, bleib bleib bleib«, Aïda schüttelt lachend den Kopf, »Ich komme bald wieder«. »Wann wann wann?« »Morgen?«, schlägt Aïda vor und wirft ihrer Schwester einen Blick zu, diese nickt, »Ja, ja, morgen«, stimmen die Kinder fast hysterisch zu, »Ich nehme euch zum Strand mit«, schlägt Aïda vor, eines der Mädchen macht einen Purzelbaum und das andere versucht sich um Spagat. Zum Strand gehen sie jeden Tag, aber mit Zia Aïda ist das etwas anderes.

»Ihr seid wirklich Prinzessinnen«, sagt Aïda.

Leonardo schaut ihr von der Terrasse aus nach. Sie ist ganz in Weiß gekleidet. Wie ein Engel. Verdammter Mist, flucht er still, obwohl er sonst nie flucht. Fast wünscht er sich, sie möge ihn mitnehmen, ihn hier nicht zurücklassen. Doch genau das tut sie. Zuerst fühlt er sich hilflos. Dann, wenn wir ehrlich sind, recht erleichtert, in seinem Haus zu sein, mit seiner makellosen Frau und seinen beiden kleinen krakeelenden Dunkelhäutigen. Also ruft er die Mädchen, um draußen mit ihnen zu spielen, während Violetta das Essen macht.

Dieser ist es schließlich gelungen, eines seiner Lieblingsessen zu zaubern: Insalata di Nervetti und Nudeln mit Tomate. Für die Mädchen und sie gibt es Huhn. Sie sitzen um die Kücheninsel herum, die Mädchen haben ein paar Probleme, auf ihren Hockern das Gleichgewicht zu halten, aber Violetta liegt viel daran, dass sie in der Küche essen. Leonardo erzählt eine Geschichte aus dem Leben des Hundes seiner Sekretärin, untermalt sie mit seiner Gabel, ein Stück Sellerie landet auf dem Marmor, Violetta zieht die Augenbrauen hoch, die Mädchen lieben Hunde, besonders den von Pernilla, und so wie ihr Vater die Geschichte übertreibt (wenn er sich schuldig fühlt, spricht er schneller und mehr), müssen sie laut lachen. Violetta beobachtet die Szene und zerteilt sorgfältig ihr Huhn.

31

Leonardo hatte in den fünfzehn Jahren keine andere Frau als seine geküsst. Um Ihnen einen Eindruck von der Sache zu vermitteln, es war für ihn wie am Ende eines ganzen Nachmittags auf der Rollschuhbahn die Rollschuhe auszuziehen und plötzlich auf ebenem, stabilem Boden zu gehen. Alles ist vertraut, muss aber neu bezwungen werden. Da ist ein Ungleichgewicht, eine besondere Spannung, ein Mangelgefühl. Ein Orientierungsverlust.

Leonardo ist sich nicht sicher, ob es gut ist, dass Aïda zurückgekommen ist. Aber in so einer Situation ist man imstande, tausend Ausflüchte zu finden – ich habe nur ein Leben, solange es niemandem wehtut, mache ich weiter, niemand leidet unter etwas, was er nicht weiß, usw.

Damals, als Leonardo mit Aïda in Palermo ausging – ausgehen ist ein altmodisches Wort, das in diesem Fall meint, miteinander zu schlafen und auf der Terrasse zu faulenzen, ein bisschen schmollend und ein bisschen düster, auf mysteriöse Weise unbefriedigt –, hätte er die Zukunft, die sein Vater und sein Großvater ihm vorzeichneten, liebend gern für ein Lotterleben an der Seite seiner Schönen eingetauscht. Er war unheilbar romantisch. Und hasste sich dafür, unheilbar romantisch zu sein. Aïda sagte oft, dass Tyrannen alle sentimental und grimmig seien (sie meinte ihren Vater, denke ich), und da das, was Aïda sagte, für Leonardo ein legierter Platinzollstock war, meinte er, dass seine romantische Ader ihn in diese gefährliche Kategorie schob – eines potenziellen Tyrannen. Er konnte natürlich nichts dafür. Er war einfach entwaffnend. Und im Gegensatz zu dem, was er glaubte (die Kenntnis, die wir über unsere Zeitgenossen in jenen jungen Jahren besitzen, ist mehr als oberflächlich), war ihr ein entwaffnender und verliebter Leonardo lieber als die kleinen Halunken, mit denen sie verkehrte.

Lange Rede, kurzer Sinn, als Leonardo Aïda wiedertraf, an die er lange nicht gedacht hatte, die er in irgendwelche Untiefen verbannt hatte, damit sein gewähltes Leben nicht unter dieser Leidenschaft, die ihn beinahe Ruhe und Wohlstand gekostet hätte, leidet, ist stärker aufgewühlt, als er sich hätte vorstellen können.

Und dieser aufgewühlte Zustand ist wohlgemerkt nicht unangenehm. Zu Anfang. Es wirft mitten in der Brust ein Loch auf, der Solarplexus scheint in den ganzen Körper zu strahlen, ist eine leere Stelle, die gefüllt werden will. Dass sein Leben mit Violetta den Bach runtergeht, lässt ihn ergreifend wirken wie einen Hochleistungssportler, der sein Spiel vergeigt. Armer Leonardo. Er, der gehofft hat, dass Violettas (angebliche) Ausgeglichenheit und ihre (angebliche) Veranlagung zur Gefälligkeit auf ihn abfärben würden, sich an seinen Ecken und Kanten festsetzen würden wie Pollen an einem Ärmel. Er hat sich eine Existenz aufgebaut in dem Gedanken, dass die Aspekte von Violettas Persönlichkeit, die mit seinen am ehesten übereinstimmen, das Beste an ihm sind: Verantwortungsbewusstsein, Rücksicht, Treue, Mitgefühl. Und nun ist alles dabei sich aufzulösen.

Nachdem er es geschafft hatte, sich in einer angenehmen Verblendung einzurichten – er ist wirklich der Einzige, der nicht sehen will, dass Eichhörnchen und Kaninchen nicht seine Töchter sind. Er setzte auf die geringe Bedeutung unserer Leben, die geringe Bedeutung unserer Erfahrungen, er dachte daran wie an ein Gewebe, das rasch heilt, Kauterisieren, Vernarben, als wäre nichts gewesen. Aber man kann nicht gefahrlos so viele Narben sammeln, am Ende fangen sie an den Stichen an zu ziehen, auch wenn Sie feierlich geschworen haben, an geordnete Verhältnisse zu glauben, an das Heim, an Lancias und Apfelkuchen.

32

Der erste Frühling nach Mimis Verschwinden kam vor der
Zeit, aber in der Familie Salvatore bemerkte dies niemand,
außer Silvia, die sah, dass die Gartenschildkröte sich viel
früher als gewöhnlich aus ihrem unterirdischen Schlaf
löste und die aus diesem Grund das Winterbettzeug im
Haus entfernte. Sie befreite die Spinnen und Mäuse (sie
tötete sie nie und hatte nicht das Herz, sie im Winter nach
draußen zu jagen), kochte Marmelade aus Kirschen mit
großen Kernen (mehr Kern als Fruchtfleisch) und besserte
aus, was ausgebessert werden konnte. All das, und darin
war ihr Genie unübertroffen, während sie sich um die
Buchhaltung der ersten Jahreshälfte der Gandolfi kümmerte. All das, ohne vor Kummer verrückt zu werden, da
Mimi irgendwann schon wieder auftauchen würde. Wie
sieht das denn sonst aus?
Der erste Sommer war schrecklich. Heiß. Grässlich. Der
Teer auf der Strada provinciale schmolz dahin. Unter
dem Amboss der Hitze konnte sich niemand mehr rüh-
ren. Die Hornissen griffen in Schwaden an – überall wurden Fallen angebracht (Zucker + Bier auf dem Boden
leerer Flaschen, das Bier, damit die Bienen nicht ihre
Bienennase da hineinsteckten). Ständig, oder eher sporadisch war das Brummen der Hornissen zu hören, die im
gezuckerten Bier dahinsiechten.

Der erste Herbst kam mit einem afrikanischen Wind herbeigeweht. Überall war Sand, auf den Fenstern, den Autos, der Wäsche, die im Freien trocknete, und den Blättern an den Bäumen. Alles war gelb gepudert. Die Mädchen sammelten die beschädigten Früchte ein, die auf der Erde vergoren, sie mochten ihre weiche Substanz, ihren widerlichen, fauligen Geruch nicht, die Mutter gab sie in Kochwein, und der Vater verteilte die Mixtur in den Bienenkörben, damit die Bienen nicht ihren eigenen Honig fraßen.

In diesem ersten Herbst hörten seine Töchter endgültig auf, ihn Papa zu nennen.

An Mimis Geburtstag schloss er sich im Wohnzimmer ein, hörte Puccini und rauchte seine schrecklichen Ghepardo-Zigarillos, und man erfuhr nie, ob das Wimmern, das man zu hören glaubte, von Montserrat Caballé stammte, die Calaf anflehte, die Prinzessin Turandot nicht zu hofieren, oder einen ganz anderen Ursprung hatte.

An Aïdas Geburtstag trank er im Schuppen eine Hühnerbrühe und hörte Radio, während die Mutter versuchte so zu tun, als wäre nichts und ihren Töchtern die Ricotta-Quiche mit nachdrücklichem Flüstern servierte.

An Violettas und Gildas Geburtstagen setzte er sich zu seiner Familie an den Tisch, aber sagte kein Wort.

Er kostete dennoch jedes Mal das Mandeleis, das die Gandolfi liefern ließ.

Im ersten Winter fror es nachts manchmal, und am Morgen krachte bei jedem Schritt die Erde.

Und dann wurden fünf Jahre lang die Clementinen geerntet, die Füchsinnen warfen unter den Ulmen, die Blaumeisen kehrten auf die Felsen von Cala Andrea zurück, man nahm sich vor, trotz brennender Fußsohlen barfuß zum Strand zu rennen, man nahm sich jeden Sommer, wenn man unter der Hitze ächzte, vor, eine Klimaanlage einzubauen, sobald man endlich etwas Geld hätte, man hörte weiter die Stangen gegen die Mandelbäume schlagen und gleich danach, wie der Mandelhagel auf die Erde prasselte, man ging zur Schule, zankte sich, drohte sich gegenseitig, dem Vater zu petzen, dass die eine oder die andere mit einem Severini-Sohn geplaudert habe, in den Akazien sang aus voller Kehle die Brillengrasmücke, man presste Algenwein, die Geier kreisten über der Macchia, die Trockenheit tötete die Feldmäuse und die Chamäleons, man fand sie ganz ausgedörrt vor, wie ausgewrungen, kleine Dinger, mit denen niemand etwas anfangen konnte, brachte sie nach Hause und versteckte sie unter den Laken, um die anderen zu erschreckten, weil sie wirklich nach bösem Blick aussahen, man bildete eine Anti-Aïda-Koalition, man meinte, dass man etwas nur oft genug wiederholen müsse, damit es wahr werde, wenn man etwas oft genug wiederholt, wird es zur Tatsache, das weiß jeder Mensch, sagt wieder und wieder, dass ihr die beste *Pasta alla Norma* macht und man wird eines Tages nicht mehr wissen, wer das Gerücht in die Welt gesetzt hat, die wiederholte Aussage wird zur Tatsache, so ist es eben, und war nicht Aïda diejenige, die Unglück über das Haus Salvatore gebracht hatte? Man beschloss, nicht mehr mit Aïda zu sprechen, sprach dann doch wieder mit ihr, nervte sie, rempelte sie an, worauf sie kaum reagierte, oft blieb sie starr, war nicht sie die Große Sünderin?

So kommt es zu einer unglücklichen Kindheit: Man erträgt jeden Tag und wartet auf morgen, Aïda rebellierte dennoch manchmal, dann zeigten sich alle schockiert, wie konnte sie es wagen zu rebellieren, man zankte sich ein wenig und, wenn man sich wehtat, weinte heimlich, um Ihre Lordschaft nicht zu stören, die mit einem Mal mit dem Malen angefangen hatte, morgens mit der Staffelei und seiner Tasche loszog, wie andere mit ihren Körben, Netzen, Ködern, Ihre Lordschaft überließ es nun fast seiner Frau, die Familie zu versorgen, malte stattdessen das Meer, stümperhafte und zumeist missratene Bilder – man könnte meinen, dass seine Sehkraft nachließ, der Maßstab der Objekte und der der Landschaft stimmten nie überein. Und Silvia, Märtyrerin Silvia, schenkte der Gandolfi jedes Neujahr ein Gemälde. Das müssen Sie nicht, sagte die Gandolfi mit leidender Miene. Trotz ihrer Herablassung ging die Gandolfi so weit, sie im Flur im zweiten Stock aufzuhängen zu lassen. Was bedeutet, dass sie sich der Großen Trauer der Familie Salvatore verbunden fühlte.

In jener Zeit hatte Aïda auch die ersten Träume von einem verlorenen Kind, von Wüsten und Mandelbäumen. Sie wachte erschöpft auf. Sie wusste noch nicht, dass Träume unser Gehirn fordern, wie wenn es ein besonders haariges mathematisches Problem lösen muss. Daran ist nichts erholsam. Aber es bedeutet eine Säuberung mit dem Hochdruckreiniger, eine anspruchsvolle und nötige Bombardierung. Also keine Erholung für sie. Nur tiefe Einsamkeit.

Jeden Abend ließ Aïda also, um einzuschlafen und die Träume auf Distanz zu halten, die manchmal einen Hauch beängstigender wurden – einer der schlimmsten war der mit den Insekten, die in ihren Mund flogen und ihr die Luft nahmen – tröstliche Gedanken vorbeiziehen. Sie zählte alles auf, was sie mochte: die runden Griffe der Kommode zum Beispiel, die Bequemlichkeit des Küchenhockers, wenn man die Absätze auf die Sprosse stellt, die glatte Seite des Schuhlöffels, der Geruch des Salbeitopfs neben der Eingangstür, das Klicken des Metallverschlusses des Portemonnaies ihrer Mutter, wenn die kleinen Kugeln aneinanderstoßen, offen zu offen zu, die Flasche Milch frisch aus dem Kühlschrank, die man sich an die Wangen legt, wenn es so heiß ist, die längst mögliche Abfolge von Primzahlen, die gerundeten Kreuze, die man mit den Nägeln in die Mückenstiche drückt, das Geräusch des Rechens im Kies, Kaustiken (diese hypnotischen, leuchtenden Fraktale, die langsam über den sandigen Meeresgrund wandern), das ständige Klackern eines Reißverschlusses in der Waschmaschine, die Kühle der Laken, wenn man die Beine grätscht, frisch gepulte Erbsen, in die man seine Hände taucht und zwischen den Finger rollen lässt wie Perlen.

Diese Gedanken waren ihr eine große Hilfe.

Zumindest, bis sie dreizehn war.

In der Pubertät schien ihr Körper sein Recht einzufordern, nachdem er sie ihre ganze Kindheit lang in Ruhe gelassen und gefällig begleitet hatte. Du dachtest also, dass das alles gratis ist? Du dachtest also, dass es immer so bleiben wird? Sie sah ihre Hüften sich runden, ihre Brüste sprießen, ihre Hanggelenke dicker werden und ihre Haare wachsen. Sie war in der Ausdehnungsphase, ihr Leib, ihre Poren, sogar ihre Pupillen, ihre Knochen, alles wollte sich ausdehnen. Sie weigerte sich zunächst einzulenken, schnürte sich jeden Abend die Brust mit einer Binde ein, die ihre Mutter für gewöhnlich als Wundverband benutzte, war überzeugt, dass die Verwandlung unbemerkt geschah, wenn sie schlief, sie blieb also so lange wie möglich wach, lag mit aufgerissenen Augen da und lauschte aufmerksam auf das, was ohne ihre Erlaubnis in ihrem Körper geschah, dieses fiebrige Brodeln in ihrem Bauch, ihrem Geschlecht und ihren Adern. Sie wollte nicht werden wie ihre Mutter und ihre Schwestern. Es musste doch ein Heilmittel geben. Was sollte sie nur mit diesem beschwerten Körper anfangen? Diesem miefenden Körper. Trotz aller Bemühungen – kasteie dich, überwache dich, komprimiere dich –, musste sie eingestehen, dass ihr Körper nicht mehr für Schnelligkeit gedacht war. Er war ein für alle Mal kein Blitzpfeil mehr. Er war, wie bei allen ihr bekannten Frauen, für etwas ganz anderes bestimmt.

Und in dem Moment wurde ihr Anblick Ihrer Lordschaft unerträglich.

Sobald er sie sah, verkrampfte er sich.

Wenn er an ihr vorbeiging, schimpfte er mit ihr.
»Basta«, sagte er.

Er sagte nicht: Geh weg. Oder auch: Hau ab. Er sagte: Basta.

War es möglich, dass seine Abscheu die komplette Kehrseite seiner Liebe war?

Zunächst wehrte sie sich nicht, ihre Strafe schien ihr noch zu mild. Doch dann begann sie grübeln, es war das Alter für Grübeleien, und sie dachte, Es war deine Aufgabe, Euer Lordschuft, Mimi wiederzufinden, sie dachte, Du bist eine Niete, sie dachte, Du bist ein Angsthase. ANGST-HA-SE hallte es im Rhythmus ihrer Schritte auf dem Weg zur Schule. ANGST-HA-SE-ANGST-HA-SE-ANGST-HA-SE.

Sie machte es sich zur Gewohnheit, im Geiste für sich selbst zu plädieren, an ihren Vater gerichtet zu argumentieren, flehend, beleidigend, und manchmal wandte sie sich im Geiste auch an ihre Schwestern, bat sie inständig, sie nicht allein zu lassen, sah in jedem kleinen Zeichen der Entspannung die Hoffnung auf eine Versöhnung.

Aber es kam zu keiner Versöhnung.

Sie begann öfters in der Schule zu fehlen, es ging bergab mit ihr. Sie verkehrte schon als junges Mädchen mit zwei, drei hartgesottenen Typen von Iazza und spielte die Kecke – der Eindruck, der sich mir aufdrängt, ist, dass sie aufgab, Wozu das Ganze?, schien ihr Abrutschen zu sagen, Ihr hasst mich doch sowieso. Es stand für sie außer Frage, eine *Jaddina* zu werden – der Spitzname für Mädchen aus Iazza, eine Art Huhn, das für sein Fleisch gezüchtet wird, zumindest ist die Sache klar, niemand trägt eine falsche Maske. Sie prügelte sich – ihr Spitzname war »Betonschuh« –, fing mit dem Rauchen an, rempelte lachend die Alten um den Markt herum an (wie soll man Alter erahnen, wenn man selbst keine Unze davon in sich trägt?), sich hinten auf den Motorrollern festzuklammern, barfuß und mit wehenden Haaren, und auf dem Arm oder der Schulter ihrer Kumpanen sehr, sehr grobe Tätowierungen mit einer Kompassnadel und Tinte einzuüben, Totenköpfe und vage Drachengestalten, satanisch-mafiöse Botschaften, lächerlich und hochtrabend. Sie kehrte so spät wie möglich in das Untere Haus zurück, um nicht Ihrer Lordschaft zu begegnen oder die Bemerkungen ihrer Schwestern zu ihrem Sittenverfall ertragen zu müssen. Sie nannten sie *Bagascia*, was mit den Tugenden zu tun hatte, die sie bei ihr verloren glaubten.

In Wirklichkeit trafen sich die zukünftigen Halunken von Iazza in ihrem Schlupfwinkel, dem Genuesischen Turm, tranken, sprachen über Sex – als Nicht-Praktizierende, was die meisten betraf – und erzählten im Dialekt von ihren unglaubwürdigen Heldentaten. Es stimmte sie zufrieden, ein Mädchen dabei zu haben, auch wenn es Aïda war. Auch wenn sie weder große Brüste noch einen hübschen kleinen Arsch hatte und nie winzige Bikinis trug. Ihre Anwesenheit gab ihren Gesprächen nur ein wenig Würze und wertete sie in ihren Augen auf, sie hielten sich für sehr tolerante Kerle, beinahe, als wäre Aïda ein schwarzer Junge.

Der schöne Leonardo, der Ordnung und Gesetz schätzte, war von diesem biertrinkenden, kiffenden und scheißebauenden Gesindel fasziniert. Die Anziehung von Gegensätzen, das kennt man ja. Leonardo hatte in Aïdas Gedanken durchaus eine Rolle gespielt, als sie klein war, aber da keine der beiden Parteien es geschafft hatte, ihren Mut zusammenzunehmen und sich zu offenbaren, waren sie in dem Moment der Geschichte dabei, in verschiedene Richtungen zu rasen.

Aïda hielt es noch drei Jahre im Unteren Haus aus, mehr schlecht als recht, aber die ganze Sache würde böse enden. Silvia war das bewusst, also plünderte sie ihre Ersparnisse. Sie war nicht dumm, sie besaß beträchtliche Rücklagen, die sie in einer mit Gummibändern verzurrten Tüte unter dem Holzboden der Wäschekammer aufbewahrte – was ging ihr durch den Kopf, während sie jeden Monat und seit Jahren ein paar Scheine von ihrem Gandolfischen Gehalt beiseitelegte? An die Vorbereitung einer Flucht? Oder einfach nur die heimliche Möglichkeit einer Flucht? Der Reflex eines Eichhörnchens? Weiblicher Instinkt für Verschleierung und Überleben? Es ist offensichtlich, dass man die Kompetenzen für das eigene Ökosystem entwickelt.

Gut. Das Gesetz ist mächtig, mächtiger ist die Not, also beschloss sie, ihrer Tochter Aïda zu erlauben, das Schiff zu verlassen. Vielleicht würde im Haus dann wieder Frieden einkehren – und sie könnten seelenruhig auf Mimis Rückkehr warten, denn sie würde bald in ehrenvollem Glanz zurückkehren, davon war Silvia immer noch überzeugt.

Sie ließ für ihre Tochter eine Visitenkarte drucken, ohne darauf auf Ihre Lordschaft zu verweisen, schrieb ein Attest (Ich, Silvia Salvatore geborene Petrucci, gestatte, dass meine minderjährige Tochter, usw.), sorgsam unterschrieben und vollendet formuliert, vertraute Aïda Geld, Kochrezepte, Mittel gegen Seekrankheit und Kater an – eine nützliche Aussteuer, wenn man so will –, gab ihr die Adresse einer Cousine ersten Grades, die entschieden hatte, in Palermo zu leben, um den beharrlichen Besuchen ihres eigenen Vaters zu entkommen und allein einen kleinen Gewürzladen auf der Piazza Caracciolo führte (sie hatten sich seit ihrer Jugend nicht mehr gesehen, schickten sich aber jedes Weihnachten einen Brief, der sie sich auf den neuesten Stand brachte), das alles begleitet von guten Wünschen auf Erfolg und Nimmerwiederkehr, dann eskortierte sie Aïda an einem sorgfältig gewählten Tag zur Fähre – Salvatore Salvatore war jeden ersten Tag im Monat einen Großteil des Vormittags abwesend, er ging Schlag sieben Uhr morgens los, zum Deich auf der anderen Seite des Hafens, um dort ein kleinformatiges Bild zu malen, er besaß also eine Sammlung der immer gleichen winzigen maritimen Landschaft, ungeschickt und geistlos, die er aber gern in seinem, wie er es pompös nannte, Atelier begutachtete (die hässliche Wucherung, die er versucht hatte, an das Untere Haus dranzukleben, die durch seinen allgemeinen Motivationsmangel aber unfertig blieb). Er hängte die Leinwände an die Wand oder stellte sie auf den Boden und verlor sich in ihrer Betrachtung.

Wusste Aïda die Initiative ihrer Mutter zu schätzen?
Das ist nicht ganz klar.

Vielleicht mit einer subtilen Mischung aus Erleichterung und Vorwurf. Versetzen Sie sich an ihre Stelle. Man setzt Sie als Sechzehnjährige auf ein Schiff, um Ihre Visage nicht mehr sehen zu müssen, aber es ist auch ein effizienter Weg, um Ihnen das Leben zu retten oder Sie zumindest auf Erkundung anderer Pfade zu schicken, als die, die Ihnen versprochen wurden. Dann mal gute Reise.

Silvia küsste und umarmte ihre Tochter und weinte und strich ihr über Haar und Gesicht. Dann ließ sie sie mit einer letzten Empfehlung auf den Steg treten, einer ihrer esoterischen Ratschläge, auf die sie sich so gut verstand: »Und komm nicht wieder, bevor du sie nicht wiedergefunden hast.« Was allein eine Abreise gerechtfertigt hätte - um dem familiären Irrsinn zu entkommen.

Als Salvatore Salvatore von seinem malerischen Spaziergang nach Hause kam, fand er seine Frau am Küchentisch vor, wo sie Tomaten in Scheiben schnitt und Zwiebeln, Sellerie und Karotten kleinhackte. Sie schaute nicht von ihrem Werk auf, sagte nur, Ich habe Aïda geholfen zu gehen, was eine ganz ambivalente Zusammenfassung darstellte, man hätte an eine Begleitung bei einem viel endgültigerem Abschied glauben können. Salvatore erstarrte, er kannte den Hang der Frauen zu Heimlichtuerei, hatte seine aber seit Urzeiten in Hinblick auf ihre organisatorischen Fähigkeiten unterschätzt. Er schleuderte seine Malertasche auf den Tisch, mitten zwischen Sellerie und Zwiebeln. Alles rollte und fiel zu

Boden, verteilte sich überall in der Küche und auf Silvias Schoß, die mit Unschuldsmiene zu Salvatore aufschaute, ihn verständnislos und leicht die Stirn runzelnd ansah, als wollte sie etwas von diesem wandelnden Mysterium begreifen, tatsächlich entging ihr etwas, entging ihr immer. Du bist wirklich von Sinnen, Weib!, brüllte er. Und stürzte sogleich hinaus, um zum Landungssteg zu laufen. Er nahm die Abkürzung durch die Macchia, lief so schnell, wie seine etwas steifen Beine es erlaubten, sein alter Wagen war seit ein paar Tagen defekt und Salvatore ein schlechter Mechaniker, er war imstande, einen Vergaser und einen Luftfilter zu verwechseln und zudem nachlässig, er wartete immer viel zu lange, bevor er seine Klapperkiste zum ältesten Azzopardi brachte, damit er sie reparierte, er konnte also nur rennen, den Weg entlang, den seine Tochter und seine Frau zuvor in kleinen Schritten gegangen waren. Er kam zu spät. Er sah die Fähre in der Ferne davonfahren, ihr ächzendes Schnauben war kaum noch zu hören. Seine Tochter war an Bord, der König konnte nur noch den Horizont anstarren, er setzte sich ans Ende des Kais, ließ seine Beine über dem öligen und doch so klaren Wasser baumeln, eine Mischung, die sich nicht vermengt, sich umschlingt und windet, eine Mischung aus Transparenz und Unrat, Regenbogen aus Benzin, man hätte meinen können, er überlege, sich in diesen Sumpf zu stürzen, aber nein, er blieb niedergeschlagen sitzen, bis der Schatten der Konservenfabrik sich über ihn legte, was bedeutet, dass er dort bestimmt sieben Stunden war, ist es möglich, so lange reglos auf dem Zementboden eines Kais zu sitzen, auch seine Gedanken mussten erstarrt sein, eine vollständige Versteifung seines Wesens, Verkalkung und Verknöcherung, ich bin zu Stein geworden, Ende der Verwandlung, nicht wenige Leute gingen hinter ihm vorbei, Fischer und Fischersfrauen, manche, wenige, riefen seinen Namen, aber er drehte sich nicht um, rührte sich nicht, die Hände flach auf den rissigen Zement mit den kleinen hartnäckigen Grasbüscheln gelegt, die Beine leblos, ob es ihm eines Tages gelingen wird aufzustehen, man sah ihn nicht aufstehen und davongehen, irgendwann war er einfach nicht mehr da, er hätte genauso gut ins Wasser gesprungen sein können, aber nein, er ging nach Hause, in sein Atelier, das er kaum mehr verließ, erst als er einen Weg fand, das Anwesen der Gandolfi in seinen Besitz zu bringen, was hat ihn da gebissen, vielleicht sah man den Horizont von der Terrasse des Großen Hauses aus besser, und dann verursachte es in ihrer Umgebung ganz schön für Zähneknirschen, und Salvatore Salvatore konnte nie dem Reiz widerstehen, selbst in seinem Leben als Anachoret, seinen Nachbarn eins auszuwischen. Wie jeder weiß, haben wir alle unsere toten Winkel.

33

Der Notar von Iazza trägt einen hellen Leinenanzug,
das ist seine Siedler-von-Abessinien-Seite, und da er
die Wochenenden alle auf seinem Segelschiff verbringt,
hat er einen spektakulären Teint. Aïda erinnert sich
daran, was die Gandolfi immer sagte: Deine Bräune
hält einen Sommer, deine Haut muss ein ganzes Leben
halten. Sie fand die Mode, sich zu bräunen, vulgär und
blöde. Signore Azzopardi (ein Cousin von Leonardo)
nimmt seinen Dienst an der Gemeinschaft sehr ernst,
er weiß sich an jeden Mandanten anzupassen mit seinen Scherzen – er würde sie eher als geistreiche Bemerkungen bezeichnen – an sein Publikum, er lächelt viel,
wohlwollend, pädagogisch, väterlich, aber was er heute
verkündet, stößt bei den Salvatore-Töchtern auf wenig
Anklang, zumindest bei den ältesten, sie scheinen fast
überrascht, dass der Vater die jüngste nicht enterbt hat,
aber wie hätte er auch, er, der sich für unsterblich hielt?
Sie haben ihre Enttäuschung schnell im Griff, ohnehin
wird die Nutznießung des Guts an ihre Mutter über-
schrieben, die da ist, ohne anwesend zu wirken, man ist
genötigt, sie mehrmals zur Ordnung zu rufen, sie hört
nicht zu oder hört schlecht, man weiß es nicht, vor allem
schweift sie immer wieder ab, Leonardo ist abwesend, er
ist wirklich nicht mitgekommen, was erstaunlich ist,

denn noch vor kurzem war er jemand, der seiner Frau mit einer Hand auf ihrer Schulter beigestanden, seiner Schwiegermutter die ausschweifendsten Passagen erläutert und dafür gesorgt hätte, dass diese administrative Suppe verdaulich oder zumindest weniger bedrohlich würde.

Aïda räuspert sich, sie sieht gut aus, wie erfreulich, sie hat am Tag zuvor den ganzen Nachmittag mit ihren Nichten am Strand verbracht, sie fängt sich wieder, könnte man meinen. Vor ein paar Tagen, nachdem sie entdeckt hatte, was sie entdeckt hatte, hätte man ihr eher ein schlechtes Aussehen bescheinigt und ihr geraten, sich zu schonen. Was sie auch tut. Sie schont sich auf ihre Weise. Sie sagt, dass sie ihren Anteil gut gebrauchen könne, sie wisse schon, ja, das komme vielleicht nicht allen gelegen, aber sie habe ein bisschen Ärger in Palermo, ob das ein Problem sei, man weiß noch nicht, ob das ein Problem ist, aber es wird merklich kühler im Raum, Signor Azzopardi erwidert fürstlich, dass es nie-Probleme-nur-Lösungen gebe, man müsse sich die Sache anschauen und sich einig werden, er öffnet den Hefter noch einmal, den er ein wenig voreilig geschlossen hatte, Gilda muss denken, Na also, was für eine Idee, Aïda nach Iazza zu holen, das hätte ratzfatz erledigt sein können, sie nimmt es Violetta übel, darauf bestanden zu haben, Aïda zu kontaktieren, irgendjemandem muss man es ja übel nehmen, Violetta reißt die Augen auf und sagt, dass da auch noch das Untere Haus sei und dann die Grundstücke, man werde sich schon einigen, Vio-

letta will nicht, dass man sie für das Fiasko verantwortlich macht, in das sich die Verhandlungen verwandeln
könnten, dieses diffuse Unwohlsein, das sie seit ein paar
Tagen nicht mehr loslässt, lässt ihren Magen rumoren,
Ja, ja, wir werden eine Lösung finden, bestätigt Signore
Azzopardi, der sich in der Rolle des Vermittlers gefällt,
der mit dem Bombenleger verhandelt, und daher solche
kleinen Überraschungen bei einem Erbschaftstermin,
der wie geschmiert hätte laufen sollen, schätzt, das hält
wach, und er ist in seinem Element, in Iazza sind Erb-
schaftsangelegenheiten kompliziert, Erbengemeinschaf-
ten führen in den Ruin oder zumindest wird das betref-
fende Gebäude zur Ruine, man kann sie am Meer sehen,
die Häuser der Uneinigkeit, korrodiert vom Jod und
vom Scirocco, die Fenster mit Brettern vernagelt, von
Bougainvillea verschlungen, gelbes Gestrüpp und Warn-
plakate im Dialekt an den Türen.
Violetta und Gilda teilen den Wunsch, da gibt es nichts
zu diskutieren, Aïda abreisen zu sehen, ja, gut, es war
nicht besonders schlau, sie kommen zu lassen, dem
bedauerlichen Gesang der Schuld nachzugeben und
sie zur Beerdigung einzuladen, aber da wir nun mal
hier sind, ist es besser, sich zu einigen, Gilda ist verärgert, weiß aber, dass sich die Lage zu ihren Gunsten
drehen wird, Violetta würde eine ganze Zeit lang für
ihre dumme Entscheidung, Aïda zurückzuholen, bezahlen, und das würde Gilda einen Vorteil verschaffen, und
was ihr einen Vorteil verschafft, gibt ihr Schwung, wie
ein Schluck Rum, auch wenn sie an sowas nicht den-

ken darf (an Rumschlucke), und Violetta weiß natürlich, dass Aïda nicht zu lange bleiben darf, gestern hat sie die Kleinen zum Strand mitgenommen und die Kleinen sind entzückt und entschlossen zurückgekommen, Aïda hatte an jeder Seite eine, nicht an der Hand, sondern an ihre Unterarme geklammert wie Affenbabys, Wir gehen morgen mit Zia Aïda wieder zum Strand und dann gehen wir am Samstag mit ihr shoppen – shoppen bedeutete für die Mädchen, die Einkaufsstraße entlangzugehen und ein Eis zu essen, Freundschaftsarmbänder zu kaufen, die sie sich gegenseitig schenken, oder in Volkschina geflochtene Armreifen – »und am Montag zeigen wir ihr unsere Schule, sie kommt uns abholen«, und Aïda hat gelacht, hat sich vor ihre Nichten gehockt und gesagt, nein, morgen sei der Termin beim Notar, und die Mädchen haben gefragt, wozu ein Notar diene, und Aïda hat geantwortet, dass es darum gehe, die Angelegenheiten ihres Nannu zu ordnen, »Nun, da er nicht mehr da ist, müssen wir aufteilen«, die Kleinen fanden das logisch, sagten: »Man muss durch vier teilen, Nonna, Mamma, Gilda und Aïda.« Und Aïda applaudierte, »Ihr seid sehr klug, genau so ist es, aber nach dem Notartermin kümmere ich mich um euch, wenn eure Mamma ein bisschen Zeit für sich braucht«, und Violetta, die dieser Szene beigewohnt hatte, dachte flüchtig, dass sie sich an Aïdas Anwesenheit gewöhnen könnte, man gewöhnt sich an Schutzengel, aber nun, hier in dem klimatisierenden Büro von Signore Azzopardi, verzieht sie das Gesicht und schilt mit sich, Nein, nein, Aïda muss gehen, sie darf sich nicht zu sehr in mein Leben einschleichen, obwohl es angenehm wäre, eine Schwester zu haben, die nicht die ganze Zeit jammert oder Befehle gibt und auf sie die zählen könnte, was die Kleinen betrifft, aber man muss vernünftig bleiben, am besten für alle wäre es, wenn Aïda nach Palermo zurückginge, man würde in Kontakt bleiben, sie wäre immer willkommen, wenn sie dem Dreck und der schmutzigen Luft in der Hauptstadt entfliehen will, alle zurück in ihre Ecke und man käme sich nicht in die Quere. Es wäre ihr lieb gewesen, wenn Leonardo sie heute Morgen begleitet hätte, er ist immerhin ihr Mann und wäre ein guter Berater gewesen, und Signor Azzopardi ist schließlich sein Cousin, und da man seine eigene Familie nicht sabotiert, mit ihr nachsichtiger, aufmerksamer, nachgiebiger ist, wäre das willkommen gewesen, aber gut, anscheinend hat der Herr Besseres zu tun, sie weiß nicht mehr, mit welchem Vorwand er sein Fehlen gerechtfertigt hat, sie findet ihn seit kurzem ein wenig ausweichend, sicher ist es dieses Durcheinander, und vor allem seine Angelegenheit mit der Flugplatz-erweiterung, mit dem ganzen Gedöns um den Vogel-schutz, der ihm so am Herzen liegt und zu seinen gro-ßen Ideen zum menschlichen Fortschritt hinzukommt, Leonardos große Ideen sind ganz schön sperrig, ja, ja, sie begreift, dass er deutlich komplexere Angelegenhei-ten am Hals hat als die Erbschaft der Salvatore-Schwes-tern, sie ist nicht dumm, sie weiß, dass Macht und Geld in Iazza schlammiges Terrain sind, wo denn nicht? Wer-den Sie mir entgegnen, aber sagen wir, dass man hier enthemmter ist, man klärt die Dinge nicht mit Piepsstimme, nichts ist gemütlich und gedämpft, es geht ein bisschen brutaler zu, sie wünschte, er wäre hier, er wäre ihre Verstärkung, denn Gilda konnte nicht in Begleitung ihres grässlichen Drückebergers kommen, der sich nach Neapel abgesetzt hat, und über Mamma Silvia reden wir gar nicht erst, sie ist viele, aber es ist, als wäre sie nicht da, zumindest wirkt es so.

Es ist zweifellos schwierig, in Leonardos Zeitplan eine freie Minute zu finden. Gestern jedoch hat er sich einen Moment mit Aïda herausgenommen, aber das weiß Violetta nicht. Nachdem Aïda die Mädchen zurückgebracht hatte, hat sie sich tatsächlich mit Leonardo getroffen und sie sind zur Jagdhütte von Leonardos Großvater hochgegangen, wo es ausgeschlossen war, dass sie jemand überraschte, da Großvater Azzopardi tot ist und Vater Azzopardi in seinem Sessel vor dem Satellitenfernseher sitzen bleibt, auf dem er zerzausten Typen dabei zusieht, wie sie in Alaska überleben, indem sie Flechten essen und ihren eigenen Urin trinken, hin und wieder einen Bären schießen und von ihren Taten flüsternd auf Englisch erzählen, während die Stimme des italienischen Synchronsprechers darüber unpassend laut ist. Und hier hoch kommt nie jemand, es ist der perfekte Ort, um mit der Umgebung zu verschmelzen. Wenn Aïda als Kind hörte, dass jemand »in den Untergrund« gegangen sei, stellte sie sich ihn in den Büschen vor oder in einer solchen Hütte verkrochen. In diesen Hütten ist das Nötigste immer vorhanden, Bohnen- und Sardinenkonserven, Kaffee, Seife, Erste-Hilfe-Kasten.

Sie setzten sich aufs Bett und unterhielten sich. So war es einfacher. Wenn sie geschwiegen hätten, hätten sie gleich zu dem übergehen müssen, weswegen sie auf die Jagdhütte gekommen waren, und dazu war Leonardo noch nicht bereit, er ist loyal und unangepasst, an einem Ort wie Iazza, das kann ich Ihnen versichern, ist es Handicap, Leonardo zu sein, er ist in die so besondere Inselwirtschaft verheddert, feste Spinnweben aus Klebstoff und Erpressung, also sprach er über die Severini, ihr Name wie ein Zauberwort, eine magische Formel, um seiner Lust auf Aïda noch eine Weile zu widerstehen, dem, was zweifellos in der Jagdhütte geschehen würde, er musste nur über diese Neandertaler reden, er bremste, drängte zurück, aber er spürte, wie die Dämme einer nach dem anderen brachen, und ein Problem kommt selten allein, aber vor allem, Aïda, denk bitte nicht, dass du ein Problem bist, du bist das Gegenteil eines Problems, du bist ein Glücksfall, er habe nur nicht gedacht, dass es diesen Effekt haben würde, sie wiederzusehen, also, wie ich sagte, ein Problem kommt, wie ein Erdbeben, selten ohne eine Armada von Repliken, er wisse nicht mehr genau, wie er sich Violetta und den Mädchen gegenüber verhalten solle, sie um sich zu haben sei zugleich sehr angenehm und vollkommen unerträglich, am liebsten wäre es ihm, sein Leben würde vergrößert und sauber unterteilt, schrecklich, was er da von sich gab, das war ihm bewusst, er würde gern, wenn er mit ihr zusammen sei, nur an sie denken, und wenn er bei Violetta und den Mädchen sei, nur bei diesen sein, er wolle sie nicht anlügen, er sagte ihr, dass er sie so schön finde, so erschütternd,

was erschütternd?

so herzzerreißend, ja, das ist es, und sie neben sich zu fühlen sei ein Wunder und eine Qual,

dazu sagte Leonardo, dass er, wenn er sich am helllichten Tage hinlegen würde, das Gefühl hätte, all seine Verantwortung fahren zu lassen, worauf Aïda antwortete, dass er nicht gezwungen sei, sich hinzulegen, und sie küsste ihn, Leonardo nahm ihr Gesicht in seine Hände, schaute sie lange an, als würde er sie eine Weile nicht wiedersehen, obwohl das Gegenteil geschah, er hatte traurige, sehnsüchtige Augen, er sagte, dass er seit einer Weile das Gefühl habe, dass sich sein Leben darauf beschränke, die Stühle auf der Titanic umzustellen, er sagte, dass Violetta nachts am äußersten Rand des Bettes schlafe, als ob sie lieber riskiere herauszufallen, als ihn zu berühren, ein komischer Einfall, so etwas in diesem Augenblick mitzuteilen, da sind wir uns einig, aber Leonardo hat keine Erfahrung in solchen Dingen, seine Unbedarftheit ist rührend, sie könnte auch nerven, aber so ist es nicht, da es immer bewegend ist, wenn vernünftige Menschen mit Selbstbeherrschung ihre Karten auf den Tisch legen, und befriedigend für den, der an dieser Selbstenthüllung teilnimmt, im Übrigen ist es möglich, dass Aïda sich gewünscht hätte, mehr über die materielle Dichte des Zusammenlebens von Leonardo und Violetta zu erfahren, sie ist neugierig, auch wenn es, das muss man zugeben, nicht der richtige Moment wäre. Sicher, der Vergleich würde unter den gegebenen Umständen offensichtlich zu ihren Gunsten ausfallen, aber er birgt auch ein Risiko: Leonardo würde sich alles von der Seele reden, wäre ihr dankbar, dann würde er sich vorwerfen, sich alles von der Seele geredet zu haben und würde von Schuld zerfressen. Der Klassiker.

Also brachte Aïda ihn zum Schweigen. Sie sagte, was sie sich nicht erlauben konnte zu sagen, aber es war ohnehin zu spät, manchmal spinnt der Kompass der Herzen, da kann man nichts machen, sie sagte, Nimm mich in die Arme, *amore mio*, denn wie hatte sie sich all die Jahre zwingen können zu ignorieren, dass die Umarmung ihres Liebsten der einzige Weg war, durch den Dornenwald des Lebens zu kommen.

Nun zu den ernsten Dingen, fügte sie lächelnd hinzu. Sie zog ihren Pullover aus und knöpfte Leonardos Hemd auf. Sie schmiegte sich an ihn und als sie ihn in sich aufnahm, erkannte sie ihn wieder, und als sie seine Bewegungen in ihr spürte, hätte sie weinen können, auch wenn sie nicht so eine ist, die Art Mädchen, die beim Sex weint, Gott bewahre. Auf das Ringen folgte Ruhe, eine tiefe Ruhe, die von den beiden Liebenden ausging, ähnlich dem Frieden, der einen vollkommen ausfüllt, wenn man sehr lange und sehr weit geschwommen ist, eine Entspanntheit, die scheinbar nie weichen muss.

Nun zu den ernsten Dingen, nicht wahr.

Das denkt sie auch an diesem Tag beim Notar. Es wird

ernst. Sie sagt also, in dem schönen Licht, in das Signore Azzopardis Büro getaucht ist, die Hände im Schoß fest verschränkt, sie sagt, »Ich weiß nicht, was Mamma denkt, aber es wäre gut, wenn alles geklärt würde, das wäre für alle weniger anstrengend, basta und wir reden nicht mehr darüber.« Und Mamma lächelt ihr Engelslächeln und sagt: »Ich werde ohnehin in das Untere Hause zurückziehen«, und die beiden Älteren tätscheln ihre Hand, »Ja, ja natürlich«, und rechnen aus, was sie ihrer kleinen Schwester zahlen müssen, während Aïda wiederholt, »Los, los, basta und wir reden nicht mehr darüber.« Und da dies hier alle wollen, nicht mehr darüber reden, nicken auch alle. Je schneller die Sache geklärt ist, desto schneller ist die Ordnung wiederhergestellt. Auch wenn Aïda mit ihren Schwestern noch nicht fertig ist. Das kann ich Ihnen versichern.

34

Die Petrucci-Cousine in Palermo, bei der Aïda mit dem
festen Entschluss eintraf, nicht zu bleiben, war eine
willensstarke Frau, mein Gott, ja, so etwas gab es, eine
alleinstehende, aggressive Zigarilloraucherin,
»Also, Cousine Aïda, du bist also die Verstoßene?«,
aber Aïda lehnte es damals ab, ihren Weggang aus Iazza
so zu sehen,
»Ich bin aus freien Stücken gekommen, ich wollte das
Land sehen«,
und die Cousine Petrucci lachte,
»Du wirst nicht enttäuscht werden.«
Auch sie war von ihrer Mutter nach Palermo geschickt
worden, bevor sie ein Messer in den Bauch ihres Vaters
hatte rammen können, sie war nochmal davongekommen, die ganze Familie war nochmal davongekommen,
ihre Mutter hätte sie auch auf der Insel verheiraten können, statt sie nach Palermo zu verschiffen, aber Cousine
Petrucci hatte einen Klumpfuß und einen miesen Cha-
rakter, das Einfachste war also ein Einwegticket in die
Hauptstadt gewesen, der Vater war seit einiger Zeit tot,
zerfressen von einem Emphysem, was Cousine Petrucci
mit ihren Freundinnen von der Piazza Caracciolo, wo
sie Gewürze verkauft, ausgiebig gefeiert hatte, sie hatten
Schaumwein getrunken und den schlimmsten Unsinn

über Männer verzapft. Solche Frauen waren es, die Aïda traf, als sie im Viertel ankam. Sie gefielen und gefielen ihr nicht, Aïda war so jung, sie wollte nicht, dass ihr Schicksal vorgezeichnet war, nun, da sie das afrikanische Meer überwunden hatte, wollte sie nicht eine dieser Frauen werden, die den lieben langen Tag groß tönten, sich abends aber von ihrem Mann schlagen ließen, sehr dicke oder magere Frauen, Kuh oder Ziege, die ihr Brot in ihrem Laden oder auf den Märkten verdienten und in regelmäßigen Abständen schmutzige Kinder in die Welt setzten.

Nein, danke, sie kann sich beherrschen.

Sie zeigte wenig guten Willen, sich zu integrieren, stand spät auf, arbeitete schlecht (sie sollte Cousine Petrucci, die die Absicht hatte, ihr kleines Geschäft auszubauen, zur Hand gehen), verschwand mitten am Tag und begann mit den Taugenichtsen des Viertels zu verkehren. Cousine Petrucci sagte zu ihr, dass sei ja alles schön und gut, sie sei aber nicht die Wohlfahrt, wenn Aïda also ihre Triebe wieder im Griff habe, könne sie wiederkommen, wann immer sie wolle, Cousine Petrucci verstehe sie, die Hauptstadt habe manchmal diese Wirkung, für gewöhnlich gehe das wieder vorbei – oder sei, in Ausnahmefällen, von tragischer Endgültigkeit. Manche sammelten tatsächlich am Ende Konserven auf der Müllkippe ein, um sie zu verkaufen, andere heirateten den erstbesten Kerl, aber Cousine Petrucci wisse, dass das bei Aïda nicht der Fall sei, sie müsse sich nur die Hörner abstoßen, sie sei schließlich erst sechzehn, Cousine Petrucci verstehe das, das versichere sie ihr, aber im Laden benötige sie mindestens zwei Angestellte, zwei Helfer, und bestimmt keine Faulenzerin, *scusi*, aber man müsse die Dinge beim Namen nennen, sie hätte sie schon früher rausgeschmissen, wenn sie Silvia nicht so gern hätte, könne Aïda also bitte dahin gehen, wo der Pfeffer wachse und nicht verkauft werde?

Die gute Frau trieb dennoch ein kleines Mansardenzimmer für sie auf, in der Pension Vucciria, wo Aïda wohnen durfte, wenn sie der Wirtin im Haushalt half, Cousine Petrucci sagte zu ihr, dass sie trotz ihrer kleinen Unstimmigkeiten immer willkommen sei, zum Fernsehschauen und Pasta mit Rüben am Sonntagabend, sie fügte hinzu: Du wirst schnell eine andere Arbeit finden, hier gibt es viel zu tun für solche, die anpacken können, sie gab ihr ihren Segen und hinkte die fünf Etagen auf ihrem Klumpfuß wieder hinab.

Aïda fand den Ort schrecklich, wie hätte sie sich also ausmalen können, dass sie fünfzehn Jahre später immer noch dort wäre, auch wenn sie seitdem zwei Stockwerke nach unten gezogen war und ihre Wohnfläche deutlich vergrößert hatte, die Gemeinschaftsterrasse nutzen durfte, nicht mehr für die übergewichtige Wirtin putzte und sich ihre gekachelte Wohnung als weit weniger stickig herausstellte, als das anfängliche Zimmer unter dem Dach, doch trotz dieser Veränderungen im Standing würde sie immer noch im gleichen Gebäude wohnen, und wer stellt sich mit sechzehn Jahren schon gern vor, dass der Ort, an dem man gelandet ist, der sein wird, den man nicht wieder verlassen wird, denn auch wenn man schlecht ins Leben startet, denkt man dennoch, dass die allgemeine Tendenz nach oben führt, man hat noch Schwung, das ist biologisch, sonst könnte man sich gleich aufhängen und nicht unter dem Dachbalken warten.

Aïda begann zu arbeiten, um ein Mindestmaß für ihre Bedürfnisse aufzukommen (Fabrik für Lunchpakete, Pakete packen, Pakete auspacken, Hausmeisterdienst, putzen und diverse Hilfsarbeiten, alles, was nicht zu viele Gespräche voraussetzte, denn reden wollte sie um nichts in der Welt), und sie war die meiste Zeit am Meer, mit Kerlen und ihren großen traurigen Hunden, die schwarz Zigaretten verkauften, Einkaufswagen auf Supermarktparkplätzen einsammelten, in denen sie geklaute Geschirrspüler und vorsintflutliche HiFi-Anlagen von einem Ende der Stadt ans andere transportieren, darauf wartend, dass der Wind drehte und das Schicksal ihnen gesonnen war, was bald geschehen würde, da sie schlau waren wie Füchse, die richtigen Kontakte und die guten Ideen gepachtet hatten. Sie war mit ihnen nicht auf einer Wellenlänge, wenn man die Macht der Nähe und des Bieres ausnimmt. Das war die Zeit, in der Aïda wirklich bewusst wurde, dass trinken die Welt verbessert.

Als Leonardo drei Monate nach Aïdas Einzug in ihrem Taubenverschlag in der Pension Vucciria auftauchte, hätte er sich trotz seines forschen Auftritts am liebsten in einem Mauseloch verkrochen.

Man kann nicht eindeutig sagen, welche Motive Leonardo, der kurz zuvor in Palermo gelandet war, zur Pension der verstoßenen Aïda führten. Wenn es keine quälende Sehnsucht war, deren wahres Objekt das wütende Mädchen auf der Steinbank war, eine Sehnsucht, die er loszuwerden versuchte, indem er ihr folgte (diese Rechtfertigung ist oft trügerisch, aber Leonardo war jung und sehr unerfahren). Und sicher war ihm, endlich weg aus Iazza und eine Zeit lang von den Zwängen der männlichen Azzopardi-Linie befreit, nichts Besseres eingefallen, als sich, um seine brandneue Freiheit zu nutzen, direkt in die Höhle des Löwen zu begeben.

Vielleicht stellte er auf ganz persönliche Art und Weise das geflügelte Wort *Cu nesci, arrinesci* auf die Probe: Wenn du gehst, kommst du an.

Auf jeden Fall brachte es Aïda in Verlegenheit, ihn auf der Vortreppe der Pension vorzufinden, Iazza klopfte da an ihre Tür, sie fand, dass Cousine Petrucci ihre Adresse ein bisschen zu locker herausgegeben hatte – aber niemand konnte einem geschniegelten, zuvorkommenden, einnehmenden und entschlossenen Leonardo widerstehen. Sie fand ihn anziehend, warf sich vor, ihn anziehend zu finden (es sei gesagt, dass Aïda sich zu jener Zeit mit metronomischer Regelmäßigkeit verliebte und ihre Neigungen genauso leicht und ungerührt wieder abschütteln konnte), dann dachte sie, dass er gelernt haben musste, seinen Charme einzusetzen und beschloss, es ihm übel zu nehmen. Er wünschte sich, dass sie ihm Palermo und seine Bewohner zeige? (Er war nicht besonders einfallsreich, das stimmt, als es um eine Begründung für sein unerwartetes Erscheinen bei Aïda ging.) Er wünschte sich das Authentische und Malerische, und wollte sich vor allem nicht auf die feinen Kontakte beschränken, die ihm sein Vater nahegelegt hatte? Das konnte er haben. Er war zum richtigen Zeitpunkt aufgekreuzt. Sie befand sich im Übergang. Zwischen zwei Jobs, zwei Typen, zwei Besäufnissen.

Also machte sie sich daran, den Schwiegermuttertraum aus Iazza auf Abwege zu führen.

Sie wusste nie, wie sie nach Hause gekommen war, wenn sie mittags gänzlich angekleidet auf ihrem Bett erwachte, mit einem Kater und einem von der Schminke geschwärzten Kopfkissen, aber das verriet, davon war sie überzeugt, dass sie einen ernstzunehmenden Überlebensinstinkt besitzen musste. Natürlich gab es auch nachträgliche Scham, die Scham nicht zu wissen, was man die vergangenen vierundzwanzig Stunden getrieben hat, die Gewissheit, entkleidet worden zu sein, die Schändlichkeit, die endlos fließende Lust zu TEILEN, der sie mit Sicherheit nicht entgangen war, die Lust, mit allen möglichen Leuten auf der Straße zu sprechen, den Heißhunger auf endlose Telefongespräche, im Wissen, dass man nicht nachgeben darf, bis zu dem Moment, wo man vergisst, nicht nachgeben zu dürfen.

Wie würde Leonardo sich in diesem Tief über Wasser halten?

Indem sie die meiste Zeit im Bett verbrachten. Wie um Iazza den Stinkefinger zu zeigen, den Regeln von Iazza, den Gründervätern und den schwarzgekleideten alten

Damen, die Frauen noch mehr hassen als Männer. Aïda war ein Mädchen, das nicht heulen wollte wie ein Mädchen, sie wollte heulen wie ein Mann, solche Dinge sagte sie, sie war sechzehn und vielleicht gefiel ihr das auch an Leonardo, was mehr als eine abgestoßen hätte, denn er war so einer, der nach dem Sex mit ihr weinte (sie fickte, er machte Liebe). Sie war in ihrer Wut und ihrer Blöße verschanzt, war im Übrigen ganz ungeniert, öffnete ihm splitternackt die Tür, trank maßlos, benutzte eine möglichst deftige Sprache, in Palermitanu oder Italienisch, konnte ihn zu jeder Tages- oder Nachtzeit stehen lassen, um irgendwohin oder irgendwem hinterher zu rennen, zurückkommen, um sich an ihn zu kuscheln, sagen: Deine Haut an meiner, und laut zu lachen, wenn er entgegnete: »Es ist ein Wunder«, sie gab sich überlegen. Diese Maulheldin.

Leonardo war mit Violetta verlobt. Er sagte es ihr am Ende der ersten gemeinsam verbrachten Woche, er wirkte nur halb reuevoll, tat so, als berühre ihn das alles nicht, verkündete es nicht wirklich, sondern tat so, als habe er vergessen, ihr bei seiner Ankunft davon zu berichten oder tat eher so, als glaubte er, dass sie ja bestimmt schon auf dem Laufenden sei, ein bisschen so, wie wenn man in einer Beziehung nicht wagt, etwas zu beichten, was den anderen verärgern könnte und ihn (den anderen) vage beschuldigt, aber mit großzügiger Nachsichtigkeit, vergesslich zu sein, Das weißt du doch genau, ich habe dir gesagt, dass ich die ganze nächste Woche weg bin, erinnerst du dich nicht?

Er sagte es ihr an dem Abend, als einer der Kerle vom Strand Aïda mit einem Kinnrucken in seine Richtung gefragt hatte, Hast du was mit dem Steward?, sie hatte nicht geantwortet, aber der Typ hatte nicht locker gelassen, Seid ihr zusammen?, also hatte sie gesagt: Manchmal. Leonardo hätte das nicht hören sollen. Aber er hatte es gehört.

Er war also mit Violetta verlobt, und Aïda tat so, als wäre es ihr egal, auch wenn sie nicht verstand, wie das so schnell nach ihrer Abreise geschehen konnte, ich drehe mich um und zack, drei Monate später ist meine Schwester mit unser aller Schwarm verlobt, dennoch tat sie so, als wäre es ihr egal, das war wirklich ein Affentanz zwischen ihnen, sie sagte, dass ein Versprechen ein Versprechen sei, er müsse nach Iazza zurückkehren und Violetta heiraten, er rief, dass er mache, was er wolle, er habe sich noch nicht entschieden. Violetta war sicher ein lieber Mensch und er würde es sich vorwerfen, wenn er ihr Herz bräche, aber er müsse sein Leben leben, nicht wahr, wer würde das Gegenteil behaupten. Aber alle, lieber Leonardo, alle behaupteten das Gegenteil. Er war achtzehn und unter den Fittichen seines Vaters und Großvaters, die duldeten, dass er zwei, drei kleine Abenteuer in Palermo hatte, aber darauf zählten, dass er danach zur Wiege zurückkehrte, ungebunden und vernünftig und anpackend, nun, sie wollten sein Leben konfiszieren, aber der Thronerbe zu sein, gebügelt, gefaltet, aufgeräumt, nein danke, das ist zu wenig, soll es denen guttun, die so ein vorgezeichneter Weg stärkt und beruhigt.

Leonardo wollte sich am echten Leben reiben, auch wenn es brennt, auch wenn es nesselt, oh mein Gott, er war so romantisch und so naiv, Aïda in ihrem schmutzigen Morgenmantel und ihren Cowboy-Stiefeln (sie sagte, dass sie aus Schlangenleder seien, aber sie schienen eher aus Fetzen von alten Kunstledersesseln zusammengenäht) gefiel ihm einfach, und was Aïda ihn erleben ließ, gefiel ihm, auch wenn es irrsinnig war, ja, Gefallen daran zu finden, mit ihr und diesen schäkernden, brutalen Typen am Meer herumzuhängen, auf der Promenade, und die Möwen mit leeren Dosen zu bewerfen, zu akzeptieren, dass diese Jungs ihn bestenfalls als Hintergrundmusik betrachteten, ihn kaum wahrnahmen, sich nicht die Mühe machten, ihm zuzuhören, wer würde sich so etwas wünschen? Natürlich diejenigen, die eine Wahl haben, die Wohlhabenden, die Abstürzenden, die Verliebten, die Leonardos, die nach einer Weile beschließen können, wenn auch mit schwerem Herzen, die Fähre zu nehmen und ins traute Heim zurückzukehren.

Man musste sich dem Offensichtlichen beugen: zu glauben, dass man mit dieser Bande Brotloser eine Art Weltschmerz teilte, etwa vage Existenzielles, war albern. Diese Leute, Aïda eingeschlossen, waren zu eigenbrötlerisch und zu hart für jemanden wie Leonardo. Als Violetta also hartnäckig anrief, und sein Vater ihm autoritär auftretende und muskulöse Kollegen vorbeischickte, um ihn nach Hause zu bringen, fand er sein Urteilsvermögen wieder. Er riss sich zusammen und fragte sich, wie er diesem wilden Mädchen so viel Einfluss auf sein Glück zugestehen konnte. Er redete sich ein, dass sie ihn nicht wollte und es hier für einen Jungen wie ihn nichts gab.

Also fuhr er nach Hause.

Auch wenn sein Herz gebrochen war.

Sie hatten sich eindeutig und endgültig verpasst. Nichts hatten sie voneinander verstanden, waren zu ängstlich und zu jämmerlich. Als er ihr mitteilte, dass er abreisen würde, hatte sie ihn nicht einmal angesehen, sagte nur »Mmmmmm«, sie saß neben ihm auf den Stufen vor der doppelschwänzigen Sirene, die unförmige Sirene des Springbrunnens in Mondello, sie sog den Atem der Stadt und der Pflanzen und des Meeres und des Staubs ein, sprang auf die Füße, Gehen wir?, und er hatte die Hoffnung, dass sie meinte, dass sie mit ihm nach Iazza zurückkehren würde, aber nein, sie wollte sagen, Komm, wir gehen zu den anderen, sie wollte sagen, Wir werden hier nicht wie zwei Idioten rumsitzen und uns abschlabbern, sie wollte sagen, Du langweilst mich, sie wollte sagen, Was glaubst du denn? Glaubst du wirklich, dass du mich nicht gelangweilt hast?

Also fuhr er nach Hause.

Auch wenn ihre Herzen gebrochen waren.

Für Aïda war der Trennungsschmerz wie das Bedürfnis nach Alkohol. Er kam in Anfällen. Man musste ihn nur aushalten und es ging vorbei. Man musste nur Geduld haben. Und Aïda sollte sich als sehr geduldig herausstellen.

35

Pippos Mutter ist aus dem Krankenhaus zurück. Sie ist in keiner guten Verfassung. Was wird sie als nächstes in Brand stecken?, fragt man sich kopfschüttelnd. Sie ist zu ihrer Schwester gezogen, an der Straße der Flusskrebse. Aïda fährt mit dem Fahrrad mehrmals am Garten vorbei. Sie sieht Pippo, wie er mit seinem Strickzeug aufrecht an der Mauer sitzt. Unerschütterlich, als wäre nichts geschehen. Als wäre das, was er seit so vielen Jahren weiß und nie ans Tageslicht kommen ließ, in seinem Innern versiegelt, sorgsam und hermetisch verpackt, wertvoll und giftig – aber das Gift wirkt nicht, solange alles gut eingeschweißt ist. Nur dass er einen Verband an der rechten Hand trägt. Aïda hat gehört, dass Pippo sich bei Tisch eine Gabel in die Hand gerammt hat. Er sei nicht besonders geschickt, sagte Gilda. Und fügte hinzu, als könnte dies ihr Urteil erklären: Wie eine Abzugshaube, die zwei Meter vom Herd entfernt angebracht wurde. Sie versuchte, zu einer Studie über Kohlenmonoxidvergiftungen überzugehen, die sie gelesen hatte, aber man beließ es lieber dabei. Alle scheinen zu denken, dass Pippo sich verletzt hat, weil die Abwesenheit seiner Mutter ihn belastete. Aber niemand weiß, was Pippo denkt.

Aïda lehnt ihr Fahrrad schließlich an die Mauer und geht zu ihm, setzte sich neben ihn auf die kleine Steinbank vor dem Haus. Ausnahmsweise trägt Pippo keine Kopfhörer. »Gehen wir noch einmal hin?«, fragt sie sanft, »Bringst du mich noch einmal hin?« Aïda kann nämlich nicht allein dorthin, unmöglich, der Wächter muss anwesend sein, und der Wächter ist Pippo. Er scheint nichts gehört zu haben, er fädelt seine Reihe auf, weil er eine Masche übersprungen hat, es ist bestimmt nicht einfach, mit solchen Pranken zu stricken. Entgegen aller Erwartung steht er schließlich auf, legt sein Strickzeug auf die Bank und geht durch den Garten, kann es sein, dass er erleichtert darüber ist, ihr gezeigt zu haben, was nur er allein wusste, nein, das ist zu einfach, und noch einmal, niemand weiß, wie Pippo denkt. Die Sonne steht hoch am Himmel, und Pippo zu folgen ist wie in einer uralten Furche zu folgen, auf einer Art römischen Straße, einer heiligen Straße, abgetreten und aufgeweicht von Tausenden Füßen, Pippo schreitet weit aus, Aïda trottet hinter ihm her, er neigt sich immer wieder, um Blumen zu pflücken, also sammelt sie kleine runde Kiesel ein, um nicht mit leeren Händen zu kommen.

Da es beim letzten Mal Nacht war, trug Pippo eine Taschenlampe an einer Kordel um den Hals. Der Weg hinab in die Felsspalte ist, wie es sein muss, schroff und rutschig. Man muss ein Zicklein sein, um dort hineinzukommen. Oder vom sanftesten Riesen begleitet oder getragen werden.

Sie kommen erneut an den Mandelbäumen vorbei, die den Stadtkern umringen. An dem Mandelbaum, auf den Mimi geklettert war. Im Februar muss er geblüht haben.

Während des Karnevals blühen die Mandelbäume immer. Nachts scheinen sie zu leuchten. Wie in ihrem Traum. Mimi liebte blühende Mandelbäume. An den Stämmen lehnen die langen Stangen zum Abschlagen der Mandeln. Warum nimmt sie nie jemand mit? Sie sind den Großteil des Jahres zu nichts nutze. Aber sie sind verlockend, wenn es darum geht, kleine Mädchen aus Bäumen zu vertreiben.

Pippo bleibt kurz vor Mimis Mandelbaum stehen. Er wendet sich Aïda zu, wie um sicherzugehen, dass sie richtig verstanden hat. Ich habe verstanden, Pippo, du hast es mir gezeigt, du hast sogar in den Sand gezeichnet, was an dem Abend geschehen ist, der Baum, das kleine Strichmädchen und die beiden anderen Strichmädchen mit den Stangen, du hast sogar versucht, ihre Namen zu sagen, ich hatte geglaubt, dass du nicht mehr sprichst oder nur mit deiner Mutter, aber du hast ihre Namen ausgesprochen, nur einmal, das war schon eine gewaltige Anstrengung, dein Schweigen zu brechen, aber du wolltest nicht, dass ich Böses über dich denke, dass ich dich für schuldig halte, oh mein Gott, ich versuche noch zu verstehen, wie du denkst, etwas schnürt mir die Brust zu, ich fühle mich leer, es tut mir leid, dass ich dich für schuldig gehalten habe, aber versetz dich in meine Lage, ich weiß, dass ich nicht zu der Ruhestatt meiner süßen Kleinen zurückkehren sollte, meiner Mimi, aber es ist, als müsse ich mich davon überzeugen, was ich gesehen habe, mich im Licht des Tages, das die Dinge real und trivial und steril werden lässt, versichern, auch wenn es

unter der Haut der Erde nie ganz Tag werden kann, also
werden die Dinge auch nicht ganz real oder trivial oder
steril, alles ist so vollendet und gesammelt in der Nacht
unter der Erde,

der Blumenaltar, den Pippo für Mimi errichtet hat, ist
eine große Wiese, er ist in Wirklichkeit eine winzige
Spalte unter Erde, aber auch eine große Wiese, ein schat-
tenhafter und modriger Ort, aber der Schrein der Heiligen und eine große Wiese, und die Römerstraße ist zu
einer Felsspalte inmitten eines Gletschertals des Prä-
kambriums geworden, die Römerstraße, die von dem
Mandelbaum, der vor dem Haus der alten Caruso steht,
bis zu den Höhlen in der schwarzen Lava von Birinikula
führt, alle kennen diesen Ort, aber er ist unerreichbar,
die Stufen, die um den Fels führen, sind so steil, und
die Säle und Schluchten ein Labyrinth, das sich ständig
wandelt durch den Scirocco und das Meer, die sich dort
einfressen und immer wieder seine Topografie verändern,
die nie jemand vollständig erkundet hat, niemand je
wirklich kartografiert hat,

da ist nicht viel Platz, Pippo, nur für einen, neben Mimi,
und wenn ich daran denke, dass ich beim ersten Mal
geglaubt habe, ich habe geglaubt, dass du dafür verantwortlich bis, dass du es warst, der nicht wusste, was er
mit dem kleinen zerbrochenen Körper machen sollte,
doch du wusstest, was man mit kleinen zerbrochenen
Körpern macht, da sind nur zwei tief erschrockene Mädchen, Oh mein Gott, der Vater, der Vater, der Alte, ruft
die eine immer wieder, denn die Salvatore-Schwestern

haben alle den gleichen Abend ausgesucht, um den puritanischen und protektionistischen Armen des Vaters zu entfliehen, Komm runter Mimi, komm runter, wir müssen nach Hause, was machst du da oben, nur zwei kleine verschreckte Mädchen können so schlechte Entscheidungen treffen, die zu Abweichung und Abartigkeit führen, endgültige Kursänderung, zwei verschreckte und tief unglückliche Mädchen, man kann nicht oft genug sagen, dass das Unglück ein Gift ist, auch wenn mich der Gedanke aufregt, man kann nicht immer alles verzeihen, so gut bin ich nicht, auch nicht so hochmütig, und basta, basta, hat der Alte nach Mimis Verschwinden so oft gesagt, und ich hörte bestia, bestia, ich war die Bestie, sie haben die Freude vernichtet, aber haben sie Freude verspürt, die beiden Ältesten, haben sie je Freude verspürt? Nur den uralten Kummer von Mädchen, die keine Jungen, nicht hübsch und nicht interessant sind, oh schaut, diese schöne Anordnung von Mimi, dieses Mimi-Puzzle, es gehört nun in ein wundersames Königreich ohne Reibereien, es nennt sich Ewigkeit, nicht? Ein Königreich, das weder Verkümmerung noch Vernichtung kennt, wo nicht bekannt ist, dass wir allmählich zerfallen, ich hinterlasse überall kleine Fetzen von mir, bald bleibt nichts mehr von mir übrig, aber Mimi ist dort, in ihrer Substanz und ihrem Mark und ihrem Haar und ihrer Blumenkrone, die der Grabwächter sorgsam erneuert,

es tut mir leid, Pippo, aber ich werde nicht die neue Grabwächterin, ich will auf keinen Fall das Zepter übernehmen, ich werde tun, was ich tun muss und werde gehen, ich werde nichts unternehmen, nicht behaupten, eine geladene Waffe zu halten, obwohl ich nur zwei Finger auf mein Ziel richte, was ist nur am Abend des Karnevals in meine Schwestern gefahren,

ach, der Alte, der dachte, dass seine vier Mädchen alle friedlich in ihren Bettchen liegen, mit den Diademen der Ogertöchter auf den Köpfen, wie im Märchen, die Diademe, die sie von den anderen Kindern unterschieden und davor beschützten, verschlungen zu werden, der Alte, der glaubte überwachen und übervorteilen zu können, während seine vier Mädchen flatterten und flogen, nichts anderes wollten als Süßigkeiten und Feste, und sich beidem mit köstlicher Furcht näherten,

und sein Augenstern, seine Mimi, seine Kleine, mit der Zeit ängstlich und müde, seine Mimi, der Panther der Mandelbäume, die sich so gern mit hängenden Armen in Baumkronen erholte, seine Mimi, die am Rand des Weges, der zum Dorfplatz führt, in den Mandelbaum geklettert war, auf dem Weg zu Lärm und Irrsinn, müde Mimi, entschlossen, nur herunterzukommen und Aïda wiederzufinden, wenn Ruhe eingekehrt wäre, wenn wir uns verlieren, treffen wir uns hier wieder, die von ihren Schwestern entdeckte Mimi, wie eigentlich, wie haben sie Mimi entdeckt, haben sie sie in den Baum klettern sehen, ja, wahrscheinlich sind sie uns gefolgt, wahrscheinlich haben sie trotz aller Vorsicht gehört, wie wir das Zimmer verließen, sie hatten zwei Möglichkeiten, den Vater aufwecken und Mimi und mich verraten, aber die Wut des Vater hätte Kollateralschäden versursacht, und die beiden Ältesten gehörten immer zu den Kollateralschäden, oder uns folgen, keinen Augenblick lang kam ihnen in den Sinn, im Zimmer zu bleiben, im Bett, als ob nichts wäre, auch sie waren neugierig auf den Karneval und seine Auswüchse, auch sie wollten mit dem Verbotenen flirten, seit Wochen dachten sie daran und bereiteten sich vor, sie sind uns also gefolgt, die bösen Mädchen, die armen bösen Mädchen, so war es noch lustiger, nicht wahr, als wären sie zwei Spioninnen auf Mission, zwei maskierte Spioninnen,

und sie sahen, wie Mimi auf den Mandelbaum kletterte, es war so reizvoll, sie herunterzuholen, nach Hause mitzunehmen und mich allein zurückzulassen, Komm runter, komm endlich runter, und den Baum zu schütteln, zu zweit ist man stärker, und Mimi gerüttelt und geschüttelt, mit Stangen gepiesackt, Mimi, die sich festklammert und beim Ausweichen das Gleichgewicht verliert, die fällt, und das klang bestimmt nicht wie die zu reife Wassermelone ihres ersten Sturzes aus dem Fenster, als sie ein Baby war, stattdessen ein Knacken, ja, ein unheilvolles Knacken, sagt man das nicht so, aber wenn es nur das ist, Mimi war dem Tod so viele Male von der Schippe gesprungen, Mimi konnte nichts geschehen, es war beinahe unerträglich, nur dass da nun Blut war und die Starre der tief Schlafenden, was haben sie wohl gedacht, welche hat es vor der anderen begriffen, welche hat zu der anderen gesagt, Er wird uns umbringen, sie

waren zwei Kinder, und Kinder denken nicht wie Sie und ich, sie denken, wie man mitten in der Nacht denkt, wenn jede Sorgen aufgebläht, übergroß, erstickend ist, nichts kann uns vor dem Absturz retten, so lautet das Gesetz der schlaflosen Gedanken,
oder sie haben einfach gedacht, wie Kinder denken, ohne Sinn für die Realität, sie sind zwei kleine Mädchen, die in den Bach hüpfen und ertrinken, weil sie sich nicht vorstellen können, mit nur einer Sandale nach Hause zu kommen und alles, alles besser ist als eine Bestrafung, die Sandale, die die Strömung bereits fortträgt, muss herausgefischt werden, ohnehin hat sie niemand gesehen, sie haben über Wochen heimlich hübsche Federmasken gebastelt, Karton, Gummiband und Häherfedern, niemand habe sie erkannt, das sagte Gilda zu Violetta, Niemand wird erfahren, dass wir hier waren, wir gehen nach Hause, legen uns ins Bett, Violetta ist die Älteste, aber Gilda die Pragmatische, Gildas Anblick ist es, der Ihre Lordschaft abstößt, abstoßen ist ein wenig zu stark, Unbehagen bereitet wäre richtiger, ja, Gilda hat kein einfaches Gesicht, sie ist ein wenig ungraziös, und man neigt immer dazu, die ungraziösen Kinder weniger zu lieben oder sie zu bemitleiden, aber so ist Ihre Lordschaft nicht, Mitleid ist nicht seine Art, also sagt Violetta, Er wird uns umbringen, aber Gilda, die überzeugen kann, ist es, die sagt, Lass sie da, sie tut nur so. Violetta wagt sich nicht näher heran, wie soll sie also überprüfen, ob Mimi nur so tut. Und wer hat Mimi überhaupt zum Karneval mitgenommen? Hm? Nicht wir, sagt Gilda und

Violetta bricht in Tränen aus, sie sagt noch einmal, Er wird uns umbringen, und Gilda schreit, Hör endlich auf, du siehst doch, dass die Bekloppte nur so tut, lass sie, sie wird uns heimlich folgen, du kennst sie doch,

und weil sie mehrere Pfeile im Köcher hat und vielleicht auch ahnt, dass Mimis Regungslosigkeit die eines kleinen Körpers ist, aus dem das Leben gewichen ist, fügt Gilda hinzu, Sie war im Mandelbaum, sie hätte genauso gut allein herunterfallen können,

und nicht wir haben sie mitgenommen,

also rennen sie nach Hause, ich kann mir gut vorstellen, wie sie sich an der Hand halten, aber das ist in Wahrheit nicht möglich, die eine rennt schneller als die andere, sie rennen, als könnte das irgendetwas ändern, eine rennt schneller als die andere, weil es in dem Moment darum geht, die eigene Haut zu retten und das Rennen zu gewinnen, ab Morgen würde man die Hand der anderen nie wieder loslassen dürfen, nie wieder, aber heute Nacht könnten eine stolpern und die andere würde ihr bestimmt nicht aufhelfen, sie rennen und klettern in ihr Zimmer und schlüpfen in ihre Betten, schließen die Augen,

aber unter den Lidern sind ihre Augen weit geöffnet,

sie müssen schlafen, sie müssen schlafen, auslöschen, was geschehen ist, und tatsächlich ist das Geschehene fast ausgelöscht, denn am nächsten Tag ist Mimi nicht mehr unter dem Mandelbaum, das ist der Beweis, dass am Abend des Karnevals nichts geschehen ist, niemand hat sie gesehen, außer Pippo natürlich, aber da erzähle ich Ihnen nichts Neues, Pippo war da und Pippo weiß,

wie man sich um verletzte Vögelchen kümmert, sogar um tote Vögelchen, er weiß, wie sich Kükenknorpel zwischen seinen Pranken anfühlen, ihre Brüchigkeit, es rutscht unter der Haut, da ist so wenig Fleisch, so leicht und weich, er weiß, wie man Vögelchen einen Altar baut, das ist es wirklich, was Pippo am besten kann,
ohnehin geschieht in Karnevalsnächten nichts, was nicht mit Katermitteln behandelt werden kann, alles wird immer wie vorher, in den Tagen nach dem Karneval, und niemand wird erfahren, wo Mimi hin ist, Mimi ist gerettet, in Luft aufgelöst, es ist magisch, wie werden sie so viele Jahre mit diesem Geheimnis leben, vielleicht werden sie all die Jahre unter Wasser schwimmen, vollkommen eingetaucht, da ist ein Loch in ihrer Geschichte, darüber spricht man nicht, unausgesprochen perfekt, man kann Löcher lange vergessen, da ist eines im Bettüberwurf, das man jeden Abend gedankenlos mit dem Finger weitet und irgendwann ist da kein Bettüberwurf mehr, sie werden jahrelang nichts darüber sagen, was in der Nacht des Karnevals vorgefallen ist, es gibt für Violetta und Gilda keine Auflösung, nur Aufrechterhaltung der Stauung, sie werden regungslos unter Wasser warten, was ist aus Mimi geworden, da war kein kleiner Körper mehr unter dem Mandelbaum, es ist magisch, sage ich, und das hat sie nicht weiter gestört, oder eher haben sie, wenn wir ehrlich sind, dafür gesorgt, dass es nicht wirklich existiert hat, alles war geregelt, ist es immer noch, denn Aïda wurde die Große Verantwortliche vor dem Ewigen, und genau das brauchte es.

36

An diesem Abend trägt Violetta eine Hose aus leichten Stoff, der sie fast flüssig wirken lässt. Aïda ist mit dem Fahrrad gekommen. Man trifft sich in Gildas Wohnung im zweiten Stock des einzigen modernen Wohnhauses in der Fußgängerzone. Man isst bei ihr zu Abend. Unter Frauen. Es ist möglich, dass die beiden Ältesten das Essen als eine Art Abschiedsdinner aufbauen: Geh bald, geh weit weg und komm spät zurück – der alte Rat, wenn die Pest einzog. Du hattest dein Stück vom Kuchen, du hast bekommen, was du wolltest, na dann, Schwamm drüber und gute Reise. Eine merkwürdige Idee, die Sache bei Gilda zu veranstalten. Diese kocht Speisen, die meistens an Rock-Medleys erinnern: Alles schmeckt gleich. Aber heute Abend kam Violettas Haus nicht infrage: Leonardo und einer seiner Kollegen treffen sich dort auf einen Arbeits-Salamisandwich-Abend.

Als sie Aïda empfängt, die ein bisschen spät dran ist, ist Gilda um eine besonders deutliche Aussprache bemüht, sie hat offenbar schon einiges getrunken und will nicht, dass man es hört, oder so spät wie möglich, also meidet sie schwer auszusprechende Wörter, beschränkt sich auf zweisilbige, sie ist konzentriert und ein bisschen aufgeregt. Die Kinder sind da. Aïda geht sie in Giacomos Zimmer begrüßen. Dieser sitzt mit einem Freund vor dem Computer, sie spielen ein postapokalyptisches Kriegsspiel. Die Kleinen sind auf dem Bett, sie haben ihre Malutensilien mitgebracht und verteilt. Aïda umarmt sie. Giacomo riecht nach effizientem Waschmittel, die Zwillinge eher nach Weichspüler. Den Freund umarmt sie nicht. Bislang ist er unsichtbar oder schlecht charakterisiert. Noch weiß niemand, dass wegen ihm alles den Bach runtergehen wird.

Als Aïda ins Wohnzimmer zurückkommt, hört sie das Ende einer Anekdote. Gilda erzählt, dass ein Mann sie vorhin angesprochen habe, als sie auf dem Supermarktparkplatz aus dem Auto gestiegen sei, er habe zu ihr gesagt, Haben Sie keine Angst, ich bin Schweizer, als ob es in der Schweiz keine Kriminalität gäbe, sie sagt es mehrmals: Als ob es in der Schweiz keine Kriminalität gäbe, und kichert. Violetta wirft Aïda einen Blick zu und schürzt vielsagend die Lippe – verschwörerisch wäre zu viel gesagt, aber vielsagend passt.

Die Kinder haben bereits gegessen. Aïda raucht auf dem Balkon eine Zigarette, während Gilda in der Küchenecke werkelt, um ihrem missratendem Essen letzte Handgriffe angedeihen zu lassen, sie bemüht sich, ihren Fehlschlag zu übertünchen, man hört sie murmeln, Violetta gesellt sich zu Aïda an der Balkontür, Ich habe offiziell vor sieben Jahren aufgehört, sagt sie und streckt die Hand nach dem Päckchen aus, Aïda könnte es unpassend finden, mit ihrer Schwester eine zu rauchen, nachdem sie noch am Nachmittag mit deren Mann geschlafen hat, sie haben Liebe gemacht, ja, es geht nicht mehr ums

Ficken, es ist weniger technisch und es ist wehmütiger, Leonardo ist kein untreuer Mann, sondern ein verliebter Mann, das hat er ihr gesagt, mit einem Hauch Trotz, als würde er ihr von einer Indisposition berichten, oder eher, als hätte er das ärgerliche Resultat einer Biopsie erhalten, Trotz also, aber auch Mut, tja, es ist mir eben passiert, nun muss ich mich ordnen, er fühlt genau das Gleiche wie als Jugendlicher, als er Aïda auf ihrer kleinen Bank auf dem Dorfplatz gesehen hat, es kommt ihm so vor, als würden ihm die Eingeweide aus dem Leib gelöffelt, ja, eine Bohrung mit dem kleinen Löffel, das ist brutaler, zersetzender als Schmetterlinge im Bauch, und Leonardo hat nicht die Absicht, in den Teufelskreis von Scham-Vergebung-Scham-Vergebung zu geraten, er besitzt keine einzige Eigenschaft eines treulosen Ehemanns, er könnte es nicht ertragen, sich im doppelten Vergnügen zu gefallen, sich wie ein Dreckskerl zu verhalten und sich zur vollkommenen Klarsicht in Hinblick auf sein Verhalten auch noch zu beglückwünschen, er verlange übrigens nichts von Aïda, Leute, die nichts von einem verlangen, sind verstörend, sie lassen einen mit der Entscheidung allein, mit der Verantwortung, das ist manchmal unbequem, aber ein Geschenk, er hat ihre Handfläche geküsst, Aber das ist alles meine Angelegenheit, mach dir keine Sorgen.

Aïda könnte dieses gemeinsame Rauchen mit ihrer Schwester auf dem Balkon also unpassend finden, aber es scheint, als hätte sie ein recht effizientes System eingerichtet, das Ereignisse voneinander abtrennt, vielleicht war sie wie diese Kerle, die morgens aufbrechen, nachdem sie ihre Ehefrau beehrt haben, ihr mit einem Kuss auf die Stirn einen schönen Tag gewünscht und das Haar ihrer Sprösslinge verwuschelt haben, noch einen Abstecher zu ihrer Geliebten machen, welch eine Energie, mit Croissants und einer frischen Erektion, bevor sie endlich bei ihrer kleinen Firma eintreffen, gesättigt und aufrichtig. Manche Menschen haben eine Begabung fürs Abdichten. Oder aber, um auf Aïda zurückzukommen, all das soll zu einem größeren Plan beitragen. Sie fühlt sich vielleicht kurz schlecht oder erschreckend. Aber sie reaktiviert ihre Wut – genau das ist es: Die Wut gehört mir, die Rache ist mein. Sie könnte Mitleid mit ihren Schwestern haben, aber dafür ist sie im Moment zu wütend.

»Fertig, alles fertig«, jodelt Gilda.

Das Essen ist in der Tat missraten. Schwer zu sagen, was sie da verspeisen. Das einzige wiedererkennbare Lebensmittel sind die Avocados, Gilda erinnert ihre Schwestern daran, dass ihre Mutter Avocados »Alligatorbirnen« nannte, wo sie das nur her habe, Violetta sagt, dass sie sich nicht erinnere, Aïda sagt nichts, aber nickt, sie gibt allen Recht, Violetta bekommt einen kleinen Schwips, wie es an bei einem Mädelsabend üblich ist, allein das Wort Schwips, nicht wahr, Gilda hingegen ist vollkommen besoffen, Aïda trinkt ein alkoholfreies Getränk mit Kohlensäure, aber sie stimmt sich ein, oder zumindest lächelt sie fortwährend, nebulös, sie hört zu, es ist offensichtlich, dass ein Geheimnis einen Schatz darstellt, es ist belebend, wirklich belebend, man kann es fast fühlen, das Geheimnis, wie es im Brustkorb vibriert und pulsiert, Gilda wiederholt sich nicht selten, sie beginnt ihre Sätze mit »Ruckizucki«, sie sucht nach Worten, aber um nicht zu stocken, ersetzt sie sie durch »Dingsda«, es wird immer unverständlicher, irgendwann sagt Violetta, »Ich kann nichts außer Autofahren und Kinder mit dem Nachbarn machen«, und Gilda lacht laut auf, sie lacht so sehr, dass sie Schluckauf bekommt und niest, sie sagt, »Wusstet ihr, dass die Augen, wenn man sie beim Niesen offen ließe, aus den Höhlen geschleudert würden« oder zumindest muss es das sein, was sie blubbert, sie setzt mehrmals an, es ist nicht klar, aber man versteht den Grundgedanken, Aïda hat Prosecco mitgebracht, sie sagt, »Während wir auf das Dessert warten, mixe ich euch Cocktails«, sie steht auf und stellt sich in die Küchenecke, am Wohnzimmertisch geht es drunter und drüber, sie schaut zu, wie ihre Schwestern sich auflösen, sie hört die Rufe der Jungen in Giacomos Zimmer, und Gilda sagt noch einmal, »Das ist wirklich verrückt, wenn man niest, können einem die Augen herausfliegen«, Aïda macht Spritz oder so etwas, »Wusstest du das, Wahnsinn, oder?« Aïda ist heute Abend für Mitleid unerreichbar, sie bringt die Gläser an den Tisch, es ist angenehm, die Nüchterne zu sein, man hat den Eindruck, die Situation vollkommen zu beherrschen, Gilda redet nun über den Regen, wir sind beim Wetter angelangt, aber bei Gilda schließt das in immer ausschweifendere Betrachtungen ein, »Das Regenwasser auf dem Planeten ist also untrinkbar geworden, nein nein, nicht nur in Bombay oder New York, sondern auch im Himalaya (das Wort kommt ihr nur schwer über die Lippen), überall sage ich, wegen der PFAS (man könnte meinen, sie versucht eine Kerze auszublasen), du weißt schon, die polyfluorierten Verbindungen, diese chemischen Dingsda in Shampoos, Schminke, Verpackungen, tja, die lösen sich nicht auf, und zack verschmutzen sie alles, die Wasserläufe, die Erde, den Regen«, sie wird am Ende des Satzes vielleicht einschlafen, aber nein, sie steht auf, »Das Dessert, das Dessert«, sagt sie, kickt ihre Schuhe weg, die Pumps, die sie angezogen hat, um ihre Schwestern zu empfangen, nun ist sie barfuß, mit einem Mal ein wenig gebeugt, wie lustig, es scheint so, als ob alles, was sie ist, schlechter Halt fände, kurzzeitiges Einstellen des Kampfes gegen die Erdanziehung, ein verknotetes Senklot, sie öffnet das Eisfach, hält sich so gut es geht an der Tür fest, Violetta sagt, »Ich höre auf zu trinken, ich bin mit dem Auto da, und die Mädchen sollten nicht zu spät ins Bett, sonst bekomme ich sie morgens nicht raus«, »Bleib auf ein Eis«, sagt Gilda, »bleib auf ein Eis«, sie gibt das Ganze so gut sie kann in Glasschalen und bringt sie an den Tisch, »Die Löffel, die Löffel«, sagt sie, geht zurück in die Küche, es ist beinahe erbärmlich, aber warum sollten Frauen, die trinken, erbärmlicher sein als Männer, die trinken, nein, nein, nein, »Los, wir stoßen an«, ruft sie, das Eis scheint warm geworden und wieder gefroren zu sein, das blutrote Sorbet ist mit einer Schicht Raureif überzogen, und auf der Zunge schmelzen kleine transparente geschmacklose Flocken.

Nachdem sie ihres mehr oder weniger aufgegessen hat, steht Violetta auf, »Gut, ich gehe«, »Willst du einen Kaffee?«, »Nein, nein, ich gehe, ich muss die Mädchen ins Bett bringen«,

sie sammelt die Zwillinge und das diverse Material im Zimmer ein, und alle umarmen alle,

»Das war doch nett«, »Sagt Auf Wiedersehen, Jungs«, »Wo steht dein Wagen?«

Nino, der Freund, soll über Nacht bleiben, »Pyjamaparty«, sagt Gilda, Giacomo verdreht die Augen, sie kehren blitzschnell ins Zimmer zurück, »Soll ich dich mitnehmen?« fragt Violetta. »Danke, aber ich habe mein Fahrrad«, sagt Aïda. »Ich helfe Gilda beim Abräumen und haue ab.«

Als Violetta und die Mädchen gegangen sind, schlägt Aïda ihrer Schwester vor, »Leg dich hin«, aber Gilda hat sich wieder etwas gefangen, »Nein, geht schon«, sie räumt auf, bewegt sich, und in dem Moment ist der Schrei aus dem Zimmer der Jungs zu hören, und Giacomo ruft, »Mamma, Mamma«, mit einer Stimme wie ein kleiner ängstlicher Junge, einer schrillen Stimme, unkenntlich.

Sie hasten ins Zimmer, Nino, der Freund, windet sich auf der Erde, er hat sich auf den Teppich übergeben, Gilda wird auf der Stelle nüchterner, »Was hat er gegessen?« Aïda beobachtet die Szene von der Türschwelle aus, sie weiß nicht, was sie tun soll, sie hat keine Qualifikation in Sachen Kinderkrankheit, also bleibt sie mehr oder weniger starr, Nino hält sich den Bauch, den unteren

Bauch, er zittert, als hätte er ein tropisches Fieber, Gilda sagt, »Das ist der Blinddarm«.

Der Moment ist gekommen, da ihr das weitverzweigte Wissen, dass sie so viele Jahre lang angesammelt hat, erlaubt, eine Diagnose zu stellen. (In Wirklichkeit – ohne Gilda weiter abwerten zu wollen – ist es so, dass Giacomo zwei Jahre zuvor eine Blinddarmentzündung hatte.) Gilda weiß also, was zu tun ist. Sie nimmt die Sache in die Hand.

»Hilf mir, ihn zu transportieren«, sagt sie zu Aïda. »Ich bringe ihn ins Krankenhaus.«

»Willst du nicht seine Eltern anrufen?«

»Sie sind für drei Tage nicht in Iazza. Wir geben ihnen Bescheid, aber jetzt ist Eile angesagt. Er darf keine Bauchfellentzündung bekommen.«

Sie bringen Nino zu Gildas Auto, sie ist aufgelöst, aber schwankt nur ein wenig, »Geh wieder hoch zu mir, bitte Giacomo um die Nummer der Eltern und ruf sie an, so ist es einfacher, ich fahre sofort los.« Aïda würde gern sagen, dass es in ihrem Zustand nicht sehr klug sei zu fahren, aber Gilda ist schon weg, sie hat die Wagentür zugeschlagen und ist losgefahren, Aïda kehrt in die Wohnung zurück und steht mit hängenden Armen mitten im Wohnzimmer, aber nicht lange, denn etwas bietet sich ihr an, manchmal zwinkert das Glück einem zu, also schickt sie Giacomo ins Bad, »Geh deine Zähne putzen und leg dich schlafen, ich schau dann nach dir.« Als sie hört, wie er die Tür zum Badezimmer schließt, setzt sie sich neben das Tischchen, auf dem das Telefon steht.

Der Polizist hat eine Raucherstimme – genau die Stimme, die man sich bei einem Carabiniero vorstellt, der für immer in dem kleinen heruntergekommenen Raum festsitzt, der in Iazza als Polizeistation dient. Hastig sagt sie, dass sie sich große Sorgen mache, sie habe eine Frau gesehen, die mit dem Auto Schlangenlinien fahre, ein blauer Toyota, auf der Strada provinciale Richtung Palermo, sie sei offenkundig betrunken und habe ein Kind auf dem Rücksitz. Sie sagt:

»Diesem Jungen muss geholfen werden. Beeilen Sie sich. Ich habe Angst um ihn.«

»In Ordnung, kein Problem, wir kümmern uns darum.«
Er ist lakonisch, beruhigend. Er hat die Lage im Griff.

»Aber bleiben Sie am Apparat«, fügt er hinzu.

Er ruft einen Kollegen, damit dieser das Gespräch übernimmt, Aïda wartet kurz, sie weiß, dass sie den Anruf nicht zurückverfolgen können, dafür ist dieses Fleckchen Erde zu archaisch, also legt sie auf, schließt die Augen und seufzt leise.

Epilog

Er blickt auf seine Kleidung, Socken, Slip, Hose und Hemd – alles Wesentliche. Er sagt sich, dass er auf einem guten Weg ist. Sich nur auf das Nötigste beschränken. Alles ist verknappt. Wie ein wohlmeinender Aufruf zur Schlichtheit und Arbeit. Wohlmeinend, weil Leonardo weder ein Fanatiker ist – solche, die sich gern Zwänge auferlegen – noch ein Schaf – ein Anhänger von Unterwerfung. Dieser veränderte Lebenswandel muss als gewählte Askese angesehen werden. Vielleicht als Übergangsphase.

Er hat Violetta das Haus überlassen. Das war das Mindeste, was er tun konnte.

Die Mädchen übernachten nie bei ihm. Dort ist sehr klein, sicher. Aber das ist nicht der wahre Grund, denn sie sind wie zwei unzertrennliche Katzenjunge, die sich in dem Sessel am Fenster zusammenrollen könnten, um schnurrend und schwitzend einzuschlafen. In Wahrheit will er die Mädchen ihrer Mutter nicht wegnehmen. Er kann sie sich zu gut abends allein in dem großen Haus ausmalen, wie sie in einem ihrer grässlichen Hauskleider von Raum zu Raum wandert, ein riesiges Glas Rotwein in der Hand (so sieht es in seiner melancholisch gefärbten Fantasie aus, eine Art US-amerikanische Riesenschüssel voller Rotwein), und der Pool als fataler

Anziehungspunkt. Violetta ist ebenso pflichtbewusst wie er: Wenn die Mädchen bei ihr sind, wird sie tun, was nötig ist und sich nicht gehen lassen. Bisher (und das ist nicht zufriedenstellend, aber es ist ein Anfang) beschränkt er sich darauf, nachmittags sein Büro im Rathaus zu verlassen, um die Mädchen von der Schule abzuholen – er ist nicht nur ein pflichtbewusster Mann, sondern nun zudem ein Mann, der die Arbeit schwänzt, was kein Widerspruch ist, es ist dem sogar zuträglich –, er holt sie also ab und geht mit ihnen ans Meer, zu dem Strandhäuschen, das ihm der Zweitälteste leiht, bringt sie abends aber zurück zu ihrer Mutter. Das tut er nicht jeden Tag. Es sind provisorische Arrangements. Aber es sind Arrangements. Und die Ruhe, die in sein Leben zurückgekehrt ist, nachdem die Verkündung seiner Entscheidung einen Sturm der Hysterie ausgelöst hat, tut gut.

Der neue Stand der Dinge erlaubt ihm, den Klagen seiner Schwägerin im Rathaus nur mit halbem Ohr zu lauschen. Gilda besucht ihn mehrmals am Tag in seinem Büro, sie klopft an die Tür, dreimal schnell und ein weiteres Mal nach einer Pause, ein Signal, das vertraut wirken soll, aber nervig sein könnte wegen der (inständig erbetenen) Intimität, die sie herzustellen versucht, sie schaut herein und wie auch immer sie Leonardo vorfindet, am Telefon, in ein Dossier vertieft, beim Ausstellen von Überweisungen, mit einem Geschäftspartner beschäftigt, oder ich weiß nicht, wie noch, setzt sie sich – lässt sich fallen wäre passender – in den Sessel ihm gegenüber und beklagt sich. Sie macht eine Entziehungskur und Giacomo wurde bei seinem Vater in Neapel untergebracht. Die Eltern von Nino, der Junge mit der Blinddarmentzündung, haben sie angezeigt, nachdem die Carabinieri sie über den Zustand informiert hatten, in dem sie gefahren war, und das Risiko, dem sie ihren Jungen ausgesetzt hatte. »Neapel ist so weit weg«, lamentiert Gilda. Zweiter Akt: »Ich muss die einzige Mutter des Landes sein, der man ihren Sohn weggenommen hat.« Dritter Akt: »Ich bin sicher, dass Giacomos Vater sich in Neapel irgendeine Schlampe angelacht hat.« Dann Rückkehr zum ersten Akt. Sie schwankt den ganzen Tag lang zwischen Gejammer und Wut. Was sie nicht sympathischer macht. Sie wirft es Leonardo nicht vor, dass er Violetta verlassen hat. Sie glaubt, dass die Tatsache, dass die Mädchen nicht seine Töchter sind, der Grund ist. Sie glaubt sicher, dass es nur eine Ursache für die Ereignisse gibt. Sie glaubt an Schuldige. Aber vor allem versetzt die Situation Violetta auf ihre Ebene. Gibt es etwas Tröstlicheres. Auch wenn es sich um die Große Eheliche Enttäuschung der Salvatore-Schwestern handelt.

Ihre aggressiven Klagen enthalten Varianten (und es steckt in allem ein Vorteil: Der Verlust des Sorgerechts für ihren Sohn wird sie ihr ganzes Leben lang mit Mitgefühl versorgen), sie beschwert sich, dass sie nicht zu der vorherrschenden Familie von Inselbetrügern gehört, »Wenn ich eine Severini wäre, wäre das nicht so abgelaufen. Das ist es also, eine Salvatore zu sein (zwischen den Zeilen: ganz zu schweigen die Schwägerin eines

Azzopardi), man kann vor aller Augen zugrunde gehen«, oder auch, »So ist es also, wenn man in eine Familie von armen Schluckern geboren wird.« Manchmal ersetzte sie »arme Schlucker« durch »Geizkragen«. Trocken werden macht oft streitlustig. Und wenn sie so weitermacht, wird sie nicht nur das Sorgerecht für ihren Sohn, sondern auch die Nachsicht ihrer Familie verlieren.

Dabei sei gesagt, dass sie sich über den Zustand der Familie Severini täuscht. Die Erdbeben erschüttern im Moment eindeutig alle auf Iazza. Alles gerät zeitgleich in Bewegung. Alles verschiebt sich – bevor ein neues temporäres Gleichgewicht entsteht. Bei den Severini herrscht Panik. Tatsächlich ist einem der kleinen Halunken, die dieses Gesindel in jeder Generation hervorbringt, dem jungen Lucca Severini-Messina, der immer schon leicht reizbar war, nichts Besseres eingefallen, seinen Samstagabend damit zu verbringen, eine junge Frau mit der Hacke bewusstlos zu schlagen. Auf einen Schlag nüchterner (aber nicht vollständig), glaubte er, sie getötet zu haben, also legte er sie in seinen Kofferraum, um sie am Hafen ins Wasser zu werfen. Zum Glück für das Mädchen lief das Ganze nicht ab, wie er es gehofft hatte, er wurde bei seiner Transportaktion überrascht, die Carabinieri tauchten auf, er stritt alles ab, obwohl das arme lädierte Mädchen neben ihm auf dem Zement des Kais lag, er regte sich auf, bedrohte alle, sicher, weil er sich sicher war, in Kürze von der Severini-Kavallerie befreit zur werden, aber manchmal muss man sich den Tatsachen beugen, man nennt das Realitätsprüfung, junger

Lucca Severini-Messina, die Kavallerie kann nichts mehr für Sie tun.

Die Severini haben also im Moment anderes zu tun, als vorlaut die Rathausbeamten einzuschüchtern. Grundstücksverwaltung, diverser Handel und Bestechungen sind nicht ihre größte Sorge. Sie müssen einem von ihnen das Hinterteil retten und sich rasch neu aufstellen. Was es Leonardo ermöglicht, sich nicht mehr unmittelbar bedroht zu fühlen und locker und gelassen die Küstenwege entlangzulaufen. Er hat wieder mit dem Joggen angefangen. Er wird nicht lange durchhalten. Aber das gehört zu seiner Lebensveränderung – auf den Staatsstreich folgen Reformen. Er ist der Gegenstand einer Metamorphose. Weil er verliebt ist. Ich entgehe der der großen Weide. Ich wähle den Wegrand, das ist kein schlechter Ort, da passiert so einiges, man muss ständig verhandeln, mit seinen Ängsten, seinen Wünschen, seinem Frust, das sind die drei Zitzen von Iazza, der Boden ist beweglich, ein wenig instabil, aber ich kann vom Wegrand aus leicht kleine Sprünge machen, wieder auf die Gemeinweide gelangen, als Besucher, denn nichts zwingt mich mehr, und ich kann, wie es mir passt, anlegen ablegen anlegen, auf einer Insel geht es ständig darum, zumindest für die, die das Glück haben und sich nicht in Stein verwandelt haben, und ablegen anlegen ablegen anlegen können. Vergessen Sie nicht, selbst ein Granit kann in den Gaszustand übergehen.

Leonardo bewohnt nun zwischenzeitlich den Wegrand (im Gegensatz zu Pippo zum Beispiel, der auch am Rand wohnt, aber dort festsitzt). Leonardo weiß nicht genau, wie sein Leben nun aussehen wird. Aber das macht ihm keine Angst. Denn vielleicht ist er der wahre Held, er ist in den Gaszustand gewechselt. An all das dachte er, als er Aïda zum Landungssteg begleitete, an dem Tag, als sie nach Palermo zurückkehrte. Ich bin kein Stein mehr. Er hat nichts versprochen, weil er nichts mehr verspricht. Obwohl das sein ganzes Leben war, Versprechen, Trost, Boy-Scout-Lügen und herzliches Händeschütteln. Leonardo ist kein Politiker mehr. Natürlich liegt in der Aufgabe dessen große Erleichterung, das weiß jeder oder ahnt es oder spielt mit dieser Versuchung wie mit einem Bonbon, das, je länger man es im Mund formt, desto spitzer wird und eine Gefahr für die Speiseröhre. Leonardo fühlt Erleichterung, aber auch ein wenig Traurigkeit – er hat es so geliebt in all den Jahren, vor dem Zubettgehen eine Runde durchs Haus zu gehen, um zu schauen, ob die Mädchen friedlich schlafen, in ihre Zimmer zu gehen, ihren Duft riechen, ihnen lauschen.

Leonardo hat nichts versprochen, aber er ist dennoch jemand, der dreißig Jahre weiterdenkt oder sogar, sagen wir, ein oder zwei Wochen, wenn er für ein paar Tage bei Aïda anlanden wird, in Palermo, in der kleinen Wohnung der Pension Vucciria, die sie bald verlassen wird (erinnern Sie sich daran, dass ihre bevorstehende Ausquartierung und ihr möglicher Erbteil sie zu einer Rückkehr nach Iazza getrieben haben), er fühlt sich befähigt zu kommen und zu gehen, was, das wissen wir, ein Luxus ist, ablegen anlanden ablegen anlanden ablegen, er ist also jemand, der dreißig Jahre weiterdenkt, sagte ich, und träumt, dass sie dann zwei Menschen voller Neugier sind, sich am Frühstückstisch über die Herkunft von Wörtern und die Mysterien des Universums austauschen – die Quasaren, die Brutalität der Menschen, das Gnocchirezept, die Angst vor dem Tod und das Vergessen des Todes, die Einsamkeit und die Liebe und die Intelligenz von Tintenfischen – bevor sie sich jeden Abend im Bett in den Armen liegen – ich wünsche mir, dass du das Erste bist, was ich beim Aufwachen sehe und das Letzte, bevor ich einschlafe –, und sie freuen sich über das Glück, sich wiedergefunden zu haben und so der Wehmut zu entgehen, am Leben zu sein. Sie würden gemeinsam mit größtmöglicher Gelassenheit darauf warten, was alle ihre Vorgänger erlebt haben und die Nachfolgenden erleben werden. Das ist es, was Leonardo will, und ich glaube, dass Aïda, dieses böse Mädchen, die Rächerin, drauf und dran ist, das Gleiche zu wollen. Mir ist danach, sie hier zurückzulassen, am Beginn von etwas, im Zuge, etwas Zerbrechliches, Leuchtendes zu erschaffen, ich lasse sie sich darum kümmern, so wie man seine Kinder irgendwann sich selbst überlässt, kümmert euch um dieses vibrierende und herrliche und unbedeutende Etwas, das ich in eure Hände lege, ich will mich um nichts mehr sorgen. Das alles hat natürlich ein Ende, das ich hier nicht erzählen werden, ich kenne es bereits, Sie kennen es auch, denn nichts kann es verhindern und es zu kennen, mit diesem Wissen zu leben, ist unser aller Privileg und Fluch.

Titel der Originalausgabe
Fille en colère sur un banc de pierre
© Flammarion, Paris, 2023

Ouvrage publié avec le concours du Ministère français chargé
de la culture – Centre national du livre.
Mit Unterstützung des französischen Kulturministeriums –
Centre national du livre

Dieses Buch erscheint im Rahmen des Förderprogramms
des französischen Außenministeriums, vertreten durch
die Kulturabteilung der französischen Botschaft in Berlin

Deutsche Erstausgabe
© der deutschen Ausgabe
Frankfurter Verlagsanstalt GmbH, Frankfurt am Main 2024
Alle Rechte vorbehalten
Lektorat © Frankfurter Verlagsanstalt
Herstellung und Umschlaggestaltung: Laura J Gerlach
unter Verwendung eines Motivs von © manyx31/iStockphoto.com
Satz: psb, Berlin
Druck und Bindung: GGP Media GmbH, Pößneck
Printed in Germany
ISBN 978-3-627-00323-4